INK

文學叢書

247

記憶之塔

周志文◎著

目次

第三號交響曲

進了大學，我就像有翅在身，
能夠「上窮碧落下黃泉」的周遊無限了。
這時候的我，
有點像寫第三號交響曲時的貝多芬……。

貝多芬在一八〇二年開始寫第三號交響曲的時候，很想寫些與他第一號、第二號不同的東西，於是他在第三號交響曲的第一樂章就捨棄了溫文儒雅的開場習慣，四分之三拍的節奏，第一個音就用管弦樂合奏的形式，定音鼓大敲，節奏感極強的三個f強音，振聾發聵得讓人精神一振，貝多芬寫這曲子，就是打算要人精神一振。匈牙利籍指揮家Ferenc Fricsay（1914-1963）有次說貝多芬的這首曲子，是寫他自己從古典的束縛下尋求「解放式的新生」，另一位義大利籍的指揮家托斯卡尼尼好像也說過類似的話，但托斯卡尼尼說，寫第三號交響曲的時候，貝多芬無疑還是個古典主義的人，而他在思想上尋求改變也是確切的，古典主義並不是一成不變，也是可以求新求變的，這是托斯卡尼尼對古典的信仰。不論怎麼說，貝多芬在第三號交響曲裡，表現了與所有古典主義作曲家不同的一套，建立了他獨特的藝術視野倒是眞的。他是獨創的、嶄新的，管他的創新是屬於古典主義或浪漫主義啊！音樂原來是王公貴族的娛樂，是生活上的「伴奏」，在貝多芬之前，宮廷的音樂家穿著華服，頭戴著銀色的假髮，音樂跟其他一切的藝術一樣，就算是音樂上的泰山北斗巴哈與神童莫札特也都要臣服在主教與國王、郡主的麾下，主人要談正事了，總管向樂師長使個眼色，樂師門只得一鞠躬，悄然退下。貝多芬想寫些不同的，至少不能讓人在演奏中隨時叫停的作品。他在維也納的聲譽日隆，他想寫出自己生命即將展開的前景，朦朧中的美麗，不安中的沉靜，還有在未來可能俯拾即是的驚奇收穫。

那也正是整個歐洲沉醉在詩一樣迷夢之中的時刻，一個來自科西加島據說患有嚴重胃痛與便祕毛病的名叫拿破崙的矮個子，正帶領千瘡百孔的法蘭西走出迷霧的叢林，整個法蘭西在他的鼓舞下脫胎換骨的變得像少年一般，人人精神抖擻的跑向開闊的原野，渙散已久的三色旗又再次帕帕作響的飛揚在東昇旭日的光輝中。貝多芬把這首交響曲取名叫《英雄》，一度打算題贈給拿破崙，但兩年後等曲子寫完要首演的時候，拿破崙終於暴露出侵略的野心，而且自己也想當皇帝了，貝多芬對他厭棄起來，就在原稿中把所題贈的名字抹掉，但這首交響曲大家都早已用《英雄》叫它，他不便更改，就繼續叫它爲《英雄》了。

叫這首交響曲爲《英雄》是很合理的，它的樂句充滿了高岸的理想。但這高岸的理想並不是天生就樹立在那裡的，它是經歷了許多打擊與挫折，從晦暗低沉甚至死亡的陰影中才逐漸找到的，所以《英雄交響曲》中充滿了沉鬱的甚至死亡的暗示，尤其在它標示著 Adagio Assai 的第二樂章中。所有生命與宗教上的啓示其實是一種對比，天堂與地獄，罪惡與救贖，憂傷與歡樂，人常常在對比中體會到一些平常日子無法體會的事務，對比越是強烈，感觸越是深刻。我們對光明的盼望，豈不是在經歷了許久難堪又痛苦的黑暗之後才產生的嗎？

民國五十年也就是西元一九六一年，我從宜蘭鄉下的一所縣立中學高中部畢業，我也跟著一些同學的「腳步」，到台北參加「大專聯考」。當時台灣稱得上大學的學校不多，所以這相當於現在大陸的「高考」的入學考試是大學（其中也包括了獨立學院）與專科學校聯合招生，專科學校與大學錄取學生的比例大約是百分之七十與百分之三十。當時考上了「聯考」，一般會稱呼他們爲大專生，很少稱他們爲大學生的，這完全是正確的，因爲要修業四年、畢業後有方帽子戴，並且授予學士學位的學生在比例上殊少，社會把進大學稱做「擠大學的窄門」，不是沒有道理的。

不過鄉下人對大學或專科學校老是分不清。中國傳統有時把受教育當成投資，則大專畢業手上拿到的一張畢業證書就常視爲可以獲利的憑證，很多人會謹慎的將它裝上玻璃框，高掛在客廳的牆上，讓看到的人人稱羨。我還在讀高中的時候，有次看見鎮上的一戶人家嫁女兒，當時嫁女兒講究陪嫁品的陣仗，每一大件都分別用一輛人力車拖著，車子越多，越顯得風光。我看到一部人力車上放著一口並不起眼的木箱，箱子上面用架子架起一個玻璃鏡框，裡面放的是這位新娘在實踐家政專科學校服裝設計科畢業的證書，一時之間，這張證書彷彿使得整個送陪嫁品的隊伍都顯得活躍又氣派起來。

報上發榜的榜單，上面登著我的名字，我被分發到東吳大學的中國文學系。老實說我那年考試考得不好，而我們鄉下的學生都不太會塡志願，我的志願就塡得很少，只塡了中文系、美術系與好像一個新聞系總共六、七個志願，按理說是考不上的，但世事大部分不是由人來掌握。那年聯招，數學考題出得極難，後來統計，有四分之一強的學生考了零分，絕大多數的學生在十分與二十分前後打轉，我考了個五分，我與數學好的人差距原不只此數，但這次數學好的反而紛紛中箭落馬，意外使得我得以「矇」上大學。

與我同時「矇」上大學的還有我同班好友李茂盛，他因數學考了近五十分，其他文科與社會科考的還不太如我，竟然「高中」台大中文，同班還有個女同學，總分跟我相差不遠，也分發到政大夜間部的中文系（當時不但是「大專」聯招，甚至夜間部也參加聯招的），我們一班考上大專的一共六人，三班畢業班總計有十餘人上榜，這已經破了學校長年以來的記錄了，我們班上錄取的六人中又有三人是讀中文系，當年也算奇事一樁。

我的家庭狀況特殊，我考上的私立大學，學費比一般公立大學要貴，我是根本無法籌到的。我父母早死，讀中學之前，算是「寄居」在我二姐的家裡，二姐又是軍眷，自己在一個聯勤單位擔任雇員，收入有限，加上她連續生了五個孩子，家中食指浩繁，根本無力供應我升學所需。姐姐與我的關係一直算是很好的，否則她無須供應我生活，但我在讀高中時因爲屢次拒絕入黨，學校通知家長，我二姐夫與二姐就對我十分不滿，一度使我們的關係緊張。姐夫是陸軍中級軍官，姐姐在軍事機關供職，他們都是忠實又有黨齡的黨員，學校通知他們（當然不是正式的通知，是透過軍訓教官之類的口頭告示）說我拒絕入黨，他們一方面覺得很失面子，一方面對我的品德，至少在忠誠這一方面產生懷疑。我後來曾想過我爲什麼拒絕入黨的事，其實也沒有那麼義正詞嚴，讀高中時我思想上叛逆得厲害，那是許多叛逆中的一小個，並不值得大驚小怪，我只是不想跟人一樣。還有，假如「吸收」我入黨的是令我尊敬的禚恩昶老師（字仲明，號夢庵），結果可能會不一樣，但那是不可能的，因爲禚老師自己就不是黨員。我曾婉言向我的姐姐姐夫解釋我的想法，我不認爲我對國家的忠誠要靠入黨來完成，我曾經舉例，說毛澤東、周恩來、朱德都入過國民黨，現在怎樣了？但無論我說得如何有理，都不爲他們接受，有一次他們還表示，我不入黨，就請我離開，他們不願再供給我的生活，甚至於認爲像我這樣一個不知道（向他們的黨或領袖）感恩的人，連高中也「無必要」讀下去。

我當時應該毅然出走才對，高中時候我有幾次想到出走的問題，而且也付諸了初步的「行動」過。我常到鎮上的大東戲院看一位油畫師畫看板，他是鎮上幾家戲院看板畫得最好的，因爲常去看，他跟我就有點認識了，由於我會畫幾筆，常代表學校參加縣裡的各項美術比賽，也僥倖得過名次，他竟然知道。一次他表示需要助手，問我有沒有興趣，如果要去，隨時可以加入他們的行列。我把這個訊息放在心上，打算盱衡情勢再採取行動。後來我想，我那時如眞的去做他的助手，幾年後就應該能獨當一面，也許我不滿意只是做一個畫戲院看板的工匠，我如繼續努力，以後就可能成爲一個眞正的畫家了。

但這出走的盤算只在心中運作，並沒能眞正實踐，主要的原因是看似姐姐家在支援我，而姐姐家其實也靠我支援。她的孩子還小，很多時候需要我幫她帶，尤其最大的兩個男孩，正在上國小會頑皮的年紀，她不太有閒，也不太管得住他們，這看孩子的事很多需要我，我要帶孩子到澡堂去洗澡，還要帶他們玩或作功課。再加上姐夫多數日子軍旅在外，家裡只我一個大男孩，一切粗重的、須要靠力氣的工作都要由我來做。姐夫與姐姐曾不客氣的叫我走，但考慮我眞走了，家裡馬上缺少了人手，再加上鄰居必定會閒言閒語，他們就隱忍著我不入黨的「叛國」行爲，不再表示要我滾蛋了。我則想一動不如一靜，還是等我高中畢業再想變動的事吧。

我考上了私立大學，二姐與姐夫自然不可能供應我求學之資的，我其實還有另項選擇。我在畢業前曾在教官的鼓勵下與許多同學一同去報名考軍校，當時考軍校有多項優惠措施，報名費不用繳之外，軍事單位還用軍車來學校接送考生，眞有些古人進京會試乘「公車」的味道。後來發榜，我竟然考上了陸軍軍官學校，一想黃埔軍校就是陸軍官校的前身，我如選擇入校，就成了中國現當代許多名將的「學弟」了，不是也很神氣嗎？但隨即想到「一將名成萬骨枯」的成語，便很自然的意識到，將來自己到底會成爲成語中的「一將」呢或是「萬骨」之一呢？就不怎麼覺得有神氣的必要了。

我一度想放棄大學的入學，打算先找個工作，再好好準備，明年也許可以考上公立學校，我特別爲這事找我的老師禚夢庵先生商量。禚老師出身魯南郯城世家，抗戰時畢業於成都華西協和大學中文系，是詩人也是書法家，我高二與高三時都由他教國文，高三時他還擔任我們班的導師，他很關懷我也還器重我，所以如有重要事，我都會向他請教。老師根據個人的氣質與「氣象」，勸我還是選擇文學校的好，他說當兵要從沒有腦子訓練出腦子來，對我這樣天生有腦子的人很不適宜。至於文學校中的公立私立，其中當然有差，但苦心準備一年，明年重考，到時是否十拿九穩，還在未定之天，因爲考學校這件事不完全靠實力，有時更靠機緣（我想我也沒什麼實力可言），他勸我不如趁此機會早點走出這個小地方，到台北去見見世面，也許突破了一點之後，其餘就不成爲問題了。老師鼓勵得很殷切，我答應試試。

東吳大學的入學通知書寄來了，學費到底多少，我現在已記不得了，對當時的我而言，確實是個令人絕望的數目，但想不到突然有了轉機。我有個同父同母的三姐（二姐與我是同母異父），她比我要大七歲，當時她在金門做心戰播音員，負責每天對對岸「匪軍」心戰喊話。三姐是國防部心戰總隊的聘雇人員，根本不是軍職，做這工作，純粹是看上除了軍人的待遇之外還有前線加給，比在台灣工作要收入豐厚些。她雖不是軍人，但成天在前線碉堡生活，就也穿著軍裝，穿久了別人都把自己當作軍人看了，後來自己受到感染，舉手投足，也帶有厚厚的軍人氣息，瀟灑得很，更想不到有一年的九三軍人節她還當選了國軍的「戰鬥英雄」，到台北來接受表揚，連老總統都召見了。我看她與總統合照的照片，她不但穿的是軍裝，甚至肩頭還掛著尉官官階呢。她聽說我考上大學的消息十分高興，認爲我們姐弟三人（指同父同母的我們，還包括我下面的一個妹妹）終將擺脫陰影，步向光明，所以她說她要供應我的學費開支，叮囑我好好努力，才對得起死去的父母。我後來知道她之選擇到金門去做心戰播音員，一部分的原因是與二姐鬥氣，她覺得我們三人在這個家庭沒受到公平的對待，她究竟比我大，比較能體會即使是親人之間也有的微妙感情變化，這一點，比我小三歲的小妹也同樣敏銳，跟她們相較，我的遲鈍就可以用「麻木不仁」來形容了。

三姐寄來註冊費，我拿到銀行去繳了，然後整理行裝，打算開始我的闖蕩生涯。二姐看到三姐幫我繳學費，心裡可能五味雜陳，最後她還是答應要幫我解決在台北的生活所需，譬如住房的問題。她服務的聯勤第一被服廠在台北有個專門做考究軍裝的服裝社，廠裡派來手藝好的工人駐社，服務的對象是軍事將領或是要出國受訓的軍官。將軍與出國的軍官，服裝上要體面一些，總不能穿一般兵的軍常服或軍便服，打扮成一副土氣的「丘八老爺」模樣吧，台北的將星雲集，再加上當時「中美」邦誼甚篤，軍事合作頻繁，奉派出國的軍官甚夥，服裝社就有接不完的生意。姐姐透過關係，讓我到台北後住在服裝社裡，服裝社就在台北寧波西街上，一樓是門面，二樓有幾間鋪著日式榻榻米的房間，工人溷居其中，我是與工人住在一起，晚上攤開被子，早上捲起來。姐姐也要我以裡面人的身分跟他們一起搭伙，飲食費用比外面低廉。我很不願意住在這樣一個地方，那是一個純粹供人睡覺的地方，連一張桌子都沒有，我無法讀書也無法寫字。一個五十歲左右的老工人可能因爲想家，深夜熄燈後常背著人手淫，有時會把人震醒，房間沒窗子，棉被又經久不曬，空氣壞得很，但格於形勢，我只得暫時住下，等以後再看有無改善的機會。

跟我同住在服裝社的還有我小學的同班同學劉衡慶，他當時到台北補習，準備明年重考。我讀的小學奇小，我們一班只九個學生，所以大家都很熟的，奇怪的是他初中沒有留級，應該比我早一年從高中畢業才對，現在我已讀大一了，他還要補習重考，到底何以致之，我問得不清楚，他也答得很含糊，總之沒有結果。他住了一個月左右就因故不住了，後來搬到哪裡去也沒告訴我，只知道他第二年大專也沒考上，倒是考上了國防部的軍法學校，後來就去做軍法官了。他以後官做得很大，好像是做到少將退伍，在軍法界，少將是快到頂的職位了。十餘年前他兒子結婚，在仁愛路的空軍新生社宴客，我們跑去祝賀，婚禮場合不能只用盛大一詞來形容，因爲賓客中有許多黨政軍的大員，門前竟由憲兵來維持秩序，行禮的口號與哨聲不絕於耳，我們坐在一百幾十分之一的圓桌前，渾渾噩噩的吃飯喝酒，直到婚宴結束都沒看到劉衡慶本人。我記得小時候劉衡慶告訴我，他名叫劉衡慶是因爲他爸爸媽媽在衡陽懷了他，在重慶生下他，短短三個字不但記錄了他祖先的來源，懷胎受孕的經過與瓜熟蒂落的結果，還有哪三個字能比他的名字更具有這麼豐足的含意呢？

當然，這些都是次要的問題，主要的是我要到錄取我的大學去報到，完成註冊手續。學校發的註冊通知上載明了到學校報到之前，須要到一個名叫「生命活水診所」的地方去檢查身體，我按址前往。診所在新生北路靠東的一邊，當時的新生南北路中間有條河，土話叫它「瑠公圳」，新生北路的西邊還有幾棟房子，而東邊就好像只有這一棟孤零零的兩層建築，其他就是大片農田了。建築的表面是灰色的洗石子，樸實得很，上面是一所基督教教堂，下面就是診所。診所的效率還好，其實只是量身高體重及照一張胸膛的X光，檢查報告一下就發下來，X光不是馬上有結果，一有結果另行通知。我拿了檢查報告，第二天就到學校去辦正式的註冊了。

學校在士林的外雙溪，要從台北火車站前先搭十路公車到士林，再在士林轉二十九路公車到外雙溪，如果搭車順利，光是一站一站的又停又開，在公車上就要花上一個小時，何況還要加上等車的時間，然而一切都是值得的。二十九路公車顛簸的走在大片綠色的原野中，經過兩邊綠樹如隧道的福林路，路的一端據說是我們國家最高領袖蔣總統住的地方，路的盡頭有一所名叫泰北中學的私立學校，向右轉彎，車子朝正東方向前進，車的左邊是陽明山，右邊是蔣總統居所後山的延續，車子正走向一個山谷。

兩旁的綠蔭不斷，風景宜人。我的心雀躍不已，我用中國人的算法來算已經二十歲了，在此刻之前我眞耽誤了不少。其中有的是我弄砸的，譬如我曾留級，然而絕大多數的耽誤無須由我來負責，我參與了整個中國現當代悲劇中的一部分，嚴格來說，「參與」一詞並不合我的身分，我年齡太小，根本沒資格說參與，我其實只是悲劇的受害者。但想一想，比我年長的人譬如我的姐姐姐夫能夠算是眞正的參與者嗎？他們不也是同樣的、甚至是受傷更重的受害者呢？

我想起我零落的家庭，不幸福的童年，但我怎麼又幸運的得到這麼好的機會，讓我從此之後可以馳騁在知識的大海裡，我好像從一個莫名的地方領取了一副插滿白羽的翅膀，進了大學，我就像有翅在身，能夠「上窮碧落下黃泉」的周遊無限了。這時候的我，有點像寫第三號交響曲時的貝多芬，對未來充滿了意志與憧憬，前景將無止境的在眼前一幕幕的展開。其中有雲彩，有閃電，山如奔豹，海如立屏，如詩的弦樂從角落緩緩響起，木管與銅管隨即加入，定音鼓輕敲，理想如日，就在不遠處，英雄可能是別人，也可能是自己，但不論是誰，這個預期的驚奇終究就要出現了。我想起大學這個詞的定義，照中文來講，大學者所謂大人之學也，我要在這裡學習到一個成人的所有條件，照英文來講，University 源自於宇宙 Universe 這個字，表示大學是追求宇宙間最高知識的地方，我將在這裡取得進入神祕宇宙的鑰匙，從此將浩蕩的與造物者同遊……想到這些，我興奮不已，我從來沒有如此昂揚與飽滿過。公車繼續前進。

外雙溪

我覺得東吳的英文校訓比起中文的更有氣勢，
口中一唸，
感覺自己與灝氣相聚，
兩腋習習，
頓時忘記自己處身在簡窳的現實環境之中了。

我考上的東吳大學在士林的外雙溪，當年外雙溪沒有什麼建築，是一個谷地，兩邊是山，北邊的山比較高，南邊的比較矮，兩山之間，有一條蜿蜒的小溪經過，那條溪就叫雙溪了。我讀東吳的時候，那兒還沒有故宮博物院，故宮的文物據說還收藏在台中的霧峰，那裡闢有一間小小的展覽室，只供「國賓」級的訪客參觀，其他人就無緣瞻仰那些稀世的國寶了。大一上學期即將結束的那年冬天，上課時偶爾聽到一陣陣爆炸的聲音，原來對面山腳在炸山洞，聽說故宮要北遷來此。雙溪是由東朝西流來，東吳是在雙溪的南岸，南岸的土地狹窄，溪對岸還算開闊，只一個陸軍的行政學校在那裡，行政學校的校舍都是木製平房，附近民居幾戶，其他盡是稻田，我們學校如果非要建在外雙溪，為何不建在那邊而選擇這麼狹隘的角落，眞讓人不解。

當然令人不解的事尙多，一開始也管它不著。當時的東吳大學整個學校只三棟半的建築，一棟是所謂教學與辦公大樓，還有一棟是女生宿舍，一棟是男生宿舍。教學與辦公大樓坐落在山腳，前面有一長排階梯，走上去還要花費一些力氣。這座大樓是學校所有行政包括校長室、教務、訓導、總務三處的辦公所在，各系辦公室也在其中，辦公室的上面就是教室了，教室相當簡陋，只一張黑板與幾十張帶桌板的木椅而已。還有一棟沒完成的活動中心，所以只能稱半棟，上面用來當禮堂，下面用來當餐廳，學校所有的「硬體」設備僅止於此。

不論從哪方面說，這都是一所簡陋的學校，一所有規模的中學甚至於小學，設備都要比它像樣。舉例而言，學校是知識的殿堂，首先要蓋的應是圖書館，而東吳就沒有，它的圖書館只能相當於一個普通小學校的圖書室，藏書少不用說，管理也很糟，反正也沒人去借書，有些學生到畢業都不知道學校還有圖書館。直到我們大四，學校建了間安素堂，安素堂的主體是一座教堂，它旁邊的附帶建築就闢為圖書館了，但所藏的書與期刊，比一般好一點的中學尙不如。

東吳大學用英文來叫是蘇州大學（Soochow University），一九〇〇年由基督教衛理公會設立於蘇州，在歷史上算是中國最早的大學之一了，只比北京大學的前身京師大學堂晚成立了兩年。衛理公會是從英國聖公會演變延伸出來的一個獨立教會，原由宗教家衛斯理（John Wesley 1703-1791）所創，後來遷到美國，這所教會自己定名叫 Methodist Episcopal Church，中國人早年把它翻譯成「美以美會」，一直到現在，衛理公會的英文名字還是 The Methodist Church。不論叫做美以美會或衛理公會，它是全美最有勢力也最有錢的教會，以前在大陸它就獨辦或與其他教會合辦了大學達十三所，當然最有名的就是東吳了。東吳在大陸原是一所很有聲望的大學，它在蘇州的校園清雅，建築考究，法學院設在上海，更是全國法學界的翹楚。問題是像這樣一個有聲望的世界性教會，一個有歷史的學校怎麼會跑到外雙溪畔這塊不怎麼樣的地方來「復校」呢？這豈不把東吳的金字招牌給弄砸了嗎？要說起來眞是一把辛酸淚，提起話來長了。

問題出在東吳在台灣有一批熱心的校友，太過急躁的在台灣搞「復校」的活動，民國四十年他們就潦草的把學校開辦起來。他們籌到的經費有限，只能在台北南陽街附近的許昌街租了間樓房，辦大學因陋就簡有點像辦補習班樣的，當然水準無法高，但這群復校的校友還洋洋自得，後來還稱這段復校的過程是篳路藍縷。他們並沒有爭取衛理公會在美國總會的支持，所以不能動用衛理公會有關在中國辦教育的那筆特別經費。有段時間，衛理公會跟學校的關係緊張，不願承認台灣的東吳是他們辦的學校，後來不斷有人奔走，關係才逐漸放鬆開來，直到我入學的那年，總會才派來一位名義是「會督」的牧師來駐校，但總會的資金仍不准動用。諷刺的是教會在一九五三年就決定在台中辦東海大學，還請了當時美國的副總統尼克森來破土，光是土地就買了一百四十公頃，校舍與教堂請世界有名的建築師來設計，其中包括了貝聿銘，出手闊綽的不得了。東吳的校地只有十五公頃，與東海差別之大猶如天壤了。有次一位學長告訴我，東海的那筆錢原來是東吳的，東吳被弄到現在的模樣，不只不能與東海比，就是與同是私立學校的文化、淡江與輔仁比也相差甚遠，校地蹇迫，校舍粗陋，爲世人所笑，完全是那群校友亂搞出來的結果。

我剛剛入校，還不知其中的委曲，但新生訓練時才知道學校名字是大學，其實只是所獨立學院，因爲大學法規定一所大學，必須要由三個以上的學院組合而成，東吳當時只有一個學院，當然不能算是「大學」，它的正式名稱是「私立東吳大學法學院」，因爲法學院前面有「東吳大學」的名字，大家不加考究，就叫它東吳大學了。當時的東吳法學院共有六系，其中法律、政治、經濟、會計也許與法律有關，而中文系與外文系根本與法學無關，放在法學院，純粹是權宜之計。當時東吳的「領導」（對上行文稱東吳法學院「院長」，對下行文稱東吳大學「校長」）是石超庸先生，他的名字譯成英文是C.Y. Stone，名是音譯，姓是意譯，十分特殊，外國人與洋派的中國人都叫他Dr. Stone，假如不知情的再轉譯回來，可能成了史東博士了。他是耶魯的博士，人長得高大，面孔黝黑，說話有廣東口音，我幾乎沒有單獨聽他說話的機會，幾次全校性的大會聽到他發言，都行禮如儀的沒什麼特別。

新生訓練的時候，我看到禮堂兩邊高掛著學校的校訓：「養天地正氣，法古今完人。」還是國父的手書。這幅字到處都看得到，應該不是專為東吳寫的，當年老蔣在廬山宣佈對日抗戰，講台左右也是高懸這幅標語。我特別注意到在東吳黑紅相間的校徽上有一小行英文字，上面寫著 Unto A Full-Grown Man，譯成中文是：「做一個完整的人。」我看了特別感動。養天地正氣，法古今完人，都能幫忙我們獨立成人，但中文中的「法」字太有跡可循了，至少太依靠古今的「完人」做典範，而英文中的 Unto A Full-Grown Man 卻沒有這個味道，對沉醉在浪漫思潮的我來說，英文裡的完整的「人」給我更大的激勵。當時我的信念是：眞正的「人」是獨立的、不依仗別人的，道德之所以高貴是因為道德來自於自覺，而不是來自於他人或他物的規範，孟子說「我善養吾浩然之氣」，這浩然之氣是在我自覺的心中油然而起的，不是受聖人的指引，也不是受「完人」的影響啓發而來的，君子獨立蒼茫，沒人值得效法，也沒人可以依傍，眞正的「英雄」是前不見古人，後不見來者。我覺得東吳的英文校訓比起中文的更有氣勢，口中一唸，感覺自己與灝氣相聚，兩腋習習，頓時忘記自己處身在簡窳的現實環境之中了。

不久就正式開學，第一週的課就讓人失望。大一的課，原多是一般的通識課程，有國文、英文、中國通史、心理學、三民主義等課，唯一中文系的專門課是文字學。東吳強調英文教學，大一除了每週有四學分的英文之外，還要修兩學分的英文文法，兩門課同一位老師教，因爲老師性格懦弱，教學法也很冬烘，學生反應十分一般，所教所學的，現在已沒任何印象了。國文則是由一位能言善道的老師擔綱，他名叫華譽，是貴州人，他的個子高壯，頭髮因爲稀疏乾脆剃光，這使得他更是紅通通的油光滿面，一口斬釘截鐵的貴州官話，總是頭頭是道又充滿自信，他的舉措言行，眞像一個正面的官場人物。我後來想，華老師如出來演戲，最好的角色就是扮演關公，他天生一副丹鳳眼，只要戴上假髮與假鬚，穿上綠蟒袍根本不須化粧就可上場了。

華老師上課的時候一直抽菸，而且是一根接一根的抽，好像很少中斷過。後來我聽他說，那時他一天至少抽兩包，有時還會抽到三包，抽的都是綠殼的雙喜牌香菸，是當年公賣局出的最貴的一種牌子。他規定上課的課本是《陸宣公奏議》，用的是藝文印書館的明刊影印本，陸宣公指的是唐朝著名的宰相陸贄。華老師對古代的官場文化十分嫻熟，喜歡說臣子與皇上之間的關係，但都理想化的要求進退合宜，出入有度，他不喜談宮闈密辛，上課的時候，說教的意味比較重，這應該是受大宰相規行矩步義正詞嚴的影響吧。但他上課也會取巧，明明一次要上兩節課，他只上一節，另一節規定學生默寫上次教過的課文，默書的時候他不用來教室，要兩個助教輪流監督。

當時中文系有兩位助教，一位是黃登山先生，一位是張曉風女士，張曉風常在報上發表文章，在台灣年輕作家中已很有名氣。黃登山個性隨和，監督我們默書時總是面孔朝外，學生偶爾抄書他都假裝沒看到，張曉風則很嚴厲，看到作弊一定舉發，弄到壞學生對她十分頭痛。有一次班上同學章孝慈乘黃登山監督時也跟著別人拿書出來抄，想不到一週後他竟然跑到華老師前面涕泗縱橫的大表懺悔，說自己錯了，請老師把他的卷子改成零分。老師感動的不得了，在課上大肆讚揚，說君子絕非無過，君子之過如日月之蝕，有過不憚改，才能成聖成賢等等的。老師說得不錯，但其他抄書的人就覺得腳底有刺了。華老師的結論是像章孝慈這樣的人，品德如此端正，加上好的學識，未來一定不可限量的，想不到真被老師說準了，章孝慈二十年後竟然成了東吳的校長。

東吳中文系當時請洪陸東先生做系主任，但後來華老師告訴我，說當年洪陸東並不是專任教授，而是一位兼任教授，當然主任也是兼的。我想一個學校連系主任都是由兼任教授來充當，確是亙古之奇了，但華老師說得言之鑿鑿，不由得人不信，他說一直到我們畢業，東吳中文系的專任教授只他一個，其他的除助教外全是兼任。洪陸東教授據說以前在大陸做過司法行政部的次長，自己是詩人也是書法家，他當時年紀已很老了，沒有八十歲也有七十餘歲，在學校很少見到他。他只在系上教一門課，就是杜詩，是排在大三上的。大三時我們上他的杜詩，鬧了不少笑話，洪老師是浙江黃巖人，濃重的鄉音，沒幾個人懂，他把杜詩的〈北征〉唸成「剝金」，他在台上搖頭晃腦的把詩又唱又讀的，他不講格律，也不太講詩的典故，杜詩不是「無一字無來歷」的嗎？但他也許想我就是講你們也不懂啊，就不去講它了，只用他難懂的黃巖話不停的讚嘆說這首詩眞是好啊，眞是好啊，下面的人一個個暈頭轉向的呆坐在那兒，不知好在哪裡，更不知道該如何把金山一般的杜詩「剝」下一點黃「金」來，我們眞是空入寶山呀。

中文系既除了華老師之外一概是兼任，整個系當然顯得鬆垮垮的，學生是須要啓發輔導的，但系上沒人關心學生，日子久了，學生也變得像一盤散沙般的，除了偶爾勾心鬥角，彼此就關係很淺了。照理來說華老師是專任教師，應該多負點責任，但華老師是個典型的公子哥兒，又是個愛憎分明又太有豪氣的人，他也根本不會去管學生的事。有一天我聽他在教師休息室約幾個同事吃飯，曹昇老師問他有沒有酒喝，他大笑說：「有沒有酒喝？你有沒有搞錯，我家的酒就是不多，也可以把你曹昇活活的淹死！」後來有一次在老師家聽他同鄉好友谷正剛先生說，他們華家在貴州的時候，是專門生產茅台酒的，「華茅」這商標代表茅台的最高品質，銷路也是最好的。當然到了台灣，他也沒法那麼闊氣了，但他的生活還是比別人過得奢華許多。

我從大一到大四都得修他的課，他除了在大一開我們的大一國文之外，大二大三的

「中國文學史」也是他開的，大四時，則上他開的《文心雕龍》，國文與「中國文學史」是系上的必修課，《文心雕龍》則是選修課，但東吳那時課開得少，所有選修課幾乎都是「必選」，因爲根本沒有「不」選擇的餘地。

我們大一的時候，可能因爲無聊，幾個人常在學校的總課表前看各系所開的課程，不見得與自己有關，但看一看也好，有一點像在照相機的觀景器裡看世界的意味。東吳雖然由心急的校友匆匆復校，但好像一直不忘記注重外文，譬如與我們中文系相連的外文系，在課表上就排了日文、法文、德文、西班牙文等的課程。這時我們發現在我們中文系的大三，竟排了一門「韓文」，當時我們怎麼想也想不透，要我們中文系學生修英文、日文還有點道理，修韓文就不知道是爲什麼了。一個同學說韓國比日本更接近中國，受中國的影響更深，研究韓國會讓中國研究得到更大的啓發，另個同學說東吳學校小，比起其他的國立大學起步又遲，必須出奇制勝，從韓國來研究中國是別人沒有開闢的學術領域等等。第二天我們遇到大三的學長，一問才知道所謂韓文根本不是韓國文化或韓國文學，韓文只是「韓昌黎文」的簡稱罷了。

反正一切渾渾噩噩，糊裡糊塗的，課程開得不清不楚，教書的老師一個個精神渙散，上課既不準備，下課也無作業，走上台來，總是胡扯一通，他們都是兼職，只拿微薄的鐘點費，學校也沒要他們負什麼責，他們自己也不知道該負些什麼責來。一位戴著深度眼鏡的詩選老師，年老得走路都有點力不從心了，第一次上課點學生的名，忽然發現有話可說，他說以前一位老師問學生，說你為什麼名字叫做「鳳梧」呢？學生說：「回老師話，學生母親生學生的當晚作夢，夢見一隻鳳凰停在梧桐樹上，就為學生取名鳳梧了。」老師接著問：「你母親當晚假如夢見一隻雞站在芭蕉上，就該跟你取個什麼名字呢？」說完停了一下，幾個意會到的男生笑了起來，大部分學生傻子般的等他答案，他卻說詩的「六義」是風雅頌賦比興，不曉得其中的比興是不能讀詩的。這個例子舉得十分輕佻而不負責，只是好逞小慧罷了，與文學的比興其實沒什麼關係。但多年之後，大家都忘了詩義與詩教了，獨對鳳與雞的記憶猶在。

我的大學生活於焉開始。一切混亂而無章法，我天天擠三趟公車到荒蕪的學校，中午想盡辦法吃便宜又簡單的午餐，有時五毛錢買一個饅頭果腹。學校很小，又沒圖書館，課餘根本沒有去處，課間只得找個空教室坐著空等。我是鄉下來的學生，這兒沒有朋友，有時悶慌了，就一個人到學校建築之外的野地去閒逛。男生宿舍右後方山坡上有幾棵松樹，坐在鋪滿松針的樹下，聽松濤、看遠處的雲彩很愜意。從東吳的教學主樓朝後山的方向走過去，有曲折的登山石梯可以走，半山有座前司法院長王寵惠的墳墓。再往上走就沒石梯了，是雜草叢生又十分彎曲的小道，有一段路還須手腳並用的攀爬才能上去，上到頂處朝南望，整個松山機場就在眼前，一陣風來，就讓人有振衣千仞岡的感覺。

東吳還不錯，至少還保有一些都市見不太到的「野趣」，但我期望的不在這裡，我如選擇野趣，就無須用盡手段的擠進這大學的窄門，待在宜蘭鄉下不是更好嗎？我真正嚮往的是知識，它是我生命中最感貧乏又積極想追尋的東西，但在開學的幾天之中，一層層的失望掩面而來，我希望以後會改善。大學絕不會是我初到看的那麼糟，一定有一些偉大的蘊藏是讓人在一般狀況下看不見的，否則就不會叫那東西是「寶藏」了。大一學生還要上軍訓與體育課，還須作體力上的操勞，下午我上了整下午的課，拖著極為疲憊的身心趕回位在愛國東路的服裝社的包伙餐廳吃晚飯（我後來只包晚餐），去晚了他們是不會等人的。晚餐後我無處可去，大部分是走到重慶南路書店閒逛，逛到書店紛紛打烊才回到寧波西街的住處，在廁所附設的淋浴水龍頭下草草沖個澡，擠進有臭味的工人寢室，我把鋪蓋打開，設法倒頭就睡，但總是睡不著。

孟子

東吳是兼任教師的天下，
那群教師沒有一個把學生當人看，
不是瞧不起學生就是戲弄學生，
這樣怎能做到校訓中揭示的 Unto A Full-Grown Man 呢？

與古人相較，我讀《孟子》是很晚的事了。高中時候國文課除國文課本之外還有一種「中國文化基本教材」，是規定要教的。「中國文化基本教材」是依據朱子的《四書》精選編輯而成，大致而言，編選得還算妥適，由此以窺傳統儒學，尙有門徑可尋。「中國文化基本教材」與國文一樣，共編了六冊，以供高中三年六學期所學，前三冊爲《論語》，後三冊爲《孟子》與《學、庸》選。我在宜蘭鄉下的一所縣立中學讀書，學校亂得很，但高中所遇的國文老師都還好，學問都不錯。高一國文是劉伯勛先生教的，他是湖南耒陽人，一口難懂的湖南話，但教書十分認眞，批改作文更是仔細，他說他的話不好懂，就用文字與我們溝通，他改作文，會在所改的作文上密密麻麻的寫滿他的意見與評語，有時候紅通通的一片（老師改作文要用紅筆），批的比學生寫的還多。高二與高三，國文是由禚夢庵先生擔任，他學問好又大氣，不只教我們讀中國書，還要我們接觸西方名著，一些早期的俄國作品與法國作品，是先聽他介紹我才看的，他教國文，使我眞正打開了文學的視野。他們兩位不僅是稱職的國文老師，而且把規定要上的「中國文化基本教材」也教完，所以我在高二的時候，就把《孟子》的精華讀過了，《孟子》的篇幅長，課本所選有限，我不滿足於課本所選的，後來在坊間找到一本有白話解釋的《孟子》，就私下很認眞的把它讀完，不懂的地方，有時去請教禚老師，他看我會找古書來讀，顯得十分高興。

我覺得孟子是儒家裡面最奇特的人物，不但是儒家，整個中國人裡面像他的也很少。孟子是個有意氣的人，雖然孔子也有意氣，但沒有他的顯著，所謂有意氣，也可以說是有脾氣，常常會動肝火，說上幾句話，就會跟別人「槓」上，請看《孟子》〈梁王惠上〉篇的第一章，說孟子去見梁惠王，梁惠王客氣的問他：「叟！不遠千里而來，亦將有以利吾國乎？」孟子一聽火大，竟說：「王何必曰利？亦有仁義而已矣。」弄得梁惠王一頭霧水，都老頭了，還那麼衝動幹嘛。孟子還不只如此呢，他接著說：「萬乘之國，弒其君者，必千乘之家；千乘之國，弒其君者，必百乘之家。萬取千焉，千取百焉，不爲不多矣。苟爲後義而先利，不奪不饜。」這例子舉的也太聳動了吧，全是殺戮死亡的血腥故事。有人說，孟子如此說是一種「策略」，他如不這麼說，沒有人會聽他，他必須讓語言充滿「張力」，我不認爲是，在我看來，孟子的個性就是如此，他的逞意氣是他生命力旺足的表徵，先秦的思想家沒一個比他有生命力的。

他的理想比所有人都高，「居天下之廣居、立天下之正位、行天下之大道」，這理想在一般人而言太高太大了，就連孟子本人也不見得都能達到。這跨離事實太過遙遠的不能實踐的理想，豈不證明孟子之道是一種迂闊不切事實的虛幻嗎？不是的，所有的理想都要允許它有不切事實的地方，因此它才是提示，才是指引。孟子比孔子還活得久，他活了八十四歲，直到他終老之前，他仍鬥志昂揚，他說：「得志與民由之，不得志獨行其道，富貴不能淫，貧賤不能移，威武不能屈，此之謂大丈夫。」高中的時候讀《孟子》，最著迷的就是這段話，孟子不但楬櫫高遠的理想，也要做個頂天立地的「大丈夫」，所謂「大丈夫」就是做條眞漢子，不乞憐諸侯，也不依仗別人，完全獨來獨往。這理想能讓普天下實現固好（到時普天下都是有見識又有情有義的漢子），如果做不到，我也要獨自做到，孟子屢次說他要「獨行其道」，「自反而縮，雖千萬人吾往矣！」好大的口氣，千萬人橫阻在前我也要獨行其道，面對眞理，他不惜與天下作對，與世界爲敵，這捨我其誰的英氣，全中國甚至全世界也找不上幾個。高中時期，他成了我英雄崇拜的對象，當然我崇拜的英雄還有很多，尤其是狂飆的浪漫時代所強調的「悲劇英雄」，但在我所有的崇拜人物之中，孟子無疑是最早的了。

孟子還有一種特殊的英雄氣，是別人沒有或很少有的，這英雄氣就是直接挑戰權威，毫不畏縮，毫不逃避。他說：「民爲重，社稷次之，君爲輕。」斬釘截鐵，一點都不游移，一點都不含糊。這話現代政客也說，但都是在群眾前面討好選民，孟子時代根本沒有選民，他堂堂皇皇的面對操生死權柄的君主說他想說的話。有一次他對著當時東方最有勢力的霸主齊宣王說：「君之視臣如土芥，則臣視君如寇讎！」你看不起臣子，要知道臣子更看不起你，你如把他們當作土芥踩在腳底下，他們就可以把你看成不共戴天的仇人，必除之而後快！看看這話說得多麼決絕，多麼凶狠，但卻壁立千仞堂堂正正的，他的英雄氣在於他敢於面對逆勢，反對強權，不像一般政客一樣，只挑軟柿子吃。

我上東吳後，大二有門「孟子」課，由於我高中就對孟子有了熱情，開學後就毫不猶疑的選了它。教孟子的是一位已屬盛年的教師，當然也是兼任的。他對教學尚具熱忱，他也許知道學生的程度不行，總是試著用最通俗的方式來解釋他認爲的深奧古典，有時語言顯得輕佻，然而學生的興趣並沒有被引導出來，表現得一樣很冷淡。這證明老師不見得要討好學生，只要保持自己的風格就行了，但這位教師似乎並沒有什麼風格可言。我對他的語言方式並不贊同，我不喜歡伶牙俐齒型的人，不善言談甚至有些木訥，反而顯示可能具有某些猶待發現的內涵，令人想靜靜的再等些時候，也許隔一陣子會有些收穫的。但他太試圖逞口舌之辯了，而其實也沒有什麼眞正的口才，我對他也漸漸的不耐煩起來。在上了幾堂課之後，他自己似乎也覺得有些羅掘俱窮般的無力了。

我有次在走廊遇見他，跟他禮貌的招呼，他邀我到教師休息室，表示想跟我談些事情，我拘謹的站在一旁。他問我對他教的孟子有什麼意見，我客氣的表示沒意見，他說現在學生程度不比以前，對古文都無法了解了，古人的思想，現在人都有隔閡，這時代的人完全不能知道古人所說所想的。孟子這門課是有意義的，他試圖用現在人的語言來解釋孟子的思想，但看得出大家聽來還是有困難，所以孟子是很難教的，我點頭說是，但我心裡卻不是這麼想。

我心裡想的是你以爲是語言與溝通的問題，其實錯了，根本不是這個問題。你的問題是你不了解孟子，尤其無法把握孟子的眞精神，我心裡想這麼說，如果你了解孟子，絕不會把孟子教得這麼糟。孟子教人「大人不失其赤子之心」，證明孟子學不僅僅是椿學問，而是一種生命的體驗，只要掌握這個核心，孟子的語言是人人都能懂的。沒有難易的問題，只有深淺的問題，了解了孟子，能說出孟子深刻的含意才是重要的，深刻的話反而好懂，而且引人入勝，因爲每個人都有了解這項眞理的能力。現在捨本逐末，把人生具足的「初心」放掉，要在語言的難易上作文章，就離道太遠了。這是我的意見，但爲了保持禮貌，我一直隱忍著沒說，我很慚愧我當時缺乏孟子直言無諱的「英雄氣」。

老師對這位偉大歷史英雄的眞實無法掌握，這是癥結之所在。他還有個問題在於他太過功利化，孟子的任何語言任何舉措在他的口裡都藏有目的，他說孟子是藏利於義之中，孟子標舉的義，其實是大利之所在，所以「計利當計天下利，求名應求萬世名」。這樣解釋，表面不見得沒道理，但他把孟子當成千古的大陰謀家看了，孟子的眞精神絕不在此，就算是天下利、萬世名，孟子一概都沒計過也沒求過，他直道而行，不計利害，這才是孟子，孟子從來不是個會算計的人。

東吳的其他老師，大致上也一樣，都通俗又市儈得利害，他們也許有些小聰明，但沒有眞學問，教得稍好的，其實也只是在逞口舌之巧而已。除此之外大部分老師對中國學術發展的脈絡與潮流很不清楚，教大二「歷代文選」的曹昇老師，竟然說〈詩大序〉是孔子的著作，又說《繫辭》也是孔子寫的，上課時又讚又嘆的爲我們「頌揚」這聖人的字字珠璣，而且要我們必須背下來，說期中考期末考默寫都各佔五十分。他不知道討論〈詩大序〉的文字已多得可以出好幾本書了，至於《繫辭》，在一千年前歐陽修就寫了一篇〈易童子問〉，早已懷疑《繫辭》是孔子的著作。後來到大三，周鼎珩先生教授的《易經》，說法也跟曹昇一模一樣，他們表面上都沉迷舊學，反對新學，但對古代著作的了解，比宋元以來的學者不知相差多遠，與新一派的學者也不能比較，那些問題在民國十多年的時候，《古史辨》的學者都早已討論過了，而且已作了斬釘截鐵的結論。我們讀書時《古史辨》是禁書，張心澂的《僞書通考》也發行不廣，像我們這樣蠢呆的學生不知道尙情有可原，大學教授竟然毫不知悉，眞令人匪夷所思了，他們難道連梁啓超的《古書眞僞及其年代》這麼通俗的書都沒有見過嗎？

東吳的教師熱中於背誦也是令人不解的，大一國文課所上的《陸宣公奏議》，上過的每篇都要背，大二之後的「歷代文選」、「歷代詩選」也是篇篇要背，聲韻學的反切上下字上的聲紐下字的韻母也無不要背，否則無法做「繫聯」的作業。更荒唐的是我們從大二開始連上了三年徐子明老師的課，他在大二開《左傳》，大三開《史記》，大四開《論語》，他上的所有課都沒有一般的考試，他說他不要見到學生寫的「的了嗎呢」白話文，他說他一看到白話文就生氣，他說：「要你們寫文言你們也不會寫。」所以他把考試改成背書，而且不許用默寫的，要一個個站到他面前倒背如流的把他規定的古文背出來，他要求學生背書要像打開水龍頭，自來水就立刻奔流而出的樣子，不許中斷，不可猶豫。我記得《左傳》他要求我們上學期背〈城濮之戰〉，下學期背〈秦晉殽之戰〉，《史記》上學期要背〈項羽本紀〉，下學期要背〈高祖本紀〉，都是極長的篇幅，裡面殺聲震天，死人盈野，背的時候我們都管它不著，只把聲音當成連綴的環節，像鄉下老太婆不明經義，只把佛經死記死背下來一樣，阿彌陀佛，假如我們每背一遍歷史就要重演一次的話，我們所犯的罪比殺人狂希特勒不知道要重多少倍呢！

徐子明當時是台大歷史系的教授，原名光，字子明，由於討厭現在人沒大沒小的直呼他徐光，就把字改成名了，這叫做「以字行」，台大中文系也有一位老教授毛子水，原名是毛準，字子水，也是以字行。徐子明先生教我們的時候，至少也有八十歲了，說也奇怪，他那時還是台大的專任教授，並沒有退休，以前退休的法令似乎與現在的不同。據說徐先生在台大很不得意，因為台大從傅斯年之後就常標榜是繼承了北大精神，有自由又開放的學風，徐子明是最討厭五四以來新文化運動的，對胡適等人完全嗤之以鼻，要他在台大待下去，無疑是讓他受罪。但台大有寬敞的宿舍可住，薪資與福利也比私立學校好，他似乎就因這個原因在台大「忍辱負重」的待下去。

後來我台大的朋友告訴我，徐子明在台大，純粹以「怪胎」的方式出現，他對任何有職位的人一貫輕視或敵視，譬如當他經過台大文學院院長沈剛伯的辦公室時，一定會罵一句「王八蛋」，然後吐口痰，走過中文系主任臺靜農的辦公室時也是會吐口痰然後罵句「王八蛋」，我問我朋友，先罵王八蛋與後罵王八蛋有沒有分別，他搖頭說這一點他倒沒有注意，反正徐子明就是立異以鳴高的這種人吧，他說。這一點與我在東吳看到的也沒有什麼不同，他老是痰多，上課時常匆匆走到窗邊把窗子推開，然後哈呸將一口濃痰吐出去，有時看到不順眼的人，也會罵一聲，他看人都是用瞪眼的方式，從來沒見他笑過。他個子老高，天熱時穿白色的短衫，天冷時穿長袍，下面著中國式襠很深的褲子，腰的部分沒有褲帶，是翻轉內摺式的。他教我們時已老，可能有泌尿上的疾病，下了交通車，來不及走上樓來上廁所，就往往朝著大樓前的水溝小解起來，也不管路過的是男生女生，當時沒有任何人去管他，不論校方或系方都沒人告訴他在公開場合小便是不宜的，時間久了，大家習慣成自然的把他當成學校的一景，也沒人覺得意外了。

他似乎在文化認識上受傷很深，整個世界不朝著他認可的方向運行，甚至反其道而行，讓他很傷心，但他卻無能爲力。他認爲國民黨失去整個大陸江山，是新文化運動害的，在他看來，沒有新文化、沒有白話文、沒有胡適，就沒有共產黨，沒有共產黨，整個中國就沒有今天的陵夷之痛。他早年出國留學，還拿過威斯康辛大學的學位，也到過歐洲，對西方文化語言浸淫甚深，他除了嫻熟英文德文，對拉丁文與希臘文也有研究，據說新生南路聖家堂的耶穌會教士看到他都十分尊敬的，但他晚年，把那些讓人家尊敬的東西都拋棄了，他變得急切又憤慨，他把整個西方幾千年發展出來的文化或文明用最短的兩個字來概括，那兩個字就是「狗屁」！

他不相信現代醫學，他年老有泌尿問題，有人勸他開刀，說那是很簡單的手術，但他拒絕，只服食中醫開的藥。他把所有的西書都扔掉燒掉，書桌旁只放了一部丁福保編的《說文解字詁林》，他輕視敵視整個世界，但都沒有回應，他就把這種輕視敵視帶到課堂，把怒氣盡數發在受現代教育的學生身上。他只要我們背書，背得不好他大聲的跟學生叫：「滾出去！」他跟我們說：「在我眼中看來，你們什麼也不是！」這已經是比較輕的責罰了，要知道幾千年的西方文明，在他老人家眼中也只是「狗屁」兩字而已，而大學者沈剛伯、臺靜農在他嘴裡只能與最不堪的字眼相比，我們只獲得「你們什麼也不是」的詈責，我們何其有幸啊。

我們大四的時候有一門「中國思想史」的課，是必修課，這課課表上寫的是由林尹教授來教。林尹字景伊，浙江瑞安人，他是師大的老牌教授，也是師大國文研究所的所長，國立大學辦中文研究所，師大的博士班成立得比台大還早，所以當年我們一些年輕的教師如教文字學的賴炎元先生，教聲韻學的陳新雄先生，都剛從師大博士班畢業或還在修業中，「中國思想史」由我們老師的老師來教，當然令大家延企以待了。

當年師大國文研究所，極重師承，相沿成風，對老師必稱字號，絕不敢直呼其名，師大學生對外校老師就沒這個規矩，像台大的名師，也臺靜農、屈萬里的亂叫，但對林老師他們不僅不敢叫他林尹，連叫林景伊也覺得不夠恭敬，都只能稱呼「本師　林先生」，寫出來，林字前必空一格，唸出來，必在林字前一頓，表示鞠躬頓首的意思，十分有趣。因爲林先生以前在大陸曾做過黃季剛（侃）的學生，而黃季剛又是章太炎（炳麟）的弟子，所以師大這派人，遇到要提起章黃的時候，也必恭必敬的稱章先生黃先生，而錢玄同因曾爲林先生的《中國聲韻學史》做過序，也算是林的老師，遇到這位瘋瘋顛顛的晚年連姓都改了的「疑古玄同」老哥，他們也得敬稱他錢先生，表情也是凝肅得很。

我們在教室恭候「本師　林先生」，但林先生卻晚了半個小時才進教室，他在教室外捻熄了手上的香菸，一上得講台就問我們買了他寫的《中國思想史綱要》沒有，沒有要快買，然後天南地北的大談中國思想發展的「大勢」來。他說中國思想的大勢在先講孝親，然後「忠臣必出於孝子之門」的移孝作忠，這叫修齊治平，也就是「大學之道」，他要我們千萬不要忘了孝親，以免「子欲養而親不待」了，整堂課他在演說儒家的孝親之道，根本不是什麼中國思想發展的大勢。更有趣的是他越說越得意，竟然從他西裝的內口袋裡掏出了一個扁平的玻璃瓶，裡面裝了大半瓶洋酒，他打開瓶塞，當場就喝了起來。

那一堂半課除了信口開河的亂講以外，就是打開瓶蓋喝酒，下課有點踉蹌的走下台來，後來我們一直把大四課上完，直到畢業就再也沒看到「本師　林先生」了，下一週的課他要他的兒子林耀曾先生代課，從此一直代到我們畢業。林耀曾先生自幼飽沃庭訓，最擅背誦，他講起《莊子》哲學，就把〈逍遙遊〉、〈養生主〉整篇背出來，怕學生跟不上，又把背誦的文章用板書寫在黑板上，兩堂課用在寫黑板的時間佔去一堂半，這使得我們對他背部的認識比正面要多。

後來我們才知道，林耀曾先生當時還在師大碩士班做學生，按理他還沒有講師的資格，當然是不能教我們大學的功課的，但林老先生護子心切，自己出面到東吳「卡位」，找我們學生集體做他兒子試刀的對象。林耀曾教我們的時候還很靦覥，有點膽怯，但父命不可違，這可能是他父親在第一堂課就開宗明義跟我們大談中國思想要從孝親開始的原因。

但課表上教授的名字一直沒有變，在登記上面，我們都是「本師　林先生」的弟子，這是無庸懷疑的。

東吳是兼任教師的天下，而兼任教師絕大部分都是這樣子的，有的沒有學問，有的缺乏良心，也有兩者兼缺，再加上幾個憤世嫉俗的人在裡面攪和，弄得一片昏天暗地。最嚴重的是那群教師沒有一個把學生當人看，不是瞧不起學生就是戲弄學生，這樣怎能做到東吳英文校訓中揭示的 Unto A Full-Grown Man 呢？要教養學生「做一個完整的人」，必須先把他當成人看，自己要尊重知識、尊重學生，學生才會要求自重，才會完成自己而「成人」，從這個角度看，東吳辦學的人，可以說對不起他們的校訓太多了。我想起孟子，他把最卑微的人都當成聖賢看，他說：「人皆可以爲堯舜！」這句話並不保證人一定都成了堯舜，但聖人就是面對一個判了死刑的犯人，也不會隨便的把他拋棄。唉，典型在夙昔，古今對照，才知道我們處在一個多麼黯淡的時代。

台北

我到了台北，
過了幾個月之後，
才知道台北其實是座空城，
表面上有點繁榮，其實沒有什麼內涵。

台北一直距離我們很遠，遠到我們夢想要到卻無法到的位置。我記得我讀初三時的有一天，教我們課的老師請假，說到台北去辦事了，等他回來，大家都央他說些台北的事情，明明知道他只是辦自己的私事，不見得看到什麼特別的，但大家還是不死心，好像七百年前，熱那亞的監獄中的囚犯，央求同樣關在牢裡的威尼斯人馬可波羅，要他說他千里迢迢在東方的見聞一樣。

台北對大多數人而言都可望不可及，但比起其他的地方，譬如紐約、倫敦、巴黎、羅馬等的，還是近些。那些地方不僅僅是遙不可及，對我們像是星星一樣的地名，這輩如何，自忖是絕對到不了的。台北還好，乘火車就可以到，只是到台北須要事先找個好的理由，對我們孩子而言，這比什麼都困難。

有一次老師問我們究竟想知道台北的什麼，這倒讓我們猶豫起來。我們其實並不了解自己的心中的渴望，我們想知道的事漫無邊際，很大也很多，但眞要說又說不怎麼上來，這才是我們的困窘。一個愛籃球運動的同學老是把當時幾個明星球員掛在嘴上，譬如克難隊的陳祖烈、國光隊的羅繼然等的，他對中國廣播公司每週現場轉播的籃球競賽熟悉的不得了，說話興奮時，常做帶球三步「翻身上籃」的動作，他問老師去過台北的三軍球場嗎？老師說沒去過，只知道球場就在總統府前面，老師說去台北的時候沒趕上有球賽，就是想進去也進不去，他聽了大失所望。

另一個愛電影的同學問台北的電影院是不是很大，老師說是比較大一些，但跟我們鄉下的也沒什麼太大的不同。他繼續問在台北看電影是不是都得戴特殊的眼鏡，銀幕上的人都能「飛」出來呢，因爲不久前，小鎭上演一段很短的電影，是「搭配」著一部長片推出的，開演之前每人發了一副紙糊的眼鏡，一眼紅一眼藍，電影裡面一個人表演馬戲團的甩瓶遊戲，那瓶子一不小心就「躍」出了銀幕，就像朝人的腦袋落下來的樣子，電影院裡驚叫不斷，亂成一團，那叫做「立體電影」，當時新奇的不得了。老師說立體電影還在實驗階段，還沒眞正的流行，至少在台北還沒有這麼演劇情片的，也許美國有，台北在這上面比美國要落伍，這是大家可以確定的了。

老師把眼睛轉向我，我已想好了問題，我想問台北的書店是怎麼樣子的，但老師只看了我一眼，並沒有問我。我從初二留級之後，就獨個兒展開了我無限壯闊的閱讀之旅，書本為我打開了一幕幕的生命奇景，我常到小鎮的書店看書，小鎮書店的書與雜誌不一定很多，就已令我目眩神移了，我想台北的書店應該更好。我在一本雜誌上看過一篇報導美國紐約書店的文章，有家書店店名叫什麼已忘了，但店門口的招牌上用英文寫著：「有智者在此垂釣。」啊，那眞是貼切又高雅，台北有那樣的書店嗎？我並不是關心書店規模的大小，而是想知道那個讓我懷抱理想、充滿憧憬的出版品的供應中心，我心中知識的殿堂，到底是什麼一種模樣，是像羅馬的萬神殿或者像梵諦岡的聖伯多祿大教堂一樣，仰頭高望，到處都充滿了神奇的光嗎？

後來初中畢業，我跟著幾個同學趕到台北參加師範學校的入學考試。當時的師範既不是大學也不是專科學校，等級與一般高中相同，畢業出來可以在小學教書。鄉下的學生很嚮往讀師範，師範是公費，不要繳學雜費之外，生活上吃的穿的都由政府提供。然而參加考試的人實在太多，我雖然自覺考得不錯，還是沒有考上，不只我沒考上，跟我一同去考的同伴最後都是「鎩羽而歸」。然而那次北上考試，對我而言，不是完全沒有收穫，我終於可以近距離的觀察了一回嚮往中的台北，但遺憾的是沒有去看書店。

對小鎮的人來說，台北的的確確是個大都市，這在乘火車往台北的路上就體會到了。火車只要過了八堵，兩邊連綿不絕的是倉庫和油槽，大型的工廠林立，鐵路不斷有分岔，分岔的鐵路上有火車在上貨或卸貨。在快要到台北總站的地方有一座名叫華山的貨運車站，裡面還有座火車調車中心，那裡的鐵軌像時鐘一樣四射而出，上面停著很多黝黑的蒸氣車頭，而那些車頭正冒著濃煙，隨時準備運作，那景象令我感動。火車經過公路平交道，柵欄上的燈閃爍著，鈴聲大作，公路上排著一輛輛等待要過的汽車，有大客車、貨車與轎車，還有許多帶篷子的腳踏三輪車，當然還有腳踏車與黑壓壓的行人，場面零亂而盛況空前，光從鐵路上看就有如此的風景，台北眞是個不尋常的都市啊。

台北又是政治之都，是中華民國最高領導中心之所在。鄉下地方的學生，比較沒有見識，也沒見過「世面」，心中還保持著落伍的軍國主義思想，老是想向權力的象徵物敬禮，朝掌權的大人物效忠靠攏。我們讀小學的時候就唱一首歌頌蔣總統的歌，歌詞中有「您是大革命的導師，您是大時代的舵手」，到我讀高中的時候，蔣總統依然在做總統，（他一直到逝世都是在任總統，他過世的時候，已是一九七五年，我大學都畢業十年了。）當時台灣風雨飄搖，但因爲無知，我們並不覺得有什麼不安。我們被教育成要認定我們所處的時代是一個偉大的時代，而我們的國家是個偉大的國家，我們必須盡其所長的貢獻自己，以完成「大時代」交給我們的任務。我們也許只是小石子小沙粒，但凝固起來，也可以成爲撐住上天的大柱子。

台北既是最高領導之所在，當然値得我們頂禮膜拜，對我們鄉下的學生而言，來台北多少有一點政治上朝聖的氣氛。我們私下希望能見到一些特別的，最好是有莊嚴而神聖意味的事情在我們眼前發生，一個我的同伴在火車上告訴我，他最想在台北見到一些有儀式性的活動，大的如國慶閱兵，小的像儀隊交班，或者能看到總統府前的升旗典禮，那些活動都令人熱血沸騰，如果能被我們碰到，就不枉此行了，我聽了以後，也怦然心動，深以爲然，可見我們初中男畢業生的幼稚。結果我們考完，沒有餘閒（其實是沒有餘錢）在台北久留，只得匆匆回家，來時火車上的憧憬，一件也沒有實現。

那種有法西斯含意的又充滿儀式性的國家想像，只存在於幾個特殊的學生之間，並不是那麼普遍，台北也有一些溫柔又美麗的聯想。對一些追求時尚的學生而言，台北還是個時尚之都，不過在這一方面，不論「嗅覺」與毅力，男生都不是女生的對手。男生也會追求時尚，但中學時代的男生，也許被初初發現的情色本能弄得暈頭轉向，「焦點」老是不能集中。

上高中後男生的制服一年三百六十五天都是軍訓服，卡其布料的，口袋上繡著藍色的學號與姓名，土氣的不得了。愛耍帥又有點「流氣」的男生，喜歡把軍訓的大盤帽弄得像美國電影裡面的空軍飛行員戴的一樣，兩邊垮下來而且皺巴巴的，軍訓教官說那種帽子叫牛屎帽，不准人戴，而調皮的男生還是喜歡戴它，而且把它弄得髒兮兮的，據說台北學生都這麼戴。男生的時尚，好像只停在這一階段，有點叛逆，但不夠徹底，想起來就覺得可憐。

女生一旦陷入時尚的幻想之後，就會全身以之，「勇猛精進」的不得了。在穿著方面，學校給女生的待遇要比男生的好很多，女生不必天天穿卡其布料的軍訓服，她們是有第二種制服的，女生的第二種制服是上身穿淺色的襯衫，下身著黑色的百褶裙，軍訓服是有慶典或有軍訓課時才要穿的。一個家境比較優渥的女生，隨家人到台北一趟，回來突然變得時髦了，她的與眾不同是她在穿第二種制服的時候，把裙子裡面的襯裙刻意露出一小截。（初中女生很少懂得穿襯裙的，一到高中就都懂了。）開始大家以爲是她不小心走光的結果，後來知道不是，她告訴她的同伴說是台北流行的，不久這種穿著方式便「席捲」全校高中，都在黑裙下面露出一點白色蕾絲邊，其實並不好看，但據說那台北學校的女生都是這麼穿，而台北女生如此穿著，也是從過時的好萊塢影片裡學來的。

愛漂亮的女生還曉得把學校規定的短髮弄得邊上微微上翹，只要有一點跟別人不一樣，就滿意的不得了，還有些女生懂得稍稍在臉上打一點粉底，還搽一點透明的唇膏，教官檢查時說是皮膚敏感必須搽防曬膏與護唇膏，教官也不敢怎麼辦，那些保養的資訊都是從報上婦女版得到的，而投機則出自女性的天性。在普遍困窘的時代，原來也有貧富不等的生活方式，同樣是卡其布，布料有好壞的分別。有一種俗名叫絲光卡其的卡其布，又細又亮，穿在身上，就算是制服還是能顯出富貴氣，我讀高中的時候，班上有幾個同學穿這樣的料子。講究衣著的人還會把衣褲燙得很平整，女生百褶裙上的褶痕與男生長褲的兩條垂直壓線往往成了身分的代表。還有皮帶的環扣，可以用一種在台北才買得到的擦銅油把它擦得金光透亮，遠看就像黃金做的一樣，但那種擦銅油每三四天就要重擦一次，不然環扣又模糊一片，比沒擦還難看。

這些服裝上的講究與儀容上的修飾，風氣都說是來自台北，後來我有機會到台北讀書，才知道根本不是這麼回事，我們鄉下人對台北的想像，其實錯得離譜。台北有的學生也很土，甚至於跟我們鄉下來的學生比也相去不遠，跟得上潮流的人並不多，而且趕潮流的人絕不說他們的潮流是來自台北，我讀大學時，班上就有一些會打扮的女孩，她們說，台北要是跟紐約比，那可是天淵之別呀！

我到了台北，過了幾個月之後，才知道台北其實是座空城，表面上有點繁榮，其實沒有什麼內涵，也許有內涵，短期內我也沒法發現。我讀書的學校，是一個由傻瓜與騙子所組成的空殼，沒一個老師是認眞的，他們學問不好，道德又多發生了偏差，職員看起來都很忙碌，但不知道所忙是什麼，更可憐的是被糊裡糊塗分到這裡求學的學生，他們也都渾渾噩噩的在這兒按表上課，很容易被眼前的假象所蔽，得過且過，既沒意志力，也無是非感。我後來才知道，不只我們學校如此，台灣在一九四九年之後能夠逃掉一劫，並不是我們「勵精圖治」的關係，而是不久爆發了韓戰，東西世界形成衝突反而保障了台灣的安全。韓戰過了不久，又爆發了越戰，越戰爲台灣又帶來幾十年的經濟繁榮，當然台灣整體上也沒犯了太大的錯誤，以致後來的路，走得還算平穩。但我想，任何一個與台灣一般大的地方，維持了幾十年的安穩，它的發展會跟台灣沒什麼不同。台灣當然有傑出的人物，但與其他地方一樣，絕大多數傑出人物都被淹沒在庸俗的滾滾洪流裡，台灣其實沒有太多値得驕傲的地方。

我初讀大學時候，因爲無聊，經常在台北重慶南路的各家書店遊走，一邊尋找讀物，一邊打發時間。重慶南路上書店林立，卻沒有一個是發熱又發光的，如我心中知識殿堂的模樣。那裡任何一家書店都比我們鄉下的書店大，但開書店的，都把書當成商品，書店陳設老舊庸俗，光線也暗，在裡面看書，永遠不會有「智者在此垂釣」的高雅情緒。有些書店你只要翻開一本書幾分鐘，就有人來問你是不是要買，在那兒久站，就有人把眼睛盯著你，怕你是竊賊，一家書店還在進門口公佈了一張竊賊的放大照片，下面還有他親手寫的悔過書，讓人看了十分不舒服。

我記得我高中時所看的漢譯世界名著，那些白色封面的大堆頭書，裡面眞是包羅萬象，那些書曾啓迪我對人生的無窮想像，也使得我與我所處的現實世界有些格格不入，對我而言，不知道是幸或不幸。我記得那些漢譯世界名著是由一家名叫新興書局所出版，有一次我從書後面的版權頁看到新興書局的地址，就在台北市，我何不去找找看呢?當時我想。

那個出版社曾是我寤寐以思，總想要去「朝覲」的聖地，那裡有托爾斯泰、屠格涅夫、普希金、雨果、左拉、羅曼．羅蘭的幽靈，還有狄更斯與雷馬克的，像維也納近郊專門埋音樂家的墓地，裡面有莫札特、貝多芬、布拉姆斯、蘇培、史特勞斯的墳，走到那兒一定要悄悄的不發出任何聲音，因爲那是創造最偉大聲音的音樂家長眠之處。到新興書局，再好的文學家也要擱筆，至少暫時擱筆，因爲那裡堆放著多少偉大作家的偉大作品啊。用維也納的墳地來比喻這家書店並不合適，它該是希望與夢想的誕生地，但從莊子的齊物我、一死生的角度看，我們不是憑藉偉大人物的死亡而得到新生的嗎?

新興書局在台北市一條叫晉江街的地方，那裡巷弄縱橫，很不好找，問路上行人，沒人知道有這家書局的。後來找到一個當地人，說看地址似乎可從強恕中學邊上的一條小巷可以「直通」，最後終於找到。

這家在我心中「盤據」已久的書店，不但毫不起眼，還可能是在畸零地上一套樓房的一個邊間，房子不工整又狹隘，裡面亂七八糟的堆著一些我熟悉的書，也有許多我陌生的書，東一部西一部的漢譯名著，都是白色的封面，幾本《簡愛》壓在《傲慢與偏見》上，《雙城記》與《約翰·克里斯朵夫》混在一起，地上堆著還沒拆封的紙包，裡面放的應該都是書，另個房間還有許多黃色封面，請師大教授宗孝忱先生用小篆寫書名的書，都是國學的典籍，有《柳河東集》、《曹子建集》等的，還有許多綠色精裝成套不零賣的《筆記小說大觀》，那些書，我在其他地方都看過，也都知道是新興書局出的，但平時確然沒有把所有的兜在一塊。我一直把漢譯世界名著放在心中的特殊位置，想不到出版它的，只是一個做大雜燴出版生意的商家罷了。

裡面伙計告訴我這兩天是書店的出貨日，是不做零售生意的，他也沒心招呼我，我在那兒久待也沒有意思，便廢然離去。後來我書讀得漸多，才知道新興書局當時出的書都是翻印以前大陸書店排印過的出版品，不論國學與漢譯世界名著都是一樣，不只新興書局，其他出版社也大致如此，當時台灣還沒有出版法，也沒有著作權法，只要不違反「國策」，任何書都能印的，而且在版權頁上大剌剌的印上「版權所有，翻印必究」，原來整個出版業，都義正詞嚴的做著偷竊與欺騙的行當。

回過頭來，再看我們的高等教育，我們社會的其他行業，有幾個不是做著跟出版業同樣的事呢？我少年時對台北的憧憬，從此消失了大半。

胡適

胡適的思想也許進步，
性格卻十分保守，
與他持相反意見的人嫌他冒進，
與他持同樣意見的人又覺得他退縮。

我很晚才發現，我最初對自由主義的了解其實是一場誤會。我把四周的禁制當成壓迫，自由主義就是主張把那些壓迫盡數除掉的一種主義，人在沒有任何壓迫之下，才能算是自由，這種論調有一點清末革命黨人的氣息，也跟參與戊戌變法最後落難的譚嗣同很像，他在他的著作《仁學》上大談「衝決網羅」，自由就是這樣，要把外加在自己身上的一切羈絆一切阻礙去除乾淨。一個沒有任何外在羈絆的人才能算是真正的自由人嗎？這是否意味著人必須置身在真空狀態中才能享有自由呢？這一點我從來不曾細想。後來我才知道，自由其實是人內心的一種境界，自由是教人如何從社會與自我設下的重重難關中找尋最大活動的可能，自由並不是要掃除所有的阻礙，何況外在的阻礙任我們如何掃也掃不光，要知道鳥沒有逆向的風是飛不高的……然而像這樣比較細密的、不浮光掠影的思想方式，在我少年時代是完全沒有的。

既要衝決網羅，當然得找到衝決的對象，也就是找出網羅之所在。我在高中一年級的時候，就接觸到一些胡適的言論了，我從學校圖書館借出一本《胡適論學近著》，讀了很有些「感受」。後來我才知道那本《胡適論學近著》其實是精選本，只有單薄的一本，眞正的全文本是《胡適文存》裡頭的「第四集」，那本《近著》是《文存》第四集中的第四卷，但那本《近著》足已代表胡適有關中西文化討論的精華了，別的文章沒看也沒什麼關係。

我很難形容我初看到那薄薄一冊書時心情激動的狀態，像被五雷轟頂般的暫時被鎭住了，又有一種很特殊的冷水澆背的感覺。胡適告訴我所處的中國社會，是個虛僞的、充滿騙局的社會，這個虛僞與騙局不完全是我們現代人所造成的，而是由我們千古以來的祖先所留下來的，中國如不趕緊把這千百年留下的東西盡數拋棄，中國將永遠是個僞善之國，永遠無法邁入現代國家之林。他在書中一論、再論、三論「信心與反省」，反覆檢討中國傳統文化，文章眞是波瀾壯闊、振聾發聵，他舉出駢文、律詩、八股、小腳、太監、姨太太、五世同居的大家庭、貞節牌坊、地獄般的牢獄、廷杖、板子夾棍的法庭等十一項「國粹」，說都是我們那三千年「罪孽深重的老祖宗」所留下來的，他說：

我們的大病原，依我看來，是我們的老祖宗造孽太深了，禍延到我們今日。二三十年前人人都知道鴉片，小腳，八股爲「三大害」；前幾年有人指出貧，病，愚昧，貪污，紛亂，爲中國的「五鬼」，今年有人指出儀文主義，貫通主義，親故主義爲「三個亡國性的主義」。這些話，現在的青年人都看成老生常談了，然而這些大病根的眞實是絕無可諱的。這些大毛病都不是一朝一夕發生的，都是千百年來老祖宗給我們留下的遺產。

〈慘痛的回憶與反省〉．《文存》四集．頁四五二

胡適幫我點出迷津之所在，我心中滿懷感慨又滿懷感激。從他指點的方向看過去，我發現中國確是一個破了又腐爛掉的東西，儘管我還沒有能力用全面的知識方式去接觸它、檢視它，我所看到的一些其實是一堆極爲表面的東西，不過當我聽到有人在高呼，要我們趕快連根拔除它，扔掉它，心裡也不由得贊成，當時的我手中並沒有什麼東西可甩，前面也沒有東西可拔除，但我發誓當我一旦發現它，絕不正眼看它一眼。

我在中學尤其是初中階段，遇到幾位師長，嚴格說來，都是對我當時與後來的價値

判斷有負面影響的人物，他們大多是大陸各地在動亂中來台的知識分子，但不論知識與品德，他們的訓練與涵養都明顯不足，在我們那窮地方，他們眞有點聖人所說「窮斯濫矣」的地步。其中有幾個人常會犯著貪婪或好色的毛病，不見得是犯了刑法上的罪行，但一切都是瑣瑣碎碎的，只要有機會，就連我們學生看不上眼的東西他們也會搶著要，在我們眼裡，他們的氣度與胸襟都小得可憐。最糟的是他們之中有的連江湖道義都欠缺，朋友落難了，不見得是他們的責任，但一見有人出事，就紛紛撇清關係，有時候跟落井下石的差別不大，也許那是動亂時代的自保之道吧。我讀中學的時代，整個台灣陷入「白色恐怖」的陰影之中，風聲鶴唳之下，耳語處處，一個人在暗地看《朗格唯物論史》或魯迅、茅盾的小說都可能是入罪的理由，更不要說是參加或牽涉到任何「不當」的政治活動了。當時「匪諜」是最恐怖的罪名，犯強盜殺人的罪還沒那麼嚴重，因爲至少還讓人見得到他，而一陷入「匪諜」的罪名，這人就注定消失了，從此生死茫茫，不論家人朋友就再也不知道他的下落。

我記得我第二次讀初二的那年冬天，一天下午，我們在上兩堂相連的國文課，國文課排在下午而且兩堂相連是準備隔週作文的，但那週正好不用作文，我們老師正在講台上滔滔不絕的講課，那天天空很昏暗，好像隨時會下雨的樣子。我們的教室斜對著校門，我們看到校門突然打開，兩輛漆著白色的軍用吉普車開進來學校，上面跳下幾個戴白色鋼盔的憲兵，他們毫不拐彎抹角的就直接走到我們隔壁教室，把一個正在上地理課的男老師帶走了，我還記得那老師姓岳，下巴不論如何剃都泛著青色，是一個鬍鬚很茂盛的人。被帶走的岳老師在走廊高呼冤枉啊冤枉啊你們憑什麼帶人！憲兵面無表情不理他，他在路過我們教室的時候，朝我們的老師求救，指著我們老師大聲說：「你們可以找他作證！」然後喊著我們老師的名字大叫：「你要幫幫我呀！」我們的老師瞥了他一眼，又拿起書大談書裡的聖賢之道，只是焦點有些不太集中了，後來就匆匆下課。我們期盼他去阻止這項悲劇也許太過，但看到他對朋友呼救聽而不聞、視而不見的樣子，就太讓我們失望了。那個孑然一身滿面青光的教地理的岳老師就那樣給帶走了，從此學校再也見不到他，而且事後也沒人再談他的事，好像他在我們學校從來都不曾存在過似的。

那件事情給我的人性震撼很大。我讀高中之後，偶爾也會有台獨或近乎台獨的活動在暗地裡進行，「白色恐怖」也用來對付台獨分子，在學校也偶爾會上演逮捕的戲碼，與初中時代不同的是被捕的對象由外省老師換成了台籍老師，有一次還逮捕了一個高中學生。到底時代進步些了，已經有人權的觀念，逮捕時通常有學校人員陪同，警憲的車子不會再開進學校，對當事人的態度也比以前客氣點，被捕的人有些從此不見下落，有些後來又見到了，據說這跟犯案的輕重有別，這跟以前的「匪諜」案不同。我們學生以訛傳訛，說匪諜只要抓到了，當晚就把他裝進麻袋，用飛機空投台灣海峽，這說法十分好笑，大家對之半信半疑，但傳聞很廣，後來我讀大學時也聽人講過。當時社會有一種默契，被抓走的人不論是匪諜或台獨分子，從此不再談他，就是後來放回來了，大家也很有默契的不再提他放回來之前的事，但就此「合理」的疏遠他，不敢再與他往來，好像他身上帶著傳染病菌的樣子。

我當時的心情很特別，對被捕的人我很同情，從表面上看現場逮捕是個強凌弱、眾欺寡的例子，但顛覆國家也許是個重罪吧，所以我對他們的同情是帶有些猶疑的。那些事之所以深烙在我心中，不斷震撼著我的其實是四周老師的僞善與絕情，一個人眼見他們的朋友被抓走了，不伸手救援已經夠沒道義了，事後又裝出沒任何事發生的樣子，不是徹底的冷血嗎？而且冷血的不只是幾個人而已，那時整個學校、整個社會對這類事的反應都是一個樣子的，麻木的感情、腐朽的靈魂，眞到了令人匪夷所思的地步。當時我想，孟子之所以要提倡做一個「威武不能屈」的大丈夫，要做一個「雖千萬人吾往矣」的大英雄，因爲在中國社會裡，即使在兩千多年前孟子的時代，已經太多懦弱的、不明是非的人，太多出賣朋友甚至出賣自己靈魂的人，由此說來，中國的墮落來自祖宗，是個千眞萬確的事實。這時胡適的三論自信與反省的文字就深契我心，我周圍的事不斷印證著他的言論，我們的民族是一個墮落的民族，「中國不亡斷無天理」，百年來列強加諸中國的掠奪戕害，只是上天給一個罪無可逭的人最便宜的一種懲罰。

上大學後，我見到四周出現的，不論是師長與同學，幾乎都是同一樣卑弱的人物，更助長了我對中國傳統文化的看法，中文系是我選擇的，我那時確實對自己的選擇十分懷疑，而一度想要轉系，但後來因種種因素沒有轉成。這說明一點，就是我以後走入中國文化的研究，起點是不太正確的，或者可以說是有異於尋常的，我是從懷疑論入手，不過我的懷疑論（Skepticism）接近於哲學上討論知識理論的起點，而非方法論上的問題。而我最早對中國文化的懷疑，更停留在現象層面，沒有在根本上立論，其實這也是五四以來討論文化問題的共同現象，這種文化或思想的討論，老實說是淺俗得很的。

我後來發現如果把胡適作爲一個哲學來討論，能討論的東西其實不多，他深受杜威哲學的影響，然而杜威的「實證主義」在西方哲學上是並沒有什麼地位的。五四以來學者喜歡標舉的「德先生」、「賽先生」也許眞能救國，但「救國」基本並不是哲學的問題，胡適花了很多篇幅來提倡這些，說明胡適的性格比較接近政客或革命家而非哲學家，不過與中國近代的政客與革命家比較，他無疑清新又善良許多。

說起政客，胡適絕對不是，他在關鍵時刻總會潔身自愛，他也不太想碰政治，但提倡民主，要超越政治也不很實際，所以有時他也被迫參與政治，但他參與政治，通常不是得利的一方，而是受害的一方，因爲性格上他是一個老實的書生型人物，完全不適合在政治場合混，然而窮他一生，總是與國內的政治糾葛不清。譬如他對中國傳統的負面批評，很容易就被一派贊成西方激烈革命論的政治力量引爲羽翼，當然，要胡適爲幾十年後大陸掀起的「批孔揚秦」文化大革命來承擔責任有點過當，但他的思想在某些政治行爲中扮演指導或說明者的角色是眞的。整體而言，胡適的思想也許進步，性格卻十分保守，與他持相反意見的人嫌他冒進，與他持同樣意見的人又覺得他退縮，很多地方他是兩面都不討好的人。

正在我讀高中的時候，台灣處在政治高壓的環境中，但民主思想也同時在萌芽崛起的階段。當時有一本名叫《自由中國》的半月刊，經常刊登與領導當局意見相左的文章，這本刊物強調民主，主張自由，由雷震擔任總編輯，公推胡適做他們的發行人。他們與當局鬧到不可開交的那一次是在一九五九年反對蔣介石「連任」總統的事，因爲蔣氏在此之前已連續擔任兩屆十二年的總統，依憲法規定，總統只能連選連任一次，所以蔣先生到明年的五月十九日任期結束就得下台，然而當時的執政國民黨執意要他繼續領導國家，他自己的意願也是一樣，而《自由中國》認爲這樣不合法也不合理，希望蔣介石先生不要尋求連任，一切依憲法的規定行事。

胡適也以個人身分表達了意見，認爲蔣氏繼續尋求連任不宜，這當然與國民黨與蔣介石的意願是背道而馳的，所以弄得場面尷尬，局勢也緊張起來。更嚴重的是後來雷震在《自由中國》又不斷鼓吹成立反對黨，以為沒有反對黨的制衡，民主政治就不可能落實，這個主張也與胡適頗為同調，不久之後雷震不但「主張」成立反對黨，而且「著手」組織反對黨。國民黨認為已到「危急存亡」的關鍵時刻，便使出殺手鐧，羅織雷震「知匪不報」、「為匪宣傳」等的罪名，以軍法判他徒刑十年。雷震既入獄，組織反對黨的力量自然消失，《自由中國》也因而停刊，這是五〇年代在台灣民主政治上最有力的《自由中國》運動的始末。

在其中，胡適的角色十分特殊。一九四九年後，他憑藉他在國際上的名望住在美國，生活雖過得去但卻十分不如意，他以前在國內主張全盤西化，但他與激烈的西化派相處並不和睦，中共取得政權後，立即展開全面的「清算胡適」的運動，甚至叫他在大陸的小兒子做打手，他當然不能回大陸。然而他平生反共也被共所反的遭遇，在某些地方也成了特殊的資產，蔣介石邀他回國擔任中央研究院的院長，他雖然很多地方與蔣氏意見相左卻仍備受禮遇，在台灣的民主派人士當然喜歡由他來擔任領袖，他也確實發揮了一點名譽上領袖的作用。但台灣實在太小，在對抗整個大陸的壓力下，不得不把小島弄成更為密不透風，他除了名望之外，在島上其實沒有什麼功能可言。

再加上那時的胡適也老了，所發表的意見與強大的壓力比較，顯得不痛不癢。譬如在一九五九年，正是《自由中國》反對國民大會打算修憲以使蔣氏連任鬧得最凶的時候，雷震也正忙著打算「組黨」的同時，胡適一方面拒絕擔任新黨的主席職務，一方面在《自由中國》發表了一篇〈容忍與自由〉的文章，試圖對當局婉言相勸，要他們能夠容忍異己，在〈容忍與自由〉裡面，他藉著中古歐洲宗教領袖對不同意見的迫害，引發他的議論說：

上帝自己說話，還會錯嗎？爲上帝的光榮作戰，還會錯嗎？這一點「我不會錯」的心理，就是一切不容忍的根苗。深信我自己的信念沒有錯誤的可能(infallible)，我的意見就是「正義」，反對我的人當然都是「邪說」了。我的意見代表上帝的意旨，反對我的人的意見當然都是「魔鬼的教條」了。

這是宗教自由史給我們的教訓：容忍是一切自由的根本；沒有容忍「異己」的雅量，就不會承認「異己」的宗教信仰可以享受自由。但因爲不容忍的態度是基於「我的信念不會錯」的心理習慣，所以容忍「異己」是最難得，最不容易養成的雅量。

文後他又結論說：

我曾說過，我應該用容忍的態度來報答社會對我的容忍。我現在常常想我們還得戒律自己：我們想著別人容忍諒解我們的見解，我們必須先養成能夠容忍諒解別人的見解的度量。至少至少我們應該戒約自己絕不可「以吾輩所主張者爲絕對之是」。我們受過實驗主義的訓練的人，本來就不承認有絕對之是，更不可以以吾輩所主張者爲絕對之是。

這些話當然很有理，但放在時代的大漩渦裡，只能算是「微弱的眞理」，他想藉這篇文章促使當局對反對者實施容忍異己，就未免太迂闊了些，台灣正處於山雨欲來風滿樓的時刻，誰會悠閒的「聞弦歌而知雅意」呢？何況這裡的「容忍」含有雙面的意義，你既要求別人容忍，而當別人要求你容忍像軍法審判這「暫時的權宜之計」時，你也沒有拒絕的理由了。

他必須面對另一個事實，他的自由主義鼓勵了雷震一幫人的思想，讓他們在險峻的環境中奮鬥，後來戰爭發生了，這位自由主義的導師不但不參與，而且幾乎袖手的看著自己的追隨者被逮捕入獄，他是眞的無力或是根本沒有盡力的援救呢？至少對雷震及《自由中國》的同情者而言，那眞是一個失望的時刻。一九六一年陰曆五月二十六日雷震在獄中過六十五歲生日，胡適手書南宋詩人楊萬里的詩爲他祝壽，詩曰：「萬山不許一溪奔，攔得溪聲日夜喧。到得前頭山腳盡，堂堂溪水出前村。」這首詩充滿了象徵，勸人保持鬥志，不要氣餒，因爲理想終必實現，但關在獄中的人會想，要等到「堂堂溪水出前村」，得等到什麼時候？

晚年的胡適，整天周旋在中研院送往迎來的酬酢之間，再加上他的夫人江冬秀從美來歸，報上盛傳胡適懼內，對夫人沉迷牌局很頭痛但不敢表達意見。後來又是他患心臟病的消息，據說心臟病患者爲防止心臟麻痺，必隨身準備一小瓶烈酒，必要時可作救命之用，胡適身上即帶有一瓶，裡面裝著白蘭地。他繼續沉迷在他考據的癖好裡，在病房裡仍在比較版本，爲他甲戌版的脂硯齋《紅樓夢》寫序……反正林林總總、不痛不癢，無關全局，整體上都是無聊的閒話。我讀高中的時候，胡適應聘回國之後，我在《自由中國》上偶爾看到他沒什麼力氣的文章，在報上也會看到一些他很不重要的消息，拿來與《胡適文存》裡面那些直陳腐敗，雄辯而意氣風發的文章相比，才覺得他早年的意見才是意見呀，他的意見我不見得都贊成，但處處顯示那是個充滿自信的漢子所發的意見啊。人眞的是不能老的，而胡適怎麼老得這麼快呢！

一九六二年二月，胡適在一場中研院的酒會間病發而死了，那時正好還在放寒假，我在羅東姐姐家中得知這消息。對我周圍大多數的人而言，胡適不是什麼正面的人物，沒人表示哀傷，我還聽一個外省人說死得好，爲什麼到現在才死啊，當時不滿意他甚至仇恨他的人其實是不少的，有些人把大陸淪陷看成是他的「罪狀」，他的自由主義在當時的台灣也不得人心，那時的台灣還過分崇拜權威、迷信獨斷，這讓我有些悲哀。我到中學老師繆夢庵先生家，他感慨的說，五四運動早已過去，但五四精神一直還在的，在胡適死了之後，五四精神就好像眞正的結束了，我想也是。

胡適死了後，遺體好像暫厝在他原來住的中研院的宿舍，直到當年的十月，墓園建好才遷葬，墓園就在中研院大門前不遠處。遷葬入土的儀式很隆重，來了許多人，中研院中庭的巨幅國旗特別降半旗，天氣陰沉，有點飄雨，整個氣氛嚴肅而哀戚，那正是我在東吳讀大二剛開學不久，我也到南港去參加了，我一生沒有見過胡適，那次是我最接近他的一次。

我不諱言，我從少年轉成青年的時候，曾受胡適思想的引導啓發。我早期對中國傳統抱著輕視甚至敵視的態度，一方面是受胡適的影響，一方面是自己在生活上的體悟。我處身在台灣東部一個幽暗的角落，卑微的身分使我能隱沒在眾聲喧囂中靜靜觀察，這有點像原籍波蘭的德文小說家葛拉斯在他的名著《錫鼓》（Günter Grass, 1927-. *Die Blechtrommel*）中描寫他童年一樣，葛拉斯的童年在但澤度過，那正是第二次大戰即將開始的時候，虎視眈眈的德國正想盡辦法要把他的祖國波蘭併吞掉，但大禍臨頭的波蘭人仍一無知覺，一部部昏天黑地的劇碼在小說主角矮個子奧斯卡周圍不斷的上演。當時的台灣的危險程度不見得比二次大戰前的波蘭更輕，而一幕幕悲劇也在我周圍上演不休，其中包括偷竊、不誠實和出賣。我以為我讀大學之後，這些狀況就會改善，想不到不但沒有改善，反而變得更糟，我看到的是握權柄的人更加獨斷，沒有權柄的又競著像妓女般的出賣自己，到處是愚蠢與欺騙，聰明人選擇逃避，一般人則得過且過，只有智慧最低的人才顯得勇猛無比，我自然把這些現象歸罪於中國的傳統文化，胡適英年時代的言論時時提供我無窮的印證。

後來我發覺胡適的困窘之處，他其實是個有局限的人，在文化上，早年的胡適是個革命者，有相當的破壞力，但他的建設不多，他的文化見解其實並不成熟。自由很重要，但自由不是這樣尋求的，另外做文化研究，不該只著眼在現象上的材料，用現象上的優劣來判斷文化的價值，本身就是個獨斷，這是我潛沉在閱讀與思考很久之後才有的感悟。

儘管胡適說的自由主義並不完全正確，但自由的心靈仍是珍寶。自由是個奇怪的東西，當社會更禁錮或更解體，自由的價值也隨著改變。人如處在絕對的禁錮之中，是無由體會自由的意義的，自由當然就不重要，工廠裡的齒輪是不會要求自由的；但當人人擁有自由，自由變成公理時，也沒有人會去重視它了，就像人在能夠無拘無束呼吸空氣的時候，是從來不會覺得肺能自由張合有什麼值得珍惜的一樣。

存在主義

照存在主義的說法，
世上的事都沒有那麼當然，
無論科學與倫理，
都有相當程度的荒謬性，
人只有承認它的荒謬性，
才有獲得較大自由的可能。

我從高中起，就被孟子那種剛正奇倔的氣息所染，成天想做一個頂天立地的漢子、做個不惜與天下爲敵的人間英雄。在當時我的眼中，天下有太多不平的事，也有太多齷齪的事，但世人都麻木了，他們的手足乃至身心都浸泡在麻藥中，腐了爛了都不覺痛，他們的神明不再清爽，他們被世俗的假象所蒙蔽，把錯誤當成眞理，把痛苦當成歡愉。君子自覺覺他，要把眞相告訴世界，要起黎民於水火之中，這才是仁者的胸次，智者的心懷。

確實是太過浪漫而超現實的了，但總是威風凜凜，充滿著壯烈而悲情的，那是我當時一部分的生命情調。我在東吳的時候，對四周滿佈的欺騙與不眞實的氣氛，曾一度到了不能忍受的地步。學校在無盡的壓榨學生，它收的學費沒有少過其他私立學校，但全系只聘了一位專任教授，而且十餘年來都是如此，這現象是任何其他的私立學校所沒有的。學校除了壓榨學生外還壓榨老師，所聘的老師還有相當一部分是不合格的，學校給他們的鐘點費當然也就更少了，多下來的錢跑到了哪裡了呢，幾乎是沒有人知道。學校既不關心學生的教育，也不關心教師的福利，這不是雙向壓榨嗎？當然這祕辛我們當學生的時候並不知道，我一度以爲，大學就是因爲如此「渙散」才叫它大學的，直到我東吳畢業很久，又濫竽他校教席，稍稍的「仰觀宇宙之大，俯察品類之盛」之後，才發覺其他學校並不如此，我母校雙向壓榨的行徑，現在想起，猶覺憤憤。

那些被壓榨的兼任教師也可憐得很，這「可憐」兩字一方面指他們在東吳所拿的鐘點費有限，無法維持像樣的生活，而「可憐」也包括了他們的智與德都十分貧弱。我們系上的老師有幾個是典型的文人，會寫些文章，也會吟些古詩，他們最多只能改一改學生的習作，做一個常人當然沒有太大的問題，但做爲教師，則欠缺之處就很多了。以現在的標準而言，他們對他們所教的科目，無論在義理、辭章、考據的範疇，大多沒有充足的知識，對當代學術發展，更無法掌握，老實說，在學術上言，他們是名副其實的門外漢。但學校卻叫他們來教我們，他們只有以虛張聲勢來掩飾自己的貧弱，用各種怪言怪行來混淆視聽，或者用背誦默書等外加的壓力，讓學生不斷受困受責，因而放鬆對他們的懷疑。老師是要尊敬的，東吳強調教師的尊嚴，老師再不像樣，學生也須乖乖的上課受教，每堂課訓導處都派人點名，嚴格得很，直到我畢業，東吳都自詡這是他們最好的傳統。

學校既強調嚴格，爲什麼不在師資上要求嚴格呢？爲什麼不按教育部的規定聘足教師呢？爲什麼在課程安排那麼的簡漫、在學生輔導上又那麼的忽視隨便呢？所以這嚴格兩字純粹是自欺欺人的場面話。

大二的時候，我與教我們「歷代文選」的曹昇老師因認識上的不同而起了爭執，起因是他給我看他個人的文章。他的文章並沒有印成書，也不是刊登在刊物上的，而是寫在幾本厚厚的日記簿裡，他事先熱心的向我指出，日記簿中的哪一篇、哪一篇是他最重要的「著作」，要我好好的研讀，最好讀後把意見告訴他。我拿回住處，把他的大作大致瀏覽一過，發現這位表面氣燄高張而滔滔不絕的教授，其實是個落拓又無聊的可憐漢，看他日記簿裡寫的荒謬文字，發現他就是把〈詩大序〉、《繫辭》當成孔子的著作也不顯得嚴重了。

老師日記裡的文字大致可分成兩部分，一部分是反攻大陸的計畫，據說他早把這計畫上呈元戎了，但一直沒有得到回音，另一部分是對胡適所領導的「新文化」運動所作的評論。前面一部分我雖不能置喙，但一看就知道全是荒唐之言，元戎如回他信就算不了是元戎了。後面一部分，我就看得出來他理論不周延或錯誤之處，我對胡適算是熟悉的，我高中的時候就讀過他大部分的著作，他的一部分見解還左右過我一段時候的文化認識。我把他寫錯的引用錯的整理出來，順便把我認爲「正確」的意見寫進去，洋洋灑灑用了十餘張六百字的稿紙寫就一篇「讀後感」，在第二週上課前送給他。我覺得我雖然站的地位稍微高些，但我對他的想法基本是同情的，因爲我想起曹雪芹在寫完《紅樓夢》後突生感嘆，寫出「滿紙荒唐言，一把辛酸淚」的句子，這位老師爲何有如此荒唐之想，爲何做如此荒謬的舉措，而且只能在自己的日記中發洩，他背後必定有我們看不出來的極爲悽楚蒼涼的故事。

他在收到我「讀後感」之後的一週後，不但不找我談話來疏通意見，卻把我當起敵人來了，而且逐漸展開對我的「反擊」。起初他反擊的力道還算輕微，多半是上課說些帶諷刺性的玩笑話，眼睛看著我但不點破，我聽出來了，假裝不懂，同學當然也不知道他說的是什麼，我寫「讀後感」的事並沒告訴別人。但想不到後來事情越弄越大。當時東吳中文系的學風保守，把胡適等人的新文化思想當成洪水猛獸看，每個人談起新文化、白話文或社會主義的字樣，根本還沒聽清楚所談的是什麼，就會被視爲離經叛道，責罵撻伐隨之而來。曹老師當然知道這個「大勢」，其實他也是「大勢」中的人物，他沒有徵得我的同意，就把我的文章拿給他的同事看，那些老師不知是「自覺」或是應曹老師的要求，大家都槍口一致的對付我起來。大部分老師會在課上莫名其妙的冒上一段，指桑罵槐的說共產黨就是胡適那群人帶出來的，沒有胡適沒有新文化運動，大陸就不會失陷，「我們」就不致到台灣來。他們說現在還有人在「應和」胡適那套，不是糊塗，就是別有用心，說這話的時候，他門總會偷偷瞄我一眼。一位老師在課餘的時候找我到教師休息室，很不客氣的告訴我犯了大錯，說我不但挑釁了老師，我的文化認識又完全是錯的，我說「老師您誤會我了」，但他不聽，我懷疑他眞正看過或眞正看懂了我的文章。

後來班上的同學也知道了，但都不清楚事情的始末，一部分同學知道了故事的梗概，但他們抱著看熱鬧的心理，並不打算爲我打抱不平，眞想打抱不平，他們也沒有能力。我原想去找曹昇老師理論，以我敬佩孟子剛正奇倔的個性，我勢必會跟他鬧得不愉快，這一點我並不怕，以爭勝的標準言，我自信他理論不足，口才也絕對不比我好，他一定爭不過我。他所以得力，在依靠老師高於學生的「勢」，可以對我爲所欲爲，而且可以以教育爲藉口遂行他的制裁行動，他也許把上書亢戎所得的挫折，一股腦的算計到我身上。一位還算中正的老師勸我，要我忍耐一下，我聽他的話就沒去找曹老師，但曹老師學期結束後給我全班最壞的成績。其他老師也大部分如此，他們還不敢給我不及格，因爲我考得還不錯。班上的詩選及習作課，有七、八個同學的習作是我幫他們寫的，期末考老師規定把平時習作抄上試卷，所以他們的成績都該是我的，但我成績單上的成績都遠遠落後他們。

到大三的時候，曹昇老師又教我們《毛詩》，但他仍然把他對我的負面影響在我身上發揮得淋漓盡致，仍舊聯合其他老師來「對付」像我這個手無寸鐵的學生，個個上課下課眼睛瞟來瞟去，欲說還休、欲休還要說，把惡趣當成樂趣，一副樂此不疲的樣子。而我從大三之後對自己的周圍事已完全沒有注意的興趣了，如果我耽於自戀，很可能會遭遇不測，幸好我不是如此，我把注意力放在其他事情上。

當時學界流行「存在主義」，存在主義（Existentialism）是一個哲學名詞，也是哲學討論的話題，討論最多的是海德格寫的《存在與時間》（Martin Heidegger,1889-1976. *Sein und Zeit*），我也找來譯本看，但自己西方哲學訓練太差，再加上海德格的哲學與古典哲學的路徑不同，對我而言，全是陌生的玩意兒，看起來似懂非懂。然而有趣的是存在主義也影響到文學與藝術界，存在主義有一種傾向，即透過對荒謬現實的認識以證明人的存在，這種「印證」的方式在文學與藝術上影響殊大，最有名的是卡繆（Albert Camus,1913-1960）與沙特（Jean-Paul Sartre,1905-1980），卡繆出身在法國非洲殖民地阿爾及利亞，沙特的母系是德國人，兩個人都不約而同的以殖民地或外來的文化的觀點來省察法國社會的「主流文化」，因而發現許多人不易或根本未發現的問題，他們把他們發現的，譬如「何謂自由」、「人應如何而生」等的問題，以獨特的文學方式展現。除此之外，沙特還是個哲學家，哲學著作有《存在與虛無》（*L'Être et le Néant*），與海德格的《存在與時間》先後輝映，被譽爲存在主義的兩本最重要著作。他與卡繆都得到諾貝爾文學獎，在我讀大學的時候，他們發光發熱，對世界文壇與藝壇的作用十分顯著。正好一九六四年，我剛從大三升到大四不久的那年冬天，諾貝爾獎委員會發佈沙特獲得該年諾貝爾文學獎的消息，但他卻拒絕領獎，一時之間，把一般認爲神聖的諾貝爾獎搞到充滿荒謬的意味。

沙特本來就認爲人的存在是充滿不確定性，也就是充滿了矛盾與不安的，他否定上帝及神的存在，人必須靠自己的力量來獲取自由。他對自由雖然充滿期許，卻又認爲人是不能得到眞正的自由的，這是因爲人無法擺脫自然與人爲加在身上的所有羈絆，這一點與莊子的觀點很接近，他曾說：「人是受某些條件所羈絆的存在。」這是人類的宿命，既是宿命就很難超越或根本無法超越。存在主義對現實世界的看法是悲觀的，這就與莊子很不相同了，莊子並不悲觀。沙特認爲人是沒有能力超越羈絆的，而他們又不相信上帝，當然得不到神的加持，人須獨立的面對自己的苦難，存在主義文學家對人性中的蒼涼無助的部分是深有體會的。存在主義的小說，都有一種虛無的味道，所謂虛無是故事往往不合一般的常理，人是游離的，世上沒有什麼值得遵循的原則，這便是他們所謂的「存在的本質」。卡繆的《異鄉人》裡面的人物有血肉但無靈魂，任何事對他而言都無關緊要，他對母親的喪禮覺得無聊，甚至最後對於法官判自己的生死也不置可否，從《異鄉人》看人生，人生確實是一場極大的空虛，人的「意義」被徹底的顛覆了。

這種思想與孔孟的積極思想根本是背道而馳的，但有一種特殊的迷人的氣味。人都失落過，有些時候發揮安撫與鼓勵作用的不見得是那些積極的思想，反而是那種消極的思想，那種消極的思想告訴我們所面對的逆境不是變數而是常態，沉淪與墮落是多數人的經驗，因此當我們面對沉淪或逆境時無須感到悲傷，消極的思想有時也會有積極的作用。

相對我的現實處境而言，我當時正被許多無聊又無啓發性的事務所擾，沙特與卡繆的文學，在我身上竟發生了奇異的救贖的效果。我因而接觸了大量的存在主義文學，從沙特、卡繆往上推，接著又看齊克果（Soren Kierkegaard,1813-1855）與卡夫卡（Franz Kafka,1883-1924）的作品，原來這派文學，在西方早有源流。很長一段時間，我終日沉迷在那些荒謬的情節及不像故事的故事裡。一天早上，一個年輕的布販竟然發現自己變成一條蟲了，他希望只是一時錯覺，但不是，他與他家人又希望只是短時間的現象，他還會變回來，但沒辦法，他確實變成一條蟲了，而且不再變得回來，他與他家人最後只得承認這個不可逆轉的現實。家庭對他的態度，在確定他無法變回爲人時也逐漸改變了，愛變淡了，容忍變成了厭棄，家人就越來越以對付異物的方式來對付他了。這個故事對那條蟲而言是很殘酷的，看了令人鼻酸，但家人所受的苦也値得同情，直到後來那條蟲死了，家人的苦難才獲得解脫，這是卡夫卡小說《蛻變》裡的情節。沒有道理，但細想又很有道理，道德與感情，看似當然，而其實也是脆弱的，最偉大的情操，面對苦難也不可能一成不變的，我們在尋找人性中最大自由的時刻，這是我們不得避免去觸及的問題。

沒有那麼當然，照存在主義的說法，世上的事都沒有那麼當然，無論科學與倫理，都有相當程度的荒謬性，人只有承認它的荒謬性，才有獲得較大自由的可能。這說法有一好處，它使人從道德緊張中放鬆開來，我前面說存在主義文學在我身上發揮了救贖的作用，這救贖的作用就是教我放鬆，認識荒謬與悲劇之所從來，認識自己面對此局完全無法可想，也是讓人放鬆的一種方式，因爲它教你不要再走老路來解決問題。

在學校，我與曹昇老師還有其他老師的對立氣氛並沒有紓解，因爲我不太以爲意，所以在我這邊並沒有發生什麼太大的負面作用。我與曹昇老師的「交手」其實不止一次，大三的時候他又借故把一篇文章交給我，也是談新舊文化之爭，好像起因是一首新詩。不習慣新文化的人通常也不會習慣新詩，他在課堂半嚴肅半諷刺的表示想要聽一聽我的意見，因爲他說我「總是有意見」，他還把他的文章打字印刷，發給班上同學，在這樣的情勢下，我不得不做出反應。我在回他的「讀後感」中告訴他這篇文章比上次的更爲荒謬，我說胡適思想我不是百分百的贊成，但不贊成的，因爲讀了先生的文章後就不得不贊成起來，可見先生的功勞不在維護傳統文化，而在維護胡適思想。我開闔宏肆的把他好好的批評又嘲諷了一番，文章寫得比他的還長，他既公告周知，我也不再手軟，請了位會刻鋼板的同學幫我謄寫在臘紙上，印了許多份也散發給了幾個熱心的同學。我在讀過存在主義文學，體會人生到處有荒謬與不得已的一面之後，似乎不再投鼠忌器又憂讒畏譏了。

在我的文章可以與曹老師的文章併排陳列之後，他原來的優勢不再，我因是學生，弱勢的身分反而容易得到同情，連教我們詞選的汪經昌老師，竟意外的嘉許我，我不知道他也看過了，他說兩篇比較，我的文章不但理論較充足，而且很有「煽動性」，他有點開玩笑的說我未來適合從事社會運動。那次之後，我才知道汪老師除了是曲律學家吳梅的弟子之外，他還是社會學家潘光旦的高足，在社會學上有很深的造詣，有次他對我表示，沒什麼人知道他在社會學上曾下過工夫，他是有點引以爲憾的。他東吳的課都排在星期六，下午還要趕到陽明山的文化大學上課，因而不能搭東吳的校車，他下課後要趕到現在的中影文化城附近去搭二十九路公車，那是一條很長的路，他近視的度數很深，微胖的身材也走不快，他常問我願不願意陪他走，我們就在路上談論不休，跟他也越來越熟了。我也去過他在師大宿舍的家，在現在龍泉街的一個巷子轉角。後來他轉到新加坡的南洋大學去教書了，就舉家外遷，後來據說死在香港。

曹昇老師又開始對我客氣起來，我想是因爲局勢對他不利的緣故，有次見了我說，你文章寫得不錯，你有文化理想，但對中國學問要下更大的工夫。我向他表示謝意，但心裡想，我要如何下工夫呢？是跟著你嗎？有一次他在課堂突然興起，說要送我一幅對聯，句首嵌我名字，聯曰：「志氣超人經百折，文章華國足千秋。」一句警惕，一句期許，算是很客氣了。他有點討好我的意思，但我不爲所動，我覺得很無聊，他小小的算計也讓我看破手腳。

有一次期末，我陪一位成績有問題的同學到他家，表面是去看他，其實是去求情，那位同學沒把考試考好，我當時的狀況很尷尬，但同學要求也不好完全拒絕。曹老師的家在廈門街與汀州路交會附近的一個巷子裡，當時汀州路不叫汀州路，還是從萬華到新店的一條鐵路，老師的家是一幢木製的平房，在他家還聽得到火車路過的聲音。我們摁鈴，老師出來開門。老師看到我們問來幹什麼，我同學說明來意，老師在門口就大罵，說你們敢來家裡討分數，還沒有見過這麼不要臉的人，他大聲叫嚷，分明打算讓左鄰右舍都聽到，讓我們失盡面子，我同學囁囁嚅嚅的，完全不知道要如何接口。突然我們聽到一聲淒厲的叫聲說：「哪一個！」最後一個「個」字拉得老長，是個女人的聲音，老師放輕聲又謹慎的回答說是學生，「是學生就叫他進來！」完全是命令的語氣，一點都沒有討價還價的餘地的，老師就打開大門，讓我們進到屋裡。

一進屋子，才知道那是一個我們完全不能料想的世界。日式房子原本有很多窗子，但所有的窗子都被簾子或布幔遮著，沒被遮的玻璃上有的貼著臘黃的紙，有的黏滿著灰塵，以致屋子裡幾乎是沒有光的，初進時很難適應，要等了一會兒才能看清楚一些，但看清楚了，就更為嚇人。屋子裡的家具擺得亂七八糟不說，每張桌子每張椅子上面幾乎都有一隻貓，或坐或站的，每隻貓看到我們進來都暫停了動作，都毫無聲息的用大眼緊瞪著我們。屋側牆角的一張方桌上，放著一個瓷做的香爐，裡面插著的香還猛烈的燒著，屋子裡到處是嗆鼻的煙味，剛進屋來一切看不清楚，原來煙也是原因。香爐前有一個像簸箕的竹子器具，裡面放著沙子或米粒之類的，上面還用一張很大的黃紙覆蓋著，我原聽說老師喜歡扶乩，本來不信，現在不得不信了，我想老師在我們進來之前正進行著一種奇特的宗教或醫療的儀式，我們打斷了他，難怪他生那麼大的氣。我們後來看得更清楚了，桌子後面竟然是一張大牀，牀上也亂的不得了，堆滿了棉被衣服之類的，牀頭高臥著一個人，原來就是喊我們進來的女人，是老師的妻子，也是我們的師母，但她全身埋在厚被裡，只把頭露在外面，她一動也不動的，只把眼睛微張，從我們進來，就沒聽過她再發聲，我們懷疑她是不是活的，我當時想到的是一部由安東尼·柏金斯主演的希區考克片子，裡面有相似的場景。覆蓋師母的厚被上面，半趴半站著一隻虎斑的老貓，牠忽然大叫了一聲，聲音十分淒厲，讓我們不禁想到剛才叫我們進來的，莫非是這隻老貓不成？

我們被怪異的場景、不尋常的空氣，還有被荒謬的光線與濃煙所擾，進屋之後就沒再注意曹老師了。扶乩引來的神鬼跟儒家文化裡的聖賢好像混跡在室內狹窄又浩渺的煙雲之間，只有影像沒有聲音，有的又像在危巔巔的半空中獰笑不已。我想起老師曾要我在中國學問上再下工夫，他指的是什麼工夫呢？四周是一個無法言喻的荒唐的世界，不管空中地下的所有物都是半死半活的，但活的跟死的沒太大的分別，活的不明不白，死的也全沒死透，一點也不優美，更談不上莊嚴，這世界只有悲劇，沒有英雄。面對這個比卡夫卡小說更大的荒謬場景，我浪漫的英雄夢終於破碎。我跟我的同學示意，成績及不及格根本不重要，我們從曹老師的家幾乎像逃難式的奔逃出來。

蔣經國的後人

他只要喝酒就一定會鬧一場，
而且他在發作前得找一個他熟悉的圖像，
像國旗、偉人遺照等的，
然後對著那個圖像哭泣，
嘴中唸唸有詞的。

蔣經國是蔣介石的兒子，這是誰都知道的事，他與他的弟弟蔣緯國一直處得不好，這也是誰都知道的事，蔣緯國據傳不是蔣介石的兒子，而是戴季陶的兒子，他不論性格與長相都與蔣經國不同。蔣經國雖是蔣介石的兒子，他叫蔣夫人宋美齡女士爲母親，卻並不是她的兒子，反正大人物的事情都很亂。蔣經國很有權力欲，從小就在權力場上打滾，早年在大陸，苦幹實幹的努力奮鬥了好一陣子，混到的，還是很邊緣的角色，最後在台灣終於獲得了國家級的最高權力，這要怪他的父親死得太遲，他在做總統的時候已經年老，而且身體不好，以危殆的身體還要掌握最高的權力，眞是痛苦的事。但權力是個「結構體」，你不想幹也不成，結構體的其他成員會逼著你要你幹，弄到後來，自己硬著頭皮，一千萬個不願意也得承擔下來，這是權力核心的苦處。

蔣經國是不是如上述的想不幹也得幹，我根本不知道，我只是以一般的想法來設想他。他也許喜歡玩弄權術，至死猶樂此不疲，歷史上很多掌權者是這樣的。孔夫子就說過：「及其老也，血氣既衰，戒之在得。」是說人到老年，要勇於把一生所得都割捨掉，包括所有的金錢與權力，你不割捨，生命結束也都不歸你了，這話誰都懂，但說起來容易，做起來卻難上加難。

曹聚仁在《蔣經國論》中說得好，他說：「蔣經國是哈姆雷特型的人物，他是熱情的，卻又是冷酷的；他是剛毅有決斷的，卻又是猶豫不決的；他是開朗的黎明氣息，卻又是憂鬱的黃昏情調。他是一個有悲劇性格的人，他是他父親的兒子，又是他父親的叛徒。」曹聚仁又描繪蔣經國與他父親說：「他們都有點剛愎自用，都有點耐不住刺激，都有點好大喜功，他們都會用權謀詭計，使人疑懼生畏。他們都只能用奴才，不會用人才。」

曹聚仁的批評表面上看有點偏頗或刻薄，但所有長期居高位的人，似乎都有這類的性格，所以我認為這評論還算公允。不過這裡我不打算評論蔣經國，而是想記寫一些與他有關的事。有一件小事，似乎讓我與蔣經國先生發生一點小小的聯結，不過那聯結不但無關緊要，而且徹徹底底是件比芝麻綠豆還小的小事，不過要把那件小事說清楚，還得費些力氣。

蔣經國在公開的婚姻之外，還有段很私下的感情生活，那段感情，對蔣經國而言，也許不很重要，只是他人生遇合中的諸般小事之一，但對感情的另外一方卻不是小事，而是生死以之的大事，那段感情的結局是她交出了性命。更離奇的是她過世前還生了一對雙胞胎，這對雙胞胎因為他們母親的名分不被承認，當然無法「認祖歸宗」的與父親同姓，更不能與父親同住，只得跟母親姓，由母親的家族將他們撫養成人。他們後來也都進了大學讀書了，所進的大學便是東吳大學，老大名叫章孝嚴，讀的是外文系，老二叫章孝慈，讀的是中文系，讀中文系的章孝慈與我四年同班，我們的交往還算稠密。就是這一件小事上使我與蔣經國產生了些許的關聯。

我知道他們這層關係是很晚的事，最早也不會超過大二下，在此之前，我完全是不知道的，這證明我對人際關係認識的遲鈍。大二上學期，我上課的座位與章孝慈相鄰，（東吳厲行點名制度，是要照規定就座的。）我們就常常交談。一次他把他寫的一篇文章給我看，說要聽聽我的意見，那篇文章登在學校某個刊物上，我一看題目是〈論蔣經國的思想〉就倒了胃口，我告訴他說我很討厭這個人，（我其實對所有權力中人都無好感），以後拜託你不要寫這種文章，眞寫了也不要拿給我看，他只得笑笑的收了起來。我那時如知道有這層關係就不會那樣說了，就是說也不會說得那麼直接、那麼難聽。後來同學告訴我，他們在大一剛開學不久就都知道了，一個同學說，你沒看到上課的老師，不是都對他施以奇異的眼光嗎？這一點我很慚愧，我完全沒有「觀察」出來。我只記得上大一時，班上有一個「學長」來「選」課，那位學長叫做蔣孝倫，據說是蔣家的「第三代」，老師講課時，一講到時事有關的事，眼就看著蔣孝倫，用誇讚與阿諛的語氣爲當時的領導人背書，說蔣總統多英明多偉大。這其實不相干，老師無須如此，但老師講課有時會逸出主題，也不能責之太過，這是我那時的想法。

我讀大三時，在學校前面的山坡上與同學一起租房子住，正好章孝慈兄弟就住在比我們高一點同屬一個房東的房子裡，我們的過從就比以前更密了些，不但與章孝慈混熟了，跟他哥哥章孝嚴也熟了，當然那時我已知道他們與蔣經國的關係了。章孝嚴比我們高一年級，當時已是外文系四年級的學生，外文系的學生都有洋名，章孝嚴的洋名叫做**Benjamin**，他謹慎的把它寫在書本與字典的一角。他們兄弟平常時表情都很內斂，總是笑著臉，說話總等別人先開口，才緩緩的回答，很少搶話，更很少有表現義憤塡膺情緒的時候。

跟我同寢室的另一同學叫做陳天穎，是個性格比較激烈的人，他濃眉大眼，長得很英俊，有點好萊塢小生華倫．比提的味道。陳天穎酒量好也喜歡喝酒，但窮學生張羅三餐都有問題，哪來酒喝，他酒蟲癢的時候，只有到山下的雜貨店打幾兩米酒來解渴。他有隻帶蓋子的特大號刷牙杯，是不鏽鋼做的，每次下山打酒就用這隻大家都稱之爲「牙缸」的大杯子裝，一「缸」裝滿大約有現在一瓶裝的容量。我們幾個人的酒量只有陳天穎算好，其他只是微量或是聞到酒氣就醺醺然的「等級」，但都很喜歡聚在一起作樂的氣氛，下酒的通常只是花生，或是誰從家裡帶來的「私房菜」如小魚乾、蘿蔔乾之類的。這樣的飲酒作樂，原來是我們同寢室四人關起門來的事，後來章孝慈兄弟也來參加，有時嫌我們居所狹隘，還要我們「遷居」到他們比較大的住處去。

那時一度流行玩蝶仙，幾個人聚在一起，準備一隻一般盛醬油的小碟，將小碟覆在一張大紙上，紙上寫了各種指示文字，這樣就可玩了。玩這遊戲時要虔誠，所以不能說是「玩碟仙」，而要說是「請碟仙」。「請」的時候每個人要伸一隻手指，輕按碟底的環狀突起處，主持人則輕聲祝禱，要說：「弟子某某有不解疑難處某某，敬請大仙惠臨指示。」所請大仙可以指名，也可不指名，其他人也要起心默念，如果時機恰當，就會請到大仙的。大仙光臨時，碟子會不移自動，剛開始很慢，隨後越動越快，這時候主持人就可以提出問題了，它聽完問題，會在張開的大紙上找答案，碟仙是不會說話的，碟子邊緣畫了一個指標，當指標指的是哪一個或哪一行字，那就是答案了。

後來我們才知道，我們同寢室的，只有張德忍「請」過，其他人都沒這經驗。但提出這點子的是章孝嚴，有一天聚在一起喝酒聊天，他說前幾天就與他同學一起玩過，而且根本無須大費周章，鋪張報紙就請到了。我們問他請到的大仙是誰，他說請到的是自稱是袁世凱的一個姓廖的如夫人，問他名字，就指是廖氏，這廖氏一上場很活躍，但問題常搞不清楚，有的還根本答錯了，弄了半天，才知道她識字不多，問急了只有在報上亂指，大家很失望，最後只有「恭送」她離開。章孝嚴說的故事惹得大家哈哈大笑，我們就決心讓他帶領大家「請」一次，他也說好，我們就撤掉桌上的杯盤，照章孝嚴說的鋪了張報紙，開始請起碟仙來了。

但我們請了將近半個鐘頭，無論章孝嚴要大家如何嚴肅正經，他則換了幾套不同的禱詞，碟子在報紙中央，還硬是紋風不動，最後只得放棄。後來章孝嚴怪罪我們，說我們不夠虔誠才請不到。我想他說得對，因爲我看到這樣荒謬又怪異的場景，手按在碟子上，嘴雖閉得嚴嚴的，但心裡面還是暗笑不止，後來我想一定是因爲我不專心，才使得當晚大家的努力功虧一簣。

在飲酒的過程中，可以看出這外貌肖似的兩兄弟，性格還是很不一樣的。章孝嚴更內斂一些，而章孝慈則偶爾會流露性情，尤其在喝多了酒之後。章孝慈原本不太會喝，但他的可塑性很好，喝了幾次以後，就酒量大增，慢慢的變得能喝了。他喝到有幾分醉意之後，不像一般人會更爲興奮，反而會沉默起來，大家正在樂著，一看有人沉默，總會逗他激他，設法把氣氛弄得活絡點。但章孝慈這人，不逗還好，越逗越糟，有一次竟把他給逗哭了，大家慌亂一場，不知道怎麼辦，「酒會」只得匆匆結束。

有一次我們到章家兄弟房間辦酒會，陳天穎打了一大「缸」酒，而張德忍剛從屏東的家回來，帶來一堆滷味，包括滷鴨頭、滷豆乾之類的食物。章氏兄弟的房間比我們的大多了，布置卻有點奇怪，書桌與牀之外，牆上掛著一面國旗，一幅國父遺像，還有一幅中華民國地圖，搞什麼呀，簡直跟禮堂一樣，但經常來也看慣了。那晚很盡興，酒喝到要「補貨」，中間得差一個喝得少又清醒的人跑下山去打酒。章孝慈也喝了不少，起初也跟大家又唱又鬧，但喝到「二巡」之後，他就有點不支了，我們都很亢奮，又因為是在他們房裡，所以沒人管他，大家繼續喝。章孝慈一個人站了起來，我們還以為他要去上廁所什麼的，想不到他站到國旗與國父遺像前突然雙腿跪下，放聲大叫，我們紛紛放下筷子酒杯，都給嚇著了。只聽他用喊的說：

「國父呀國父，我們對不起你啊！」

隨即號啕大哭，哭聲震天動地，像屋裡死了人似的。陳天穎與我去拉他，他像耍賴一樣，硬是不起來，我們只有勸他不要哭，但他哭的理由不明，他對國父說「我們對不起你」，其中的「我們」除了他兄弟之外，包不包括我們其他的人呢？還有對不起的事又是什麼，是指我們只顧著喝酒不去完成他的革命大業嗎？「我們」全不知道，就也不知道該如何相勸了。後來他不但跪地不起，還在地上打滾，其他的人就全都跑來把他拉扶起來，章孝嚴走到面前，朝他臉上啪啪兩記耳光，他還哭了一陣，便不哭了。

第二天上學，看到他又揚揚如平常，好像昨晚沒發生任何事一般。我們不敢提，怕有什麼不能說的傷心事。後來又幾次聚會，不論有他哥哥在或是沒有，只要喝酒就一定會鬧一場，而且我們發現他在發作前得找一個他熟悉的圖像，像國旗、偉人遺照等的，然後對著那個圖像哭泣，嘴中唸唸有詞的。有時沒那些東西，找張地圖也可以，但要是全國地圖，分省的不行。有一次我們一夥晚上受邀到士林吃拜拜，他喝了不少酒，喝到一個限度了，忽然惶惶然舉目四望，陳天穎眼尖，用手肘頂了我一下說你看你看，章孝慈又在找國旗了。一般百姓家是沒有那些東西的，就是有我們總不能要主人找一幅來讓他哭吧，萬一找來，章孝慈也許滿意了，但接下來的大吵大鬧，不把別人嚇死才怪。我們看他擲筷子扔酒杯嫌這嫌那的，知道他不能發作的痛苦，那麼晚了，二十九路公車已沒在開了，我們原本打算喝完酒漫步回外雙溪的，爲了他只得忍痛叫計程車。他在車上還安分，眼淚汪汪的一直沒有哭出聲來，一回到住處，他就奔向牀頭跪倒地上，朝著國旗大聲號啕。他哥哥從廁所趕出來連說什麼事什麼事，但一看就明白了，我們幾個也就腳底抹油快閃了。

讀大四的時候，我搬到芝山巖附近的情報局的眷屬區去住，那是山坡上一幢自己搭的違章建築，我答應課餘輔導一家的幾個小孩，主人免費提供我住處，我後來就獨來獨往的，很少跟章孝慈他們一起了。有一次章孝慈來找我，我們吃了晚飯，跑到芝山巖上閒逛，最後坐在一塊大石頭上聊天，慢慢的，他謹慎又選擇性的敘及了他的身世，雖然所敘不多，也不禁悲從中來，但因爲沒喝酒，還沒到不能控制的地步。

我不喜也不善問人隱私，但從他斷斷續續、時而逸出主題的談話中大致拼湊出一幅有關他身世的拼圖。他與他哥哥確實是蔣經國的後人，但公開上不獲承認，他們來台後就跟舅家住在新竹，蔣經國派人透過第三或第四管道接濟他們，數量當然有限。蔣經國從沒見過他們，他們從各項報導上知道自己的父親已掌握台灣最大的權柄，即將承接大位，但他們卻要不斷的壓抑自我，甚至在人前不能宣洩自己的感情，我想到〈天倫歌〉中的一段歌詞：「小鳥歸去已無巢，兒欲歸去已無舟，何處覓源頭、何處覓源頭？」章孝慈的心情，應該就是這樣吧。我問他蔣介石先生知道這事嗎？他說不知道，連蔣經國俄裔夫人蔣方良女士也全不知情，蔣經國與手下對這件事都守口如瓶。我當時的判斷是，讓兒子在外受盡折磨，而自己又安享權位的人令人不恥，蔣經國至少在這方面，是個僞善不負責任又缺乏勇氣的人。

我們那時都大四了，都會想起畢業後的問題，但都不急迫，因爲還有兵要當。我喜歡知識，我說當完兵還想再讀一陣書，他問是去讀研究所嗎？我說不會，我對讀中文系已經厭倦，我對哲學倒比較興趣，當兵回來，也許一邊工作一邊到哲學系去修些課之類的。他被我這個想法打動，他說他一直想讀法律，也該學我，再到法學院去選課，或者不排除再讀一次法律系，當晚夜空群星閃耀，我們在祝福與期許中分手。

以後我們就沒有常聚了。畢業各自當兵，回來後將近一年，我在桃園一所私立中學任教。一天他從新竹來找我，他說他也在新竹的義民中學教書，我們還一同到台北找同學張紹鐸，他家人在西門町附近開眞北平餐館，他招待我們在他那兒吃飯，共敘離別後的見聞。那晚之後，我跟章孝慈就沒有再見過了，張紹鐸還偶爾會見到。

再見到章孝慈是十五年後的事。他已如約的在東吳重讀了一次法律系，畢業後也到美國留學，拿到了法學博士，他一拿到學位，回國就被母校聘爲法學院的副院長，發展順遂，東吳以法學院起家，他一進學校就高居要津，他的前景，正好用大陸當時流行的話「革命情勢一片大好」來形容。我並沒再去讀哲學，在中學蹉跎歲月，直到教了八年書之後，機緣巧合而到台大讀中文研究所，也碩士、博士的讀完了。章孝慈曾約我到母校服務，因他在的是法學院，他先私下試探中文系要我的可能，隔了幾天他告訴我，他的試探被我們自己的同學否決，我說那很好，我從來沒料到要到東吳教書，老實說，我對我這個母校的印象實在太壞。後來我被淡江大學所聘，在那裡教了十年書，他則在東吳扶搖直上，由法學院副院長到院長，再到做教務長，最後是副校長，似乎坐著等校長職務到手。

我則回到我第二個母校台大教書，沒有使任何力，要使力我也使不出，像鬼使神差般的讓我得到了那個位置。台大比起其他學校好太多了，它是台灣排名第一的學校，歷史悠久又人才輩出，我進台大的時候，當過我老師的人大多已退休離職，同事大多是我在台大先後的同學，彼此很友愛也很照顧。這裡的人都很聰明，再加上有許多發展的機會，各人頭頂都有一片天，彼此無須相爭，因此都顯得氣宇軒昂些，不像其他學校，尤其是東吳，自己人反而殘殺得厲害。在台大，也聽說有結黨結派的，但台大空間夠，你不理他，他不會理你，所以在台大，比較寬鬆又自由。

章孝慈終於做上了校長，同學毛寬偉打電話給我，要我跟他一起去參加他的就職典禮，我不好意思不去。東吳的腹地小，又亂糟糟的蓋滿了房子，不管色澤與線條都很不協調。他的就職儀式在一個很小的場地舉行，從台大的角度看，那典禮確是寒蹭了點。會後章孝慈要我們到他的校長室小坐，還是三十年前石超庸校長用的那間。我想校長室上方，就是我們以前上大一國文課的教室，有一次章孝慈跟我們一樣在默書時作了弊，但他事後一個人去向老師認錯了，華仲麐老師上課時稱讚他，說他人品如此高尚，必然前途無量，現在終於獲得證實。章孝慈看我當時有點心不在焉，問我想什麼，我笑笑沒說話。

他大約只做了東吳校長兩年多，一次參加大陸的會議突然中風，傷了腦幹，專機送台，治療了一年，終於死了。他住院榮總時，我曾到醫院探視，但榮總門禁森嚴，連病房是哪間也絕口不告訴我，我憤憤不平。我終於知道，章孝慈是住在爲國家領導所設的特殊病房裡，不允許一般人探視。

原來我們的國家體制，對這僅剩的蔣家後人，還是照顧備至的。有一天，已從黨務系統退下來的陳天穎跟我說，如果不是有人撐著，像章孝慈這庸庸之才，怎會當上大學校長？我說你這樣講有點刻薄吧，他說一點不刻薄。陳天穎一度跟他們兄弟過從甚密，他畢業後考上當時還叫司法行政部的調查局做調查員，因表現優異奉派到美國，當駐紐約的副領事，後來回國，在他們的黨務系統做到很高的位置，他與他們兄弟相處的經驗，當然多過了我。他告訴我這兩兄弟，大的有計謀又凶狠，小的比較懦弱，但都極端的自我主義，在他們心裡，是沒有任何人的，假如讓人覺得自己被重視的話，絕對是他在利用那個人。

照陳天穎的看法，東吳其實是個不折不扣的投機客辦的學校，他們一心一意的巴結執政，但局面究竟太小，只能捧些人家捧剩的，譬如章家兄弟之類的，我聽了，心裡一片黯然。章孝嚴在章孝慈死了許多年之後，那時蔣家第三代幾乎也全死光了，他自己宣佈「認祖歸宗」，申請改姓蔣了，他在記者會拿出新的身分證，一半高興，一半不改平常的哭哭啼啼，他們兄弟都老愛在人前哭。蔣孝嚴現在是立法委員，他知道只要跟蔣家掛勾，懷念蔣經國的人總會把票投給他。他其實在還姓章的時候，已經把政府的高官幾乎全做完了，他做過外交部次長，外交部部長，國民黨祕書長，行政院副院長，又做過總統府的祕書長，據說自奉甚厚，完全沒有乃父簡樸之風。

到底是誰利用了誰，誰是受益者，誰是受害者，這話很難說。以章孝慈來說，如果不被人刻意照顧、提拔出來做大學校長，以他比較一般的資質，做個中學教師也許是幸福的事，但他被人吹著捧著，時間久了，也覺得自己該在那個高高的位置上了。那個位置並不好，四周都是仰仗上意的角色，讓他在世界上只有上下的主從關係，沒有同儕之間休戚與共、相濡以沫的關係，在功利與孤獨的環境裡，幸福自然離他遠去。

他哥哥在改姓之後我沒見過，在他改姓前，我倒在一個不期的場合與他相遇，也是十多年前的事了。我記得是一家報社四十或五十年社慶典禮，會場設在圓山大飯店頂樓，到會冠蓋雲集，我因是該報的主筆，自然應邀參加。章孝嚴拿著酒杯在會場周旋，他當時好像是在當外交部長，我走前一步跟他打招呼，他竟然表現完全認不出我的樣子，我說我是東吳畢業的，並指著我名牌上的名字給他看，他也一點表情都沒有，頓了一下就走開了。我一時陷入悵惘之中，我不爲自己感到什麼憂傷，而是覺得，一個人認不出昔時的朋友，是多麼可憐的事。啊，才一下子工夫，蔣家爲何就凋零如此呢？

關於羅素

對愛情的渴望，
對知識的追究，
對人類苦難不可遏制的同情心，
這三種純潔但無比強烈的激情支配著羅素的一生。

一九五一年羅素寫的《羅素自傳》（Bertrand Russell, 1872-1970. *Autobiography of Bertrand Russell*），與一九五六年由澳籍牛津教授 Alan Wood 寫的傳記《羅素，一個熱情的懷疑者》（*Bertrand Russell, The Passionate Skeptic*），卷首都不約而同的附有一篇簡短的序言，題目是〈我爲什麼而活著〉，這其實是羅素在另一篇文章裡面摘錄下來的話，並不是爲任何傳記所寫的序言，但後來都分別被用在兩本不同的傳記頭上，因爲它很能概括羅素的基本信仰，是一篇十分好的短文，現在抄錄如下：

對愛情的渴望，對知識的追究，對人類苦難不可遏制的同情心，這三種純潔但無比強烈的激情支配著我的一生。這三種激情，就像颶風一樣，在深深的苦海上，肆意的把我吹來吹去，吹到瀕臨絕望的邊緣。

我尋求愛情，首先因爲愛情給我帶來狂喜，它如此強烈，以致我經常願意爲了幾小時的歡愉而犧牲生命中的其他一切。我尋求愛情，其次因爲愛情解除孤寂——那是一顆震顫的心，在世界的邊緣，俯瞰那冰冷的死寂、深不可測的深淵。我尋求愛情，最後是因爲在愛情的結合中，我看到聖徒和詩人所想像的天堂景象的神祕縮影。這就是我所追求的，雖然它對人生似乎過於美好，然而最終我還是得到了它。

我以同樣的熱情追求知識，我希望了解人的心靈。我希望知道星星爲什麼閃閃發光，我試圖理解畢達哥拉斯的思想威力，即數字支配著萬物流轉。這方面我獲得一些成就，然而並不多。

愛情和知識，盡可能的把我引上天堂，但是同情心總把我帶回塵世。痛苦呼號的回聲在我心中回盪，饑餓的兒童，被壓迫的受難者，被兒女視爲可厭負擔的無助老人及充滿孤寂、貧窮和痛苦的整個世界，都是對人類應有生活的嘲諷。我渴望減輕這些不幸，但是我無能爲力，而且我自己也深受其害。

這就是我的一生，我覺得它值得活。如果有機會，我還樂意再活一次。

這篇短文算是好文章，除了簡潔之外，它坦蕩眞實，沒有一句是粧點語。他所說的三種激情，一直到他老了仍激勵著他困惑著他，也完全是事實。以愛情而言，羅素一生有四次婚姻，最後一次是在一九五二年他八十歲的那年，他與美籍小說家Edith Finch結婚，婚前經過熱烈追求，結婚後他曾寫詩送她，題目就是〈給伊迪絲〉（*To Edith*），詩的最後說：

認識了你，
我找到了狂喜與安寧，
我得到了平靜的休憩，
多年孤獨的歲月之後，
我懂得了什麼是生命、什麼是愛。
現在，如果我常眠不起，
我會心滿意足的離去。

以詩的標準言，當然不是好詩，原因是太露，缺少蘊藉，但羅素是哲學家，擅長做縱橫之姿的議論文章，溫柔語本不是他的強項，能寫如此，可見此老用情甚深，八十老翁尚能做縣縣情語，也足以證明羅素的生命力是如何暢旺了。

愛情所激發的「狂喜」，值得羅素「願意爲了幾小時的歡愉而犧牲生命中的其他一切」，這不能說是羅素輕薄，而是愛情的最高境界，對羅素而言，如聖徒與詩人所想像的「天堂景象的神祕縮影」，值得窮畢生之力努力追求。

要說起對知識的尋求，可以說是羅素一生的「本業」，翻開羅素的著作目錄，就知道他知識的深邃與博大，他是數學家與哲學家，這當然由一九一〇年到一九一三年他與懷海德（Alfred North Whitehead, 1861-1947）合著的堂堂三大卷的《數學原本》（*Principia Mathematica*）看出來，羅素自己還有一本《數學原理》（*The Principle of Mathematics*）的著作，在哲學上面，他一九四五年出版了《西方哲學史》（*A History of Western Philosophy*）這些在數學與哲學界都是重要的著作，因爲他對數學精熟，他還有《數學哲學導論》（*An Introduction of Mathematical Philosophy*）的書，還有寫了幾本如《原子入門》（*The ABC of Atoms*）、《相對論入門》（*The ABC of Relativity*）的「入門」書，裡面說理透闢而趣味橫生，他對數字變化的迷宮一直保持探索的興趣，因此他在前面所引的文章中說：「我希望知道星星爲什麼閃閃發光，我試圖理解畢達哥拉斯的思想威力，即數字支配著萬物流轉。」數學家有時候比詩人更有意想飛揚的機會。

與有原創性的柏拉圖、亞里斯多德，以及有結構性的康德、斯賓諾薩比較，羅素的哲學顯得低淺而易懂，他的文字太流利，這對推廣哲學有幫助，卻使他在哲學本身的成就遭到懷疑，尤其如在確定海德格是有深度又有見地的哲學家，那羅素就算不太上，與海德格比較，他的文字顯得浪漫而有神彩。但如要說到浪漫，他又不如叔本華、尼采，叔本華與尼采不只鼓舞人的生命力，讀他們的書往往讓人熱淚盈眶，有時還會讓人爲他們的「理想」而獻出生命，這一點，羅素就不會，羅素與他們比，又顯得冷靜得多。

但在一生的偶一時刻，羅素曾啓迪我的某些智慧，左右我的一些看法，影響了我對人生的態度，我想是在我大一到大二的時候。我因不滿東吳中文系從上到下的鬼混生活，有一段時候自己跑到台大聽課，我大一的時候，曾因我高中同學李茂盛的關係，常到台大中文系，久了就與那邊的師生有些熟絡了。當時台大中文系的大一國文老師與導師是葉嘉瑩先生，葉先生原先不在大學任教，因爲學術表現好，被臺靜農先生「破格」請到台大教書。葉先生教書認眞，批改作文尤其詳細，我看過她批的李茂盛的作文，密密麻麻的有意見、有批評，最後還加上許多勉勵的話，李茂盛稿紙上的字寫得東倒西歪，自恃有點才氣，寫作文往往大筆一揮即就，想不到老師對他的文章卻那麼認眞，害得他也有點收拾小心起來，他大學畢業後曾「潛心」寫作，最後還出了兩本短篇小說集，可以說是受了葉先生的感格，這是他許多年之後告訴我的，葉先生自己並不知道。

我也隨著李茂盛去聽聶華苓老師所授的現代文學，聶老師出身外文系，自己也寫小說，當時台大中文系雖然強調學術，但對文藝創作不但一點也不排斥，看安排的那些課與那些老師，分明還有鼓勵的意思。這點跟東吳很不一樣，東吳的老師都瞧不起白話文，但如要求學生寫文言文也要求不起來，其實能寫像樣文言文的老師也不多，弄到高不成低不就的尷尬，在這方面，台大就無疑現實又開放許多。

不過說實話，當時台大吸引我的其實不是中文系，而是哲學系，那時哲學系有位極富爭議的人物名叫殷海光。我大約在初三的時候，就常看一本名叫《自由中國》的半月刊雜誌，上面常有殷海光的文章，後來《自由中國》的言論越來越「反動」，甚至主張成立「反對黨」與執政的國民黨相抗，搞到政治氣候緊張的不得了，而那裡面最有力量的文章，很多是他寫的。我在高三的時候，又一半「自學」一半在我的導師禚夢庵先生的指導之下，看完了殷海光寫的《邏輯新引》，這本書在當時很算新奇，是由香港的亞洲出版社出版的，而且全書橫排，式樣與一般書不太相同。書中告訴我們許多推理的方法，告訴我們一般思想上容易犯的錯誤，不過書中不稱錯誤而稱為「謬誤」，其中一項是「訴諸權威的謬誤」，凡是動不動引述聖人的話或國家領導的話以約束自己或別人的意見，都可能犯這類的「謬誤」。

那些東西說不上了不起，但對高中的我很有啓發，邏輯幫我們廓清語言中的紛亂，讓我們找到知識進行的原則與線條，我讀完他的書，不覺得自己變得更聰明，但確實是比以前要更清楚了。我到台大，便急著找殷海光開的課，打算去聽，但在課表上根本找不到他的名字，原來殷海光不是他正式的名字，可能是筆名之類的，他的正式名字叫殷福生，有點鄉氣。課表上只有一門殷福生開的課，課名就叫「理則學」，理則學是邏輯的另一名稱。一天我找去聽講，教室早擠得滿坑滿谷，我只在教室走廊看到他，原來是個頭髮斑白的中年小個兒。後來我早些到學校，幾次搶到教室的座位，但他常常晚到又早退，有幾次又乾脆缺課了，使我對他失望。他上課的語言並不出色，可能有病，說話聲音也不大，當時講課沒有麥克風，坐在後面就聽不太到。有次他下課前，教室不知爲什麼竟然空前的安靜了一刻，他介紹我們讀羅素的著作，他高舉羅素的《爲什麼我不是基督徒》（*Why I am not a Christian?*）的英文原書，我記得他說：「要學他做個學術界的漢子！」我當時並不知道其中有微言大義，但那句話卻震動了我。

後來我知道他受到的委屈與困頓，他經常缺課，或者遲到早退，是一方面要應付警總不時的約談，一方面是身體受不了疾病折磨的緣故。當時《自由中國》已被迫停刊，那群人試圖在台灣組織反對黨推行眞正民主的夢想已成泡影，雷震陷獄，殷海光等於在「軟禁」的狀態之下，他台大的課只維持了一段時間，下學期，連邏輯的課也不准開了，他成了不能開課但住在宿舍接受所謂「軟禁」的台大專任教授，再過了一年，就病死了。

我對殷海光的印象僅止於此，斷斷續續的聽了他幾堂課，說得不清不楚的，聲音又小，他有時會寫黑板，他的板書幼稚可笑，跟孩子寫得一樣糟。但我老記得他凝肅的舉起羅素的那本藍色封面的薄書，書後有整頁的羅素照片，是個白髮消瘦而眼神敏銳的男人，我到現在猶忘不了，當他說羅素是個學術上的漢子的那一刻神情激動的樣子。大約在殷海光病中或剛死去不久，我盡可能的把羅素的書找到，殷海光對他的評語，與我對孟子的相同，我想看看這殷海光口中的西方漢子，到底與我們中國古代的漢子有什麼差異。

我找不到羅素大堆頭的大著作如《數學原理》與《西方哲學史》等書，就是找到，以我當時的程度也許根本也看不懂，但坊間有許多他「小書」的翻譯，譬如《我的信仰》（*What I believe*）、《科學的概念》（*The Scientific Outlook*）、《婚姻與道德》（*Marriage and Morals*）與前述的《爲什麼我不是基督徒》等，都有翻譯本，有的還有幾種不同的譯本，良莠不齊得很。到我大學畢業，才看到他當年榮獲諾貝爾文學獎的著作《世界的新希望》（*New Hope for a Changing World*），那本書是由國立編譯館出版，由正中書局印行的「世界名著選譯」叢書，是由張易翻譯，不論譯筆與印刷裝訂都比較正式，該書還「附收」了由陳之藩與何欣翻譯的《科學與社會》（*The Impact of Science on Society*）、與由劉聖斌翻譯的《權威與個人》（*Authority and Individual*）。只看這幾本書，以求了解「哲學」，當然有掛一漏萬之嫌，但就外行人而言，已大致能把握羅素的思想與風格。

《世界的新希望》這部書主要談的是二次大戰後整個世界所面對的困頓與解決之道。羅素認為當時最有影響力的勢力是資本主義與共產主義，不幸兩者都已成為武斷的政治教條，而人類卻是在其奴役下的犧牲品。資本主義只給少數人創造的機會，共產主義則可能為人類謀得一種奴隸式的安定，但如果人類能擺脫這種簡單的理論以及因這理論而產生的鬥爭，就可能得到安全與自由發展的機會。他提倡科學與理性，他認為這是人類追求幸福的眞正基礎，所以要努力於教育事業，把科學與理性深植在人的心中，他認為現代人已注意到危機，卻不知道如何轉危為安，恐懼戰爭而不知道如何避免戰爭，他說了句令人觸目驚心的話：

世上那些有勇氣的人多是愚昧無知，而有想像與理解力的，又多猶豫不決。

羅素總在重要關頭提出令人心動的警策，他的語言簡短而餘味無窮，他是一個善於揮灑文字魅力的哲學家。他也是一個徹底的和平主義者，他相信科學，認為現代科學能解決許多以前不能解決的事，但人類的腦子仍然沒有開發以適應現代的科學，所以他認為人類在建立新技術的同時，更應該建立新的觀念和新的精神。譬如到羅素的時代，人們還普遍保留著只適合漁獵或原始農業時代的感情信仰，以及那個時代的種種傳統觀念，相信生存競爭、優勝劣敗的理論，在這個理論下，上帝的選民可以瞧不起蠻族與異教徒，優秀的亞利安人可以對其他民族進行滅絕性的「懲處」。羅素認爲人類歷史的悲劇，都可以用科學與理性來解決，人要不再迷信，那些生存競爭的落伍理論應該用新的互助合作的理論來代替，所以他主張成立強而有力的世界政府，爲人類的不公平與悲劇作仲裁，並且避免不公平與悲劇再度發生。

羅素認爲人類的衝突有三種，一爲人與自然的衝突，二爲人與人的衝突，三爲人與他自己的衝突。在二十世紀，科學發展已降低了人與自然的衝突，但人的衝突還是不斷，而且可能越演越烈，必須要最先解決。他認爲人內心對自己的衝突與對外的衝突有密切的關係，所以消滅外部的鬥爭必須先從消滅內部的鬥爭開始，要在外部要求與人和諧相處，也必須先從自我的內部追求和諧開始。追求內部的和諧有兩個方向，消極方面須賴個人的克制，積極方面必須使人的衝動找出有建設性而非破壞性的出路，人類要藉著自己內部的調和，培養出克服困難的毅力，而且要有鎮定而無懼的心情，才能達到幸福的人生，只有讓個人都安頓好了，才可以談世界的幸福。

我當時覺得羅素構築的政治理想，尤其是世界性的如建立世界政府，與中國的大同理想沒什太大的不同，他的幸福觀也與儒家的想法很接近。羅素不贊成基督教，他以爲基督教為西方文明所造成的迷霧遠比眞理要多，而且訴諸權威、造成禁制，從歷史看，宗教總與現實權力結合，而且結合過深，他在《我的信仰》中說：「傳統的衛道之士是很少有善心的，從教會人物對軍國主義的偏愛中，即可看出這一點。」宗教尤其是宗教的領導者，通常與統治者結夥在一塊，宗教在政治上的妥協性格總是超過它的理想性格，羅素在批評基督教時，火力全開，筆鋒如劍，讀時令人稱快。

羅素的「觸覺」極為敏感，用字準確，他又十分世俗的只選擇談他認為能移風易俗的部分。（他其實有這部分之外的著作，可惜我看得不多。）我一生中的某一段時期，曾沉醉在他的文字之間，他說的道理明明白白簡簡單單，不像其他的哲學家讓你掉進迷霧之中，必須反覆跌撞摸索，才能找到出口，我不懷疑後者也有迷人之處，而羅素總給人清明暢快的感覺，天朗氣清也很好啊。

還有，羅素的哲學是從數理邏輯入手的，但他並不以他的數理邏輯來盱衡世局，在人生方面，他有崇高又很實際的理想。他的哲學標榜理性，卻不排斥激情，他說過「對愛情的渴望，對知識的追究，對人類苦難不可遏制的同情心」，這三種純潔但無比強烈的激情支配著他的一生。這段話對我也曾發生過積極的鼓舞作用，孟子說的至大至剛，其實也是一種激情，這種激情會化成高貴的情操，不但不會讓人混淆，反而讓人變得比較超越平凡，變得有偉大的可能。

當然這影響也與殷海光有關，我後來除了讀羅素的書之外，又讀了些以前沒讀過的殷海光的書與文章。殷海光有他自己的理念，很多是從羅素而來，也有些只屬於中國人才有的特殊體驗，他議論風發，語言很能感格他人，但他畢竟是五四的後人，一直懷著對西方過多的孺慕與崇拜。他對民主與科學的見解大體而言是正確的，那時的兩岸，都在搞個人崇拜，一般人對民主的認識都是錯誤百出，科學的觀念也脆弱得可憐，中國距離現代化，無論哪一方面都還早得很呢，因此殷海光的意見，有時確能發揮暮鼓晨鐘的作用。但他對傳統的中國有比較深的成見，他後來寫了本《中國文化的展望》的書，部頭不小，對中國文化有比早年更好的反省，但我認為還不夠深入，成見與火氣，不是一下子就改得過來的，尤其他一生的最後幾年，是在無比的壓力之下度過。整體而言，殷海光在學問上還是個沒有完成的人，畢竟他死的時候才四十九歲。我從高中起，就多多少少的受到他言論的影響，但對他而言，我不重要，甚至沒有任何意義，我只是他晚年課堂上一個從外校趕來聽課的學生，斷斷續續的聽了他幾堂不清不楚的課。我對他的了解不見得正確，他一定也不認得我，不過沒有關係，一個小小的氣旋，碰到適當的機會，有時也會形成大風的。

戰爭進行中

相互殺戮的槍砲聲我們聽不見，
戰爭在遠處進行。
說起越戰，台灣人有特殊的感受，
這個戰爭爲我們帶來從未預期過的繁榮，
然而我們也因這意想不到的繁榮而受傷。

從一九五四年奠邊府戰事結束，越南以北緯十七度畫分成北越、南越之後，兩方的戰爭就似乎從來沒有停過，一直到一九七五年四月三十日，南越的西貢淪陷，越南被北方統一，越戰總共進行了二十一年。美軍正式大規模「介入」越南戰爭是從一九六五年東京灣事件之後，但在一九六五年之前，美國在鄰近的菲律賓及台灣就集結了大批軍隊，其中以海空軍爲主，東京灣事件後，美國更派了許多海軍陸戰隊還有陸軍到越南本土作戰，最多的時候，正規的軍人有四、五十萬之眾，耗費的軍費，得用千億到兆做計算單位。直到今天爲止，越戰是人類歷史上花費錢財最多的戰爭，而花費最多錢的美國，幾乎可以用喪盡一切卻一無所獲來形容。

我在讀大學的時候正趕上美軍參與越戰的初期，當時美軍還遮遮掩掩沒有在越南正式「登陸」，但南中國海有航空母艦在巡弋，關島上有史上最大的B-52轟炸機在準備進擊，零星的衝突隨時會發生。法國與美國支撐的吳廷琰政權，配備了美國最好的武器，這些武器裝備都以台灣、菲律賓爲後勤補給基地，所以當時台灣充斥著美軍物資，連帶使社會充滿著崇美之風。我記得我讀高中時，高中學生喜歡把所戴的大盤軍帽兩邊壓下來，學電影裡美國空軍駕駛員的樣子，其實那是二次大戰時的過氣裝扮，當噴射機發明後，飛行員就得戴頭盔、穿抗G衣了，早就不那樣的穿戴。當時最流行的書包是美軍裝防毒面具的帆布包，帆布包上印著化學兵的標誌，上面還有US的字母，學生直接叫它US包，底部是橢圓型的，拿來裝書並不合適，但喜歡耍帥的男生幾乎每人一個。

世上還流傳著有關美軍的種種傳言，也不知道是眞是假，譬如B-52如果從我們屋頂飛過，所有窗戶玻璃都會被它震破；把步槍子彈取下彈頭拿來做項鍊，帶在身上，就所有槍彈都打不進了，很多美軍都帶這樣的項鍊的。一個同學說得神，他說打仗時兩邊火力齊發，卻從未聽說子彈碰到子彈的，這是因爲所有子彈身上都有強力磁場的緣故，磁場對磁場同性相斥，身上既有子彈，別的子彈就會避開了，眞是怪力亂神得厲害。還有當時市面流行倒賣美軍的軍用口糧，也不知道從那裡弄來的，軍用口糧用厚厚的防水油紙包著，外層油紙是草綠色的，裡面放了大約十餘片厚又硬的餅乾，同時還放著幾塊薑糖，有的裡面還有幾條老的不得了帶辣味的牛肉乾。口糧是讓軍人在三餐供應不繼時食用的，一位同學說裡面所有東西都能吃，唯獨那幾條牛肉乾千萬不能碰，吃了會「倒陽」，因爲裡面放了藥，是讓美軍吃了後有老長一段時間不會想女人，問他爲什麼，他說要大兵儲備戰鬥力呀。

當時整個台灣都是戒嚴區，人民幾乎沒有出國觀光的機會，留學倒是開放的，但能出去的人很少，必須是國之髦士，還要有錢，才有出國的希望。公費留學的名額很少，自費又昂貴得讓絕大多數人負擔不起，假如混到有出國的資格，就打算這輩子不回來了。在外的生活不見得好，但總比待在台灣要好，幾乎每個人都是這樣想的，難怪當時松山機場送人出國留學，常有易水送別的味道。有句話是：「來來來，來台大；去去去，去美國。」爲什麼要來台大，因爲不進台大不能算是精英，爲什麼台大畢業一定得去美國，也有人大學畢業後到法國、德國或日本留學的，但對一般國人而言，要解釋不是到美國留學還要大費唇舌，當時台灣人所謂的「外國」幾乎只指的是美國，這是因爲在台灣到處都可以看到美國大兵，還有到處用到的是美援物資的緣故。

我讀大學的時候，有一段時候與朋友租屋師大附近的龍泉街，上下學騎自行車，我每天得經過中山北路。中山北路是台北最優美的道路，直到今天依舊如此，這條路的快慢車道之間種著樟樹，而人行道上種的是青楓，都是很有姿態的樹，再加上這條路不像其他道路開得寬大又筆直，中山北路每經過一段距離，就會拐個十分漂亮的小彎，這個小彎開車的與行人都不太會發覺到，但這樣的小彎調整了建築物的角度，光影因而產生了變化，整條街道更像迤邐而過的河川。從與民權東西路交叉的地方朝北望，大同公司的那一帶，在冬日霧蒙蒙又灰沉沉的天氣裡，突然陽光出現了，眞有些尤特里羅（Maurice Utrillo, 1883-1955）畫的巴黎街景的味道。

過了大同公司，從民族東西路的交叉再往北走，在基隆河附近就是圓山了，宮殿式建築的圓山大飯店就雄踞基隆河北側的山頭。路經過附近這一段，彷彿是到了外國一樣，人行道側停滿了美軍及眷屬的大汽車之外，整個街上看到的外國人有時比我們自己人還多，這是因爲美軍顧問團與美軍協防司令部都在附近的緣故。

相互殺戮的槍砲聲我們聽不見，戰爭在遠處進行。說起越戰，台灣人有特殊的感受，這個戰爭爲我們帶來從未預期過的繁榮，然而我們也因這意想不到的繁榮而受傷。台灣不只是美軍的後勤補給基地，也是參戰美軍的休假中心，休假的美軍當然不吃油紙包口糧裡的牛肉乾，每個人到了這個潮濕又炎熱的寶島都饑渴得厲害，當時台灣物價低廉，一個美軍士兵，不論是白人或黑人，往往可以兩手各抱一個妖嬌的美女，在中山北路、延平北路那一帶的巷子裡大呼小叫的，囂張的不得了。後來有人在報上投書，說美軍抱的是我們的姐妹，糟蹋的是我們在台灣的中國同胞，我們聽了心中湧起一陣傷痛，那是最早的民族意識。

原來早期的繁榮是靠我們姐妹的皮肉撐起來的，起初是美軍，後來是日客，台灣豔幟高懸，成了《時代》雜誌所謂的「性的樂園」。但慢慢的，錢多了也會朝其他方面發展，譬如早期的加工出口，到後來的電子業蓬勃發展，台灣經濟也隨著一步步的變好了。不過這樣的經濟起飛，對一些敏感的人而言是種諷刺，直到了很久之後，那種奇特羞辱感，仍然藏在很多台灣人心的最深處，並不因為生活變好了而忘卻。

作家王禎和最喜歡在他的小說中嘲諷這類的事。當時社會嚮往高級的人都習慣取洋名，王禎和在小說中寫起洋名總令人哭笑不得，他把 Nancy 寫成「爛屁」，把 Dorothy 寫成「倒垃圾」，把 Douglas 寫成「倒過來拉屎」，還把名酒 Hennessey 翻譯成「害你死」，把法國白蘭地的產地 Cognac 翻譯成更不雅的「幹你娘」，當然用的是下里巴人的語氣，充滿著魯莽的調侃意味，酒女用國語對已喝得差不多的美軍說：「再來瓶幹你娘的害你死吧！」美軍只曉得傻笑跟點頭，從這種寓淚於笑的寫法，看得出知識分子對那種風氣的敵視態度。

我一九六五年從大學畢業，隨即入伍服兵役。我們當年只要大專畢業都是當預備軍官，那時大專畢業的人很少，所以都能做軍官，不像現在研究所畢業得到碩士學位，還得當大頭兵。我當兵時戰爭的風聲很緊，美軍已正式的參與越戰，投注的軍力不少，轟炸機則開始一波波的轟炸南越境內的北越巢穴，當時盛傳我方也要派軍參戰，因為韓國也派了軍隊。那年暑假，我在國防部的行政學校受訓結業後就被授予少尉軍階，按抽籤，我給分發到澎防部（澎湖防衛司令部），指令尅日搭船到澎湖報到。一到澎防部，才知道我已被分發到陸軍九十二師二七五團第六連當該連的行政官（後來改名為營務官）。一到任，我屬下的補給士就不斷說我命大，他說就在一個月前，他們還在招商局的商船上上下下練「換乘」呢。我問什麼是「換乘」，他說就是在海上小船換大船，再由大船換小船，換乘時大家都全副武裝，從大船船側的繩梯爬上爬下的，我說練這個做什麼，他說你不知道呀，我們差點全師派到越南去打越戰了。

後來我在其他人口中得知這消息不純是空穴來風，因為他們說我們部隊在兩個月前突然全員補齊了，我算算當時我們那連官士兵一共一百七十餘人，不要說輕裝師遠沒這個人數，就是同樣的「前瞻師」也沒我們多，而且武器全換成新的，這不是有特殊任務才有的現象嗎？後來我又聽說我們這一個師是很有歷史的，陸軍第九十二師的番號在北伐時就有了，我們師又與美國最驍勇善戰的第一騎兵師義結過金蘭成為「姐妹師」，第一騎兵師那時正在越南作戰，所以派有姐妹情緣的我們去助戰，也是順理成章的事。這事當然只是口耳相傳，無法向上面求證。不過確定的是，當我被分發到這個師的時候，已經沒有參戰的可能了，也就是說部隊如眞要開上外國戰場，是絕不會要我們這些毫無經驗的預備軍官參與的，除了塡溝壑做砲灰之外，我們其實一無是處。只是我總弄不懂的，明明兩個純陽性的以殺戮爲業的團體，幹嘛結成什麼「姐妹師」，我覺得以姐妹相稱娘娘腔得很，又不符事實，爲什麼不乾脆稱爲「兄弟師」呢？

雖然不可能參戰了，但長期準備參戰的動作仍然延續影響著我們軍中生活，譬如要求我們都能游泳。我一進入九十二師，部隊就天天開到馬公島中部的湖西村漁港，集體訓練我們游泳的技術與耐力，當時要求我們每個軍人必須徒手在海水中游過一千公尺，武裝游泳要有超過兩百公尺的本事。另外陸軍的本事陸上行軍也不能少，馬公島不頂大，從北到南不過十幾公里，但部隊繞著島嶼行軍，也可以訓練腳程。我們日日夜夜在充滿沙礫的路上走永無止境的路，一半是走在軟軟的沙灘上，沙灘的沙很軟，讓我們很不好著力，常常扭傷肌肉。最大的傷害便是在腳板子上打起水泡，往往是在這個沙灘打起的泡，到另個沙灘又被磨破了，泡裡的水把腳都弄濕了，滲進鞋子的鹹沙把破了皮的腳熬得疼的不得了，這時新的水泡又在破皮的內層形成，再走一陣又被磨破，我想，不要等到明天一早的拂曉攻擊，還沒有到我們假想攻頂的目標五么高地，我們便無力倒下做匍匐前進了，因爲我們已經倒不下去了，即使倒下也爬不起來，我們整連官兵勢必全數陣亡在敵軍的機槍陣裡。

多年後我回憶起當兵的日子，還是甜苦參半，我覺得男人一生中有這個經驗不算壞，尤其對我們習慣用腦的人來說，短期的放棄用腦，依憑最原始的制約反應來過活，也算體驗了另一種生活方式。

但當兵也很不痛快，原因是待遇不公。有人受訓結束，被送到涼涼的總部或學校機關去當預官，輕鬆的不得了，哪像我們幾個當兵受盡折磨，甚至性命都可能不保。有次我們在澎湖的一個叫菓葉的小村實施陸海空三軍聯合作戰演習，我們陸軍在沙土中匍匐前進，海軍的艦砲在朝我們眼前的敵軍陣地猛轟，空軍的F-86軍刀機在我們頭上呼嘯而過，也朝「敵軍」投下炸彈，其中還有燃燒彈，火光與爆炸聲震天，一個砲彈的碎片沒長眼睛的飛過來，把我旁邊同是預官的第一排排長褚弘光的鋼盔打落，他那天如果沒戴好鋼盔，落下的就是血淋淋的頭了。我與台大中文系畢業的吳宏一認識，他與我都被分發到澎湖的陸軍九十二師，但他是忠貞的黨員，因此就留在師部擔任清涼的政戰官，每天優游歲月，無事可做。退伍後一次聚會，聽我說行軍腳起泡的事，直呼不可信。當兵令人不得不相信命運，老兵都迷信得厲害。

有關戰爭的記憶，就是如此片片段段，有頭無尾的，到底越戰發生的地方不是台灣，遠處的煙硝味，只有最敏感的人才能嗅到一點點。社會對越戰場景的熟悉，多數是從好萊塢的電影得來，包括梅莉·史翠普第一次演電影就表現不凡的《越戰獵鹿人》、充滿華格納刀槍齊鳴音樂與暴力的《越戰啓示錄》，還有帶著哀傷與報復主題的《第一滴血》……當然看那些電影，也是當越戰已成爲歷史之後的事，電影帶給我們數也數不完的視覺經驗與聽覺經驗，問題是那些經過電影強烈聲光傳達的經驗，能「還原」成戰爭的事實嗎？

一九六五年美軍大量投入戰場後，美國社會其實產生了很大的「質變」，社會良心在思考這場殺戮對美國而言到底有什麼必要性，畢竟美國與越南比我們台灣與越南還遠多了，這場思考帶來了反戰意識。隨著反戰意識流行，美國很多青年燒掉政府給他們的徵兵卡，拋棄了身邊的一切，包括家庭、學業與職業等等的，隱姓埋名的到別州去流浪，形成了一股「嬉皮風」。嬉皮風對當時的生活風氣影響很大，稱得上是「嬉皮」（Hippie）的人，每個人都得蓬頭垢面，穿著邋遢的衣褲，他們反對現代文明，包括婚姻、汽車與信用卡，主張以物易物與雜交，大堆人一起過著頹廢與無目的的生活，在其中藥物氾濫，疫疾猖獗，但「嬉皮」強調回歸自然，強調人應有的獨立自由價值，也在美國社會產生了劇烈的作用。

「嬉皮風」也傳到台灣，我當兵回來隔了一兩年後，台北街頭就能看到一些男女不分的青年了，他們穿著髒兮兮又鬆垮垮的像美軍草綠色的布夾克，頭髮留得老長，男的鬍子不刮，在街上招搖而過，後來越發流行，漸漸成了時尚。一段時候，守候在街口的警察會把這群人請到派出所，由裡面刀剪俱在的理髮師來侍候，不過那些被強制剪髮的「犯人」通常很合作，他們都是主張和平的人，總是要剪由你剪的態度，警察玩久了也覺得沒什麼意思，再加上蓄長髮的人越來越多，警察後來也就懶得管了。電台則不停的播送美國藝人的歌曲，主題都是與反戰有關的，氣氛頹廢而虛無，但含意卻是嚴肅的。有一段時候，Bob Dylan成為大家的偶像，每個人都想像跟他一樣，用吉他扣著簡單的和弦，吉他上頭還用鐵絲連著一隻可變調的口琴，又吸又呼的吹著簡單而蒼涼的調子，吹完口琴，他用沙啞的聲音咬著麥克風一遍遍的唱：「The answer is blowing in the wind」，是的，所有答案都在風裡，有關眞理與愛，還有關於荒謬與慘淡往事的答案，都在陣陣吹過的風裡。

答案在風裡等於沒答案。一九七五年的四月五日，正是清明節，我帶著妻小到羅東掃墓，黃昏時刻突然雷聲大作，隨著下起傾盆大雨，聽廣播，原來蔣總統過世了。同一個月的月底，也就是四月三十日那天，北越的軍隊開進南越的首都西貢，美軍倉皇撤出，電視不斷播著悽慘的畫面，南越就正式覆亡了。那天南越總統阮文紹乘飛機從西貢逃出，第一站到的是台北，我記得報上寫的，到松山機場去接他的只是一輛飛雅特排氣量不到一千CC的小汽車，後來怎樣了，再也沒人提過他。活了八十九歲的蔣介石先生死了，打了二十幾年的越戰結束了，不管是屈辱或光榮，不管願意或不願意，我們都得接受這個事實，那個時代那些人物眞的都過去了，但世界上、台灣島上還有許多人和故事要延續下去，至於該如何延續，答案好像也只在陣陣吹過的風裡呢。

范神父悲秋

一個平常就口無遮攔的老師說：
「花生吃了有起陽的效果，你做神父的不要吃它！」
范神父卻說：
「我偏要吃！」

我少年時代因領奶粉牛油等救濟物品，經常在各個教堂「遊走」，對基督教中的各門派有點初步的認識，唯獨對天主教比較陌生。原因第一是發救濟品的教會通常是美國來的教會，那些救濟品也可算是「美援」社會援助的一部分，而天主教基本都是來自歐洲，當時的歐洲剛經過二次大戰的蹂躪，自己都是一窮二白的，哪裡會拿東西來援助別人呢，他們既發不出東西，當然沒什麼人要去他們的天主堂了。再加上基督教又稱新教，都是幾世紀以來從天主教鬧革命分裂出去的，基督教對這不肯悔改的舊教總是懷有敵意，講道或平常閒聊時，常肆意攻擊，這使得我們中毒甚深，我們都認爲天主教是頑固的甚至帶著一些邪惡的宗教門派，穿著黑衣黑袍，關在門禁森嚴的高塔中，在裡面施法唸咒的，盡做些見不得光的事。

這當然是誤解，隨著天主教在我住的小鎮辦了一所縣裡最大的醫院叫聖母醫院之後，這誤解就逐漸改變了。聖母醫院是天主教靈醫會辦的，靈醫會是天主教在義大利的一個教會，裡面的神父、修士都得受過專業醫學的訓練，他們以興辦醫院推展醫療爲職志，靈醫會後來又在冬山鄉的順安村山裡辦了一所療養院，專門收容長期或有傳染性疾病的病人，像這樣人道關懷又恫瘝在抱的教會，怎麼能說人家是邪教呢？

讀高中時，我又因緣巧合的參加了鎮上天主教的合唱團，在聖誕子夜彌撒中演唱彌撒曲，透過這層關係，才知道靈醫會的神父、修士及修女們不但是醫生，個個都還是音樂家呢。在大氣魄的合唱與鋪天蓋地的管風琴聲中，天主堂裡繁複的嵌花玻璃也給震得嘎嘎作響，我知道天主教不僅僅是個教派，它有深厚的文化底蘊，也有磅礴的救贖意志，它的內涵是不能小覷的。

一九六六年六月，我從陸軍的部隊退伍，面臨了找工作的困擾。我不說是壓力而說困擾，是因爲工作機會很多，選擇起來反而會患得患失又瞻前顧後的。當時在台灣，一個大學畢業生很容易找到工作，以中文系畢業生爲例，台灣的中等教育剛開始發展，需要大量的師資，當然做教師比較清苦，中文系畢業也不見得需要去幹它，有些人選擇其他行業，後來也很發達。我個人的志趣其實在教育，選擇教書就很自然，當時報上有很多學校在招募人才，還有朋友介紹，有時候還有學校找上門來，其中還包括了自己的母校，他們各提條件，有點像工程界的相互競標的味道。但工作機會多也沒有什麼實際的好處，因爲再多也只能選擇一個，我後來考慮到自己未來成家還有其他的因素，就在一位友人的力邀之下，決定到桃園的一所剛成立不久的天主教中學去任教了。

那位友人名叫莊燊南，大家都叫他老莊，是台大哲學系畢業的，個子高高的，又英俊得很，很像當年紅極一時的好萊塢明星洛赫遜。老莊是天主教徒，問他爲什麼信天主教，這話說起來就長了。

他根本不是「先天」信教的，這裡的先天是指出生在天主教家庭，出娘胎就得信了。一九四九年大陸淪陷，他還十歲左右，好像在逃難中跟家人失散，一個人流落在香港的調景嶺。調景嶺以前香港人叫它吊頸嶺，原來是個專鬧吊死鬼的悽涼之地，是沒人要去的，四九年之後被大量逃港難民佔據，就在上面像蜂巢般的蓋滿了違章建築，香港作家趙滋蕃著名的小說《半下流社會》所描寫的，就是這亂糟糟的地方。老莊以一個小孩的身分廁身在此龍蛇雜處之處，境況很是不好，幸虧他福大命大遇上貴人。當時天主教的幾個落難神父，也落腳此處，他們找了塊空地辦了一所「鳴遠學校」，取名鳴遠，是紀念二、三十年代在中國北方傳教辦學很有成績的雷鳴遠神父的，雷神父是比利時籍的神職人員，他也創辦了中華耀漢兄弟會，在天主教界很有聲望。辦學校的神父看到老莊遊蕩，也讓他進學唸書，老莊才安定下來，後來就跟著信天主教了。

老莊喜歡跟我們聊起那段時候的奇遇。他說當時學校很小，沒什麼設備可言，學生很雜，有的年紀已很大了，還跟他上一個年級，宿舍很擠，一張牀要睡兩個人，通常是一個大個兒帶一個小個兒睡。分配與老莊同牀的是一個大約快二十的傻大個兒，這位學長人很憨厚，晚上睡覺偶爾會尿牀，這讓老莊很不高興，但這位學長事後總會千不是萬不是的賠罪，還會殷勤的把老莊濕了的衣褲清洗乾淨，老莊當然就不好發作了。一晚天氣很冷，老莊自己尿急又不願起來上廁所，這次輪到老莊尿牀了，而且據說還尿了好大一泡。第二天早上老莊起來還沒說話，那傻大個兒學長發現自己與老莊都渾身濕透，不加思索的連說對不起對不起，是我不小心又尿牀了，而且用乞憐的語氣說：「你衣褲快脫下來，我再幫你洗吧！」搞到老莊大樂。

貧窮與苦難之中，也會有一些樂事的。那個辦鳴遠學校的神父名叫范景才，是河北景縣人。我服完兵役回來，老莊找我，說范神父在桃園辦了一所中學，名叫振聲中學，問我要不要跟他一同去「投靠」范神父。我原本打算去看看環境再說，想不到一到學校見了校長，校長就拿出早已寫就的聘書，說我的宿舍都準備好了，問我能不能下週就來上暑假的輔導課。

我就糊裡糊塗的應聘了平生的第一個正式的工作，從此從初中教到高中，從高中教到大學，在各種教育體制下一直教到我退休。

我初到振聲中學時見的是校長劉獻堂神父，范神父已跟校長說過我要來，但顯然兩方面的解釋各有所不同，我說我要來是指要來學校看看，而學校的解釋是我要來學校任教。范神父那天有事沒在學校，所以我起初並沒見到他。

我在學校待定之後，才知道這所學校取名振聲是紀念天主教河北獻縣教區的主教趙振聲的，主辦這所學校的眾神父，都出身獻縣教區，他們都把趙主教當成家長或老師看待，除了校長與范神父之外，學校還有郭景山神父及劉國強神父，還有幾個身分不在學校而在「本堂」擔任神職的耿介、耿文良神父等，也常來學校，是學校的校董。後來我知道趙主教的後學在一九四九年之後多移居菲律賓，像學校的幾個神父當年也在菲國待過，都畢業於菲國的修會，校長劉獻堂的學歷最高，他有比利時魯汶大學的碩士學位，並且是教廷傳信大學的博士，但他為人謙和，談吐有禮，一點沒有高人一等的樣子。

我就在這所中學任教下去。我剛到的時候，學校才創辦一年，暑假初期，學校還只有兩班，等到辦了招生考試招來新生四班之後，學校總共加起來有六班了。學校在起始時，還有點篳路藍縷慘澹經營的樣子，但後來這學校跟台灣的經濟一樣，越辦越「生猛」，從初中辦到高中，從普通科辦到職業科，又再辦夜間的補校，學生四面八方湧進，老師越聘越多，弄到一片六畜興旺人聲鼎沸的景象，令人哭笑不得，裡面的教師到後來彼此都不見得都認識了，這是我們剛進去的時候所萬萬料想不到的。

我在學校與幾位神父處得都算不錯，交情較深的還算是范神父。范神父能力高強，這所學校從最早的募款到買地及建築校舍，可以說都是由他一人來操作經營的，獻縣教區的眾神父中就數他最有盤算計畫的能力，再加上他在香港有過辦學的經驗，振聲中學如果沒有他就只是個空談，有了他才能一步步的辦下去。有一次他跟我閒聊，他說你別看這些神父一個個人模人樣又神氣活現的，他們連把米煮成飯都不曉得如何下手的，何況煮飯前還要先去找米呢。他說跟人家要錢的難處，有了錢還要應付繁如牛毛的政府法令，辦一個學校要經過各級衙門幾十個，核准文書上的印章至少蓋了一千個以上，都是由他或由他央及別人去跑出來的，那群神父哪一個懂又哪一個耐煩呀！言下對其他神父的辦事能力是好像十分不滿。

我們有時會問，這學校一釘一木都是你弄來的，幹嘛讓劉獻堂當校長呀，你自己幹不就得了。他說我們學校跟蘇聯共產黨一樣，是採取「集體領導」的，像校長主持學校行政，而他主持學校經濟，劉國強神父處理教務，郭景山處理總務，各負其責……我們說你說得好，你不是嫌他們連拿米下鍋都不知道如何下手嗎？學校的行政他們又懂什麼，不如你自己來幹才痛快！當然這些帶著輕薄又有點挑釁的話，是彼此混得很熟之後才說出口的。

然而我後來發現，范神父更喜歡做一個幕後的操縱者，不喜歡拋頭露面的在幕前耍威風，他「謙讓」比他年輕、經驗也很少的劉獻堂當校長，主要是劉獻堂有高學歷之外，他覺得在暗地做「影武者」，遠比在檯面上表演來得痛快。但眞正權力的操縱者，必須與許多不乾淨的事物相處，因爲那些髒東西自始就盤根錯節的與權力糾葛不清，所謂權力遊戲，就是在那大堆髒東西中尋找生存的空隙。那堆亂七八糟的雜物對愛乾淨的人來說，是逃之唯恐不及的，但對有興趣的人來說，在其中穿針引線抽絲剝繭是極高的樂趣，他們知道所有的權力都不是獨立存在的，必須與其他的權力或更大的權力掛勾糾纏，形成一個相倚相生的共同體，這樣自己的權力才是穩固的，自己的控制力才可大可久。

但這種遊戲玩久了，很少能夠不受它汙染的，否則怎麼說權力使人腐化呢？范神父每天跟廠商、建築商混在一塊兒，還要與許多官員周旋，要想不受汙染很難，不過他有神職在身，眞的掉進染缸，能受染上色的地方比較有限。譬如他也許能參加各項酬酢，其中酒食爭逐很自然，但一般人在酒食後的其他活動，他就不能參加了，必竟神父是發了誓受過戒的。廠商與建商在標下學校的工程後，是會有一成到幾成不等的「回扣」要送的，這一點他絕不推辭，一定照單全收，有時廠商給晚了或給少了，他還主動的去要，因爲他說不收的話，等於壞了彼此之間的默契與規矩，下次做事就難了，但收下就是貪汙，必須盱衡其中的利弊得失，做整體的考量。好在私立學校是私人企業，貪汙雖是公訴罪，檢察官對私人買賣下的餽贈行爲一向不太會在意的，這個叫一個願打一個願挨。范神父在收到回扣之後，會全數拿到其他事務上使用，當然是學校的事務，這一點他表示是清廉自持問心無愧的，我們也絕對相信。

因爲他比其他神父有較多的社會經驗，這使得他在神父之中比較缺乏「神性」而多了點「人性」。一般神父常自以爲是神的使者，可以帶領眾人做彌撒聖事來朝拜天主，別人跪著，他們站著，他們高高在上，就自以爲了不起了，其實眞認他們爲了不起的只有天主教裡小小的一圈人，在台灣信天主教的很少，所以那圈子就更小了。范神父卻不是這樣子，他甚至於比一般人還一般人，他吃喝不忌，嫖賭中的嫖是斷斷不做的，但賭卻偶爾會涉足，他認爲幾個人聚在一塊打場麻將不算什麼壞事，那是中國人的社交。不過他後來的「社交」活動過於頻繁，甚至與學校的教師職員也交手起來，弄得其他神父老搖頭，但格於學校缺不了他，也爲之無可奈何。

他的好處在他從來不擺架子，「回扣」好像也沒用在自己身上，跟他說話，可以葷素不忌，沒大沒小的。同事之中，只有老莊做過他的學生，對他總還有些放不開的地方，但老莊只在學校教了三年就移民美國，老莊一走，大家與他相處就顯得更加盡興了。有次下課，幾個同事在吃花生，他也來拿了一把，一個平常就口無遮攔的老師說：「花生吃了有起陽的效果，你做神父的不要吃它！」范神父卻說：「我偏要吃！」大家哄笑一團，不久上廁所，范神父看著他的那話兒對旁邊的人說：「你們說能起陽，怎麼一點功效都沒有啊？」

我後來結婚，妻連生了兩個女孩，范神父有次說你們要繼續生啊，我說兩個夠了，他說不夠不夠，一定得生個男孩，我問他原因，他說：「只有男孩，才能承祖祧續香火呀！」他的觀念保守得有點陳腐，但畢竟是好意，我千不該萬不該說了下面的話，我一定重重的傷了他的心，那一次我故做聰明的說：「我如果生了個男孩，但後來跟你一樣做神父去了，到時怎麼辦？」我看到他眼中失了神，他停了一下，才悠悠的說：「做神父也很好啊，做神父也很好啊。」他的話有點喃喃自語，好像只是說給自己聽似的。

校長劉神父自始至終都笑臉迎人，范神父在教會的輩分比他要高，自己又是他請來的，他對范神父的諸多行徑雖然不滿，但並無表示，他不表示只是按兵不動，因爲時機還不成熟。校長外面看是一個學者型的人，平常彬彬有禮，言語無多，我一開始覺得他很有內涵，以爲是飽讀詩書的緣故。然而十幾年間，從來沒見過他讀正經的書，到他辦公室，看到的頂多是《讀者文摘》之類的讀物，後來因緣巧合，知道五、六〇年代，教廷的傳信大學其實是個神職人員的快速訓練班，博士學位專發給亞洲、非洲學員，不要一年就可以拿到的，難怪校長從不與人談知識的事，一涉知識，就嘻嘻哈哈的把話帶過，他讓人覺得有內涵，其實是他在知識上表現得膽怯再加性格上的有城府罷了。

范神父太大意又自信了，終於被人抓住把柄，校長搜集了他所有的不堪記錄，趁他最不防備的時候向董事會提出，果然打蛇七分上，一出手就讓老范交出老命。老范在接獲董事會命令要他到會報告時，據說還宿醉未醒呢，當然失去了答辯的機會，這招狠穩準，顯示校長才是鬥爭的高手。校長把老范逐出學校後，自己的權力就更加鞏固了，學校已不須募款，學生就有四、五千人，光是學費就用不完。校長的事業巔峰是不久被任命為新竹教區的主教，轄下有桃園、新竹、苗栗三縣的天主教的管理權。

而可憐的范神父，並沒有犯刑事與民事的罪，他只是冒犯了教會的清規，頂多被逐出教會了事，而教會並沒有把他驅逐出去，只是將他「降調」到偏僻的地方當本堂神父。他去過的地方，山地包括台北縣的烏來與坪林，海邊則到過宜蘭縣的蘇澳與利澤簡，還有些地方，就連跟他最親密的人也不知道了。他在利澤簡的時候，我與幾個朋友曾駕車去看他，駕車的是吳嘉政，同行幾人中還有後來在中央大學教書的萬金川，以及小說家沙究。他的教堂在防風林邊上，後面就是太平洋，教堂是木頭搭建的，裡面沒什麼陳設。他說做神父一天一台彌撒，教會會給他美金一元，當時美元與台幣的匯率是一比四十，我們問他還有其他的收入嗎？他說沒有了，也就是四十元是他一天的僅有收入。我們問他如果一天多做幾台彌撒呢？他笑著說做再多也只有一台的錢。我問他彌撒中信眾捐的錢呢？他說那規定是教堂用的，神父是不能用的，我們到的那天正好是星期日，照理說那天來望彌撒的人最多，我們問他當天收入多少，他說總共收入二十七元。

他在教堂後的寢室倒是出乎意料的大，有點像由廢棄的教室隔出來的，但因在海邊，窗戶邊緣都用紙糊著，好讓秋天猛烈的海風透不進來，但屋子還是冷得很。裡面陳設簡單，只一張牀，一張桌子，幾張形式不一的藤椅和一張茶几。令人不得不注意的是書桌上與茶几上各放了一座龐大的綠色銅像，是學校美工科的雕塑老師爲他做的，當時他在學校炙手可熱，這兩座銅像可爲證據。而我覺得把有顧盼之姿的雕像放在那麼簡陋又昏暗的屋子裡，更顯得主人現今的落魄與蕭條，還不如拿去較好，至少場面沒有諷刺的意味，但當時我並沒有說出來。

又隔了十餘年，我已離開振聲中學許久了。一天我接到學校的通知，說范神父死了，喪禮在桃園成功路的天主堂舉行，我去參加了喪禮。喪禮沒有想像的隆重，振聲中學嚴格上說是他創辦的，一草一木都有他的心血，但學校來的人竟然不多。封棺之前，他的遺體用玻璃罩子罩著，外面可以看清一切，我看他的面容，還跟以前沒太大的變化。從利澤簡之後，我就沒再見過他，想他這個人，在我一生的某段時刻，曾契入過我的生活，與我發生過一些密不可分的關聯，他的死，代表我一生的那個部分已經算是過去了，我當時不由自主的傷痛起來，我的傷痛一半為他，一半也為自己。

喪禮是由踢走他的主教劉獻堂主持的，老范最後的行程，走得也算是離奇，不知他死了有知，會如何思想。喪禮結束，我到主教面前想跟他打聲招呼，他畢竟是最早聘我的校長。他正換下主持彌撒穿的白色寬袍，指示手下把他繡有金邊的主教帽與紫色的綬帶小心收入特殊的盒子裡，自己則在處理他剛上場時手持的主教權杖，權杖是金屬製的，他把它一節節的旋下，仔細的放入一個絨製的套袋當中，他匆匆與我握了握手，也許有事，沒有認眞與我交談，他當時也許已不認得我了，事後我想。

幾年後，聽說劉主教也落職了，天主教在台灣越來越委靡不振，天主教的消息根本沒人要知道。接替他主教職位的是我剛到學校教書時一個學生的弟弟，當時也不過四十出頭的年紀，長江後浪推前浪，在宗教界也不例外。不過我想知道的是，那位落職的主教現在的處境如何，是回到學校了嗎？或是在一個寧靜的地方安享他的晚年呢？四周紛擾不斷，卻沒有任何與天主教相關的人，連想打聽一下也無處可打聽了。

桃園風景

人生如戲，戲如人生，
冥冥中好像有人在解說某些事情，
但也許詞窮，
也許要解說的事太過複雜，
不管再怎麼聽，
總覺得還是有些不明白的地方。

我在桃園的振聲中學任教時，遇到過幾個有趣的人，他們各有風格，整體而言，人生的際遇都不算太好，至少沒有機會把他們的才幹充分發揮出來。但不管那些吧，就算發揮出來又怎樣，世界多了幾個裝腔作態的專家，又有什麼意義呢？下面我想談談我的兩個朋友，先從沙究說起：

沙究是一位小說家寫小說時用的筆名，他原來在龜山國中任教，與我妻子是同事，有一次我在龜山國中見到他，他說兩年前我在振聲中學主持國文科的教學觀摩會，他也參加了，當時他在桃園濱海的大園國中任教，我雖然不記得他，而他說他是記得的，所以在他而言與我算是舊識。後來振聲國文科教師有缺，我問他有沒有興趣來應徵，他問了問收入，覺得比公立學校要好，就經我介紹，也進我服務的學校教書了，我們變成了同事。

他進來的時候，我已調到夜間的補校去了，而他是在白天的國中部任教，我們不常有機會見面。有時我因事白天到學校，見了面，總拉著我說個不休，才知道他在這學校也很寂寞。他跟我說話，很少說什麼「正事」，大多是一些不著邊際的瑣事，譬如夏卡爾的一幅畫作引起的爭議、卡夫卡的《城堡》或沙特的《嘔吐》的文字後面的意義等的。當時振聲中學朝西的地方還是大片農田，夏日黃昏，稻田才收割完畢，我們常斜靠在新割的稻草堆上天南地北的閒聊，他熱愛文學，也醉心過藝術，對超現實主義的繪畫很有興趣，我則對印象派之後的西方畫派有些認識，所以我們之間不愁沒有話題。

他身分證登記的籍貫是福建，其實是一個道地的台灣人，士林老家的幾個弟弟，都是土裡土氣的老實人，兩個弟弟與母親在住家附近的市場賣菜，只會說閩南語，國語說不怎麼上口。他自己的國語還好，他是師大國文系畢業的，但說起話來還是有台灣話的口音。

他雖畢業於師大國文系，但對西方的藝術與文學十分嚮往，他說話如說得入神，話會變得結巴而且用詞古怪，「你要如何相信，當一個婦人對著他微笑而他卻一派無動於衷的樣子，特別是她展現的溫柔中其實也包含著不少令人想探索的意涵……」諸如此類的句子，詰屈聱牙得厲害，我想是看多了翻譯小說的緣故。他說這類話時，眼睛不會看著你，好像總是在天空搜索打轉的樣子，話都是漫無邊際的，但精采得很，只不過沒有一句可以當眞。這種胡扯式的漫談總有「落實」的時候，便是學校的鐘聲響了，「啊，時間到了，你要上課了。」原來天色已暗，夜間補校已要開始上課。我們耽誤了晚餐，我接下來要連上四節課，他要坐客運車趕回大園的家，我們要面對擺在目前的艱困現實，我們的談話，多數是在這樣的情勢下結束。

他喜歡喝酒，但我知道他酒量並不很大，只是比我來要大而已。每次與他吃飯，只要有機會，他都會央求來杯酒，貴的酒喝不起，當時連啤酒也算是貴的，他只討杯人家做菜的米酒來喝，就快樂的不得了。隔了幾年，他在補校也兼了門課，就不需我白天去找他也能見面了，下了課，他總拉著我到小巷子裡的一家賣餛飩麵的小店，說肚子餓了要吃碗麵才回家。叫麵的時候總很有機心的說我們切隻鴨頭來吃吃怎樣，他吩咐店主之後，總是「順便」又帶來兩隻裝滿米酒的玻璃杯，笑盈盈的說我們一人一杯，要我無論如何得喝點，我只喝了點，他喝完他的一杯後會自動的把我杯裡的酒倒一半過去，然後一半又一半的，終於把我的酒倒得一滴不剩。

有一次他的一位朋友騙他，說在德國，啤酒便宜的不得了，德國人喝啤酒跟喝自來水一樣，有些地方，啤酒廠乾脆幫你家裝了個管子，要喝的話，只要扭開龍頭盡情的喝，月底按表計費，那表就跟自來水的水表一模一樣。這純粹是矇人的話，他竟然相信，「能住到德國就好了，」他說，有次還特別跟我討論一起到德國留學的計畫。

他有個小時候的朋友，當時在海德堡大學攻讀法律，那位友人回國，他專程跑去請教，回來興沖沖的告訴我去德國有望，他說他朋友答應盡最大力幫忙。我說到德國留學得花多少錢啊，他說德國大學都不收學費的，只要準備旅行的費用就好了，生活費則出乎想像的便宜，打工也很容易。我問他要去讀什麼，總不能也讀法律吧，他說我們可以去讀藝術設計，他問過他朋友，說海德堡的藝術學院不難申請。我在高中時代曾看過一個片名是《學生王子》的電影，是在海德堡大學拍的，電影裡的海德堡，風光如夢似幻，美麗極了，被他一說我也有些動心，一度幻想自己眞的到了海德堡會是什麼樣的情況。

當然這事後來沒了下文，沙究做事就是這樣，他是個幻想家，幻想家的特點是從不想要去實現的，幻想要是能實現，就不叫做幻想了。要把幻想變成理想，而且促其實現，要做很多「基礎工作」的，這一點他沒有什麼耐心，譬如眞要到海德堡留學，得把台灣已有的一切放下，工作停了，沒了收入，那家呢、孩子呢？一碰到這類現實問題，便覺得眞的到了海德堡也不見得多好。不過他不是這麼說的，他後來說他「放棄」了到海德堡的計畫，是因爲他終於知道德國人並不作興把啤酒當成自來水般供應，有次他跟我說：「如果德國的啤酒不是開龍頭就能喝的話，我們何苦到海德堡呢？」我也笑著連聲說是。

他後來在學校發生了一個不很重要的「花案」，跟一個女老師產生了點感情的事，這事並不嚴重，也許拖了一陣就過去了。問題出在他的妻子發現了這事，跟他鬧了開來，他爲了面子，在言語上不表退讓，便把事情弄僵了。他妻子最後還鬧到學校來，找到校長，校長原想息事寧人，不料他妻子又哭又叫的硬逼迫校長要做出裁決，她的意思是要學校把罪魁禍首的女教師逐出校門，不要再來招惹她的丈夫，想不到校長爽快的點頭稱是，不過他把給她的禮物加了倍，他把當事的男女教師一併開革掉了。

沙究就此失業，夫婦兩氣急敗壞的到我家，他是我介紹來學校的，現在罹此果報，我有責任問個清楚。我打電話到學校，校長說這成命已「覆水難收」，建議他積極謀職，學校在他的離職證書上不會寫眞正的原因，這樣看來學校分明是回不去了。我再打電話給我一位在高雄的朋友，他是我高中的學長，在讀師大研究所時，曾短暫在振聲教過書，沙究也認識他的，不久前他還幫我們共同一位落難的友人找到了教職，我問他在南部有沒有機會，想不到他斬釘截鐵的說沒有問題，要我跟沙究立刻到高雄，他會安排工作給他。我問沙究夫婦，兩人千恩萬謝點頭說好，第二天清早，我與沙究就乘早班的快車趕了過去。

到了高雄，才知道我朋友要爲他安排的是在一家補習班任教。我與沙究都很游移，告訴他最好能到一所正式學校教書，但我朋友說正式的學校有什麼好呢？在補習班任教，收入有學校的三倍到四倍之多，他就是因爲這麼高的收入，連在高雄工專的專任講師教職都主動丟了。但我覺得沙究在性格上是不宜在補習班任教的，我問沙究意見，他也點頭，在高雄待了兩天，我們便打道回府。臨行我的朋友拉我到一旁問我：「爲什麼不留下來呢？是不是我只答應每週幫他排四十堂課他不滿意呢？以後可以慢慢再加啊。」我問難道還可以排到四十堂以上嗎？他說可以的，補習班的課一堂只四十分鐘，從早上排到晚上，一天排十堂以上的大有人在，我說：「得了得了，他不是嫌少，而是聽到一週要上四十堂課，嚇都嚇死了！」

從高雄回來後，便好一陣子沒了他的消息。過了兩個月，他竟然打電話給我，說在苗栗後龍的海邊一所小學找到了教職，那學校很小，一個年級只一班，整個學校僅六班。我問他怎麼落到去教小學了，他說那裡出乎意外的好，我去看看就知道。有一天我跟萬金川約好，到後龍去看他，我們一到，學校幾乎用全校停課的方式來歡迎我們，所有老師都來打招呼不說，學生也在旁邊蹦蹦跳跳的顯得興奮異常。他的學校就在海邊防風林旁，二十四小時都聽得到海浪的聲音，初到有點不習慣，覺得吵人，但他們都說在那久了便聽不見了。

沙究在後龍海邊，寫了好幾篇小說，都算有水準的「力作」，後來集結在圓神出版社出版，書名是《浮生》。他的文筆看起來有些生澀，他認眞說話做事就有這樣的傾向，但用這樣生澀的文字敘述故事，反倒產生一種特殊的韻味，一個並不起眼的故事，被他一說，好像變得曲折又離奇起來。

這是他一生的第一本書，想不到是在他落難的狀況下寫成，福禍相倚的道理，又得一明證。但他沒在後龍久留，第二年，他央及朋友，幫他在台北縣的一個私立中學找到職務，又過了兩年，開革他的校長榮升新竹教區的主教，校長由另一位與他相善的神父接任，他因家還在桃園，便又「復辟」一般的又回到了振聲，從此在那兒教到退休。

他後來陸續寫了些東西，用的力道不如在後龍那一年的大，品質是有的，但已不如前面那本的大氣了。我在編輯「三民叢刊」時，曾約他把稿子整理出版，他拖了幾乎一年把書稿給我，他的第二本書《黃昏過客》便由我幫他出版的。以後再也沒聽他說寫作的事。

沙究與我算是關係很深的友人，這還不包括他生了三個孩子，有兩個是要我取名字的。他對藝術敏感，對人生有極高的洞察力，而他的藝術不僅是指美術或雕塑，還包括了一般生活上的細節與語言上的力度，照他的標準，他的生活應該更爲優雅，他的語言應該更爲精緻，但事實不然，他總像是和光同塵般的在紛亂不堪的世上混日子。從他表面看，他有點玩世不恭，而其實是膽小得厲害，他一生的大半時光，是在遲疑與猶豫中度過的。

他是我所有的朋友中最値得祝福的，因爲他有才幹，卻沒充分發揮。

下面我想說另一個友人老秦的故事：

老秦是板橋國立藝專畢業的。這所學校早年畢業的學生都有一種習氣，就是說話不正經，老愛開玩笑，又喜歡說黃色故事。尤其老秦讀的是影視編導科，那裡畢業的學生，多數在電影、電視界裡混，影視界的人都是沒日沒夜的人，生活沒一個正常，連帶使得他們說話也直來直往，葷素不忌，隨便的不得了。

老秦早年也在影劇圈待過，受此薰染甚深。影劇界看起來亮麗，骨子裡是一把鼻涕一把眼淚的辛酸，沒有點本事或者機會不好，在那裡就白白浪費了生命。後來老秦沒混好，弄到三餐都有些不繼，就毅然決定不做了，改到中學去教書，那時候台灣教育發展蓬勃，專科學校畢業找個學校教書沒有問題。他先在鳳山教了幾年書，後來認識了我們學校的孫姓訓導主任，央他介紹到我們學校來。他的理由是他藝專的同學以及影劇界的朋友都集中在台北，桃園離台北很近，至少可以不跟老朋友斷了線。他提起鳳山就不免憤憤，說那裡人一大堆，卻等於是個沒有人的鬼地方。

老秦到振聲「接任」的時候，陣仗鬧得很大，並不是學校給他安排了歡迎儀式，而是他周圍圍著一大群人，把他扈擁在中間，讓他像個大人物一樣。他算是個大個子，腆著肚皮，面孔黝黑，鬍子刮了，但總像刮不乾淨的樣子，一臉邋遢，見人就期期艾艾的笑，有幾個在前面引路，看起來好像跟他開道的樣子。他們走過我旁邊停了下來，就聽他扯著嗓子跟四周的人說他以前導演舞台劇的故事：中場休息只十分鐘，劇團用這時間換布景，他看到後台黑色的布幕下襬有東西在滾動，「唉，奇怪啦，」他說，叫人拉開一看，原來是還沒下粧的女主角跟一個管布景的滾在一起。一個老師問是在幹嘛，他賣弄玄虛的說：「你他媽的滿了十八歲了沒呀！跟人滾在一起還要我明說嗎？」引起旁邊一陣大笑，他也得意的不得了，這是我第一次見到他的場面。

此後他只要在學校，身邊從沒斷過人，大家圍著他都想聽他說笑話，他的笑話，總以黃色的居多。他在學校教的是國中國文，國文老師，是要兼一班導師的，他恩威並施，當然壓得住鄉下的小孩。一次幾個國文老師在討論一篇文章，他咳嗽一聲說：「兄弟我的文筆還算是不錯的，當年曾以筆名秦淮發表過小說、詩跟劇本呢。」他後來還說得過什麼國軍文藝金像獎之類的，別人問說你不是軍人怎麼能得國軍文藝獎，他說台灣全民皆兵，有什麼不能得的？又有人問他爲什麼取名秦淮，他說你不知道嗎，南京夫子廟附近的秦淮河，自古就是名妓的集中地，夜夜笙歌不斷，你難道「聞弦歌」還不知雅意嗎?他在大眾面前說話總顚三倒四的不正經，人越多越瘋，但單獨與人相對就不會了。有一次他告訴我，他取秦淮爲筆名是因爲他是江蘇淮陰人，原來有思念故鄉的含意。我說是淮陰侯韓信的家鄉啊，他說正是，只不過家裡出了這個不肖的先人，進出人家的跨下也就算了，最終還死於女人之手，眞令人喪氣透了，所以淮陰人一直倒楣，兩千年來從沒人得意過!

他跟我逐漸混熟了，也說了點心裡的話，不見得都是瘋瘋癲癲的，其中偶有感懷，也有不少傷感與無奈，不過他一見到有許多人在，就開始語無忌憚了，彷彿不說些渾話，無法壯膽的樣子。

有一次他帶我到桃園附近的八德鄉，那裡有個國聯電影公司的攝影場，裡面有攝影棚也有外搭景，李翰祥當年許多大場面的古裝電影，據說都是在那裡拍的。他在門房指名要找一個張姓的「大」導演，門房通報後就有人引著我們進入片場，裡面一大堆人，有演員、劇務、攝影等等，好像電影剛拍完了一個部分，道具布景散落各處，反正亂成一團。那個「張導」是個比老秦還高的瘦瘦乾乾的男人，頭上戴著頂牛仔布料的鴨舌帽，鬍子很久沒刮，臉色灰暗，眼裡全是血絲，似乎幾天沒有睡了，但他一見老秦，便立刻亢奮起來，劈頭喊道:「是你呀，老秦!老是見不到你，問所有人，都不知道，就是問殯儀館都不知道你死到哪裡去啦!」老秦也用同樣意思的話回答。不過我這裡所寫的，不到他們所說的十分之一，其餘的十分之九，全是俗話所謂的「三字經」，包括國罵、省罵、縣罵、鄉鎮罵、村罵、里罵，他們把這些罵人的話全用上外，字數由三字、四字、五字到十幾個字的都有，像連珠炮又像機關槍般快速的從嘴裡射出，把對方從盤古開天地以來的所有女性祖宗全數掃到，速度之快，咬字之清楚，吐字之精準，眞是神乎其技，令人歎爲觀止。老秦轉頭對我說這張導是他藝專的同學，我說你不用介紹了，你們的「通關語」早已洩漏了你們的身分。

他後來在張導的引介下，曾客串到電視公司指導過電視劇。那時的電視劇跟舞台劇沒什麼兩樣，還是現場播出的，不像後來可以事先錄影。電視劇的導演收入沒有一般演員的高，更比不上名牌演員，所以在電視台，是沒什麼人瞧得起導演的，何況他這導演還是個兼差性質。電視劇的演員各有來路、自有實力，導演其實沒有什麼指導他們演技的機會，而是隨時要盯著劇場，防止臨時狀況發生，臨時狀況包括演員把杯子打翻了、古裝劇演員露出手上的手錶，或是一片布景突然落下等的，只要出了餡兒，是全都照實播出的，所以緊張的不得了。

活該算他時運不濟，他負責導演一部古裝「單元劇」的時候，劇中男女主角在花園牆角幽會，不料那座牆角不知爲什麼早不倒晚不倒就在那一刻應聲倒了下來，把男女主角弄得滿身白灰狼狽不堪，現場也零亂一片，電視劇只得臨時喊 Cut，改播早先預備好的廣告與短片。老秦原想藉此機會「重出江湖」的，想不到出師未捷身先死，他此後只得安心認命，在我們學校好好教書了。

想不到這次事件，在學校與地方卻確定了他的崇高的地位，大家都傳說我們這小學校，竟然有一個電視台的「大導演」呢。當時台灣電視台只有兩家，連華視都還沒成立，雖都還是黑白播出，但只要跟電視扯上任何關係，都令人目眩神移。學校如果有什麼大型的文康活動，多數由他領軍，連縣政府、救國團有這類的事，也常向學校「借調」他去幫忙，他一下子成了個大紅人。有一次，正好碰上蔣總統八十幾歲的誕辰，全國要舉辦大型的朗誦詩比賽，朗誦詩當然指明要歌頌蔣公的英明偉大，正巧老秦說他有一篇光用唸的就要唸二十分鐘的長詩，如果加上配樂，可以拉長到三十分鐘，詩的內容就是歌頌奉化溪口出現偉人的故事，當年他拿去參加國軍文藝競賽，還得了個新詩的「銅像獎」呢，訓導主任得訊高興得要死，就命他全權來主持其事。

他二話不說的組織了朗誦隊，男生女生加起來共挑了十幾個人，成員還包括後來在電視界有名的李豔秋，當時是學校的國二學生。他還憑關係，借了正聲廣播電台的一個錄音室，準備練好了到那兒去錄音，規定預賽是錄音評選的。他把他的長詩印出來，拿一份給我，我一看傻了眼，那哪是詩啊，簡直比太監跟皇帝說的話還要無恥，除了沒有稱自己是奴才之外，什麼阿諛諂媚奉承的語言都用盡了，我眞服了他，也眞服了他說的那座「銅像獎」。他問我意見，我說老秦，你怎麼這麼肉麻啊，他嘿嘿笑了兩聲說：「問題是你聽了肉麻，有人聽了受用啊！」

這事跟我無關，我無須表示太多意見。有一天他跟我說他找了很多國樂曲做配樂，都敲敲打打熱鬧的有節慶的味道，放在朗誦詩敘述北伐、抗戰勝利，及未來收復大陸後的慶祝都很好，但有一段描寫「破曉前的沉靜、沉靜中的期待」，卻苦無合適的音樂，問我能否給他建議。我那時候正反覆的在聽貝多芬的D大調《莊嚴彌撒》，覺得第二段唱〈榮光經〉前的一長段序奏也許可用，便把整曲的錄音帶借給他，當然指出了是哪一段，他聽了後讚嘆說：「西方音樂，眞他媽的比我們國樂高明許多啊！」他後來也確實用了那段音樂。不料整個朗誦詩在送審後很快就給打了回票，上面的意見是明明是慶祝偉人華誕，怎麼搞到灰蒙蒙的像出殯一樣。這麼說來，是我害了老秦了，我後來再聽那一段音樂，確實有一點他們所說的味道。

我後來因故調到夜間部教補校，就與他很少見面。只知道他的教學生活也混得不好，他不好好的改作業，考試的分數也亂打，引起一些負面的批評。有一次他看別的國文老師改作文，在一旁調侃說，你們神經啊，要那麼仔細幹什麼，他說他改作文，「從來」就是拿起毛筆從後面圈到前面，再打個分數了事。同事說他吹牛，他說你不信，「老子」就表現給你看看，好讓你佩服。他眞的推出他桌上一大落作文簿，打開一本，拿起紅毛筆誇張的從後頭圈起，不到半分鐘就圈完了一本，然後第二本第三本的圈著，嘴裡說這些狗屁不通的文章根本不值得留意去改，話的前後又堆滿了罵人的字詞，四周圍觀的人越來越多，也跟著起鬨，鬧聲不斷。老秦有心眼，但心眼總是不夠細，他沒發現後面的起鬨聲越來越小，後來小到沒有了，卻還在那兒劈里啪啦的罵個不休，原來是校長從旁邊經過，看大家熱鬧著，也擠了過來，站在後面把所有經過看了個仔細，待老秦發現不妙才回頭，結果一切都遲了。

這次給他的處分是不讓他教國文課了，但一次要寶總不能把他開革，還得留他下來，這讓教務處傷透腦筋，最後的結果是只讓他教「公民與道德」。這課不像國文是「正科」，國文只要教十二堂課，每班一週有六堂國文，所以教國文的只要教兩班國文就算教滿了堂數。但公民課是「副科」，每班每週只有一堂，教副科的老師一週要上十八到二十堂課才夠堂數，這樣一來，老秦等於把所有國中部的公民課全包下了，因爲國中部總共加起來才二十班的樣子。

他剛調換工作時，顯得十分高興，因爲從此擺脫了批改作業的煩惱，他還揚揚自得宣稱自己是學校的公民道德專家，後來乾脆省去公民兩字，說自己是道德的權威，他說：「以後有關道德的問題，你們就來問我這聖人好了。」但不久就後悔了，一個故事要講二十次，令人困乏又無聊，再加上有二十班的考卷要看、二十班的分數要打，每當第二次月考與期末考之後，他都度日如年，分數就算是假造的，也是偉大的工程呀。

老秦此後的心情可以想像。我不久離開了學校，聽說他兩年後也離開了，究竟是自動辭職還是被學校解聘，我並不清楚。四、五年後的一次暑假，我受邀到高雄師範學院（後來改成了高雄師範大學）的進修碩士班授課，上課時突然接到一位女士的電話，自稱姓秦，原來是老秦的女兒，她說她父親與她一起，都在高雄的文化中心工作，她代她父親邀我，說要是有空希望一見，我當然說好。她女兒來學校接我，文化中心就在學校的對面。

老秦見到我還是妙語如珠，但他的狀況確實不怎麼好了。他說他知道我來高雄，但沒法子來找我，原因是糖尿病使他腳部的發炎不能痊癒，而發炎是香港腳引起的，見到我，一擺一拐的，狀甚狼狽。我問他如何上班呢，他說每天由他女兒騎車載他來。

說起女兒，他興頭來了，說他的這份工作，是因他女兒的關係得到的，女兒在文化中心做祕書，便也介紹他進來。我問他工作的部門，他說他的部門比女兒的可大多了，他推門帶我走進戲劇廳，回頭跟我開玩笑的說夠大了吧。他又帶我到後台，在一個空無一物的小辦公桌前坐下，他說他等於是這裡的總管，指著桌子說就是他辦公的地方。那是一張廉價的漆著黃漆的木桌，正好在後台的門邊，桌旁是舞台的層層黑色布幕。沒戲上演的戲劇廳很暗，空氣也不好，我問他每天都得來嗎，他點點頭，說有戲上演還得加夜班。我後來才弄懂，他是憑女兒的個人關係才進來的，而他的身分，只是個不佔缺的臨時雇員，薪水低又沒保障，他老病叢生，還落此下場，眞令人不勝欷歔了。

我以後沒再到高雄兼課，便再也沒機會見到老秦，過了幾年，聽到他過世的消息。我對他一生的印象，從三十年前他敘述女主角與人滾在布幕裡的故事起頭，到最後看到他布幕下的桌子爲終結，前後都與舞台及布幕有關。人生如戲，戲如人生，冥冥中好像有人在解說某些事情，但也許詞窮，也許要解說的事太過複雜，不管再怎麼聽，總覺得還是有些不明白的地方。

初進台大

我覺得這次讀書的機會是我人生路上偶爾撿拾到的，
所以要特別珍惜，
因爲珍惜，
我比其他同學更需放慢腳步，
以便好好的欣賞周遭的一切。

一九七四年是很怪異的一年，表面十分平靜，暗地則充滿著不安，不能確定會發生什麼，但知道有事情在醞釀，而且絕對不會是小事。進行了二十年的越戰，已到了決定性的時刻。美軍成天派重型轟炸機帶著燃燒彈、落葉彈轟炸「胡志明小徑」。這條小徑，原本是北越支援南越共軍的運輸小路，只在南越與寮國柬埔寨邊境山區蜿蜒而過，那裡山勢陡峭又是原始森林，美國與南越的正規軍到不了，只得由轟炸機輪番轟炸。後來轟炸的區域越向南移，才知道美軍敗像已露，何況沿海所控，也寸寸失手，美國軍力財力爲世界之霸，但應付如此敵人竟然捉襟見肘，十分頭痛，再加上國內反戰勢力越來越強，弄得軍心渙散，政府搖擺不定，越戰結束，似乎指日可待了。

台灣是越戰美軍的後勤基地，對這個戰爭當然敏感。台灣一向親美而反共，但西方的文化與價值觀也不斷隨著美國人而進來，當時的「流行」文化是反戰的，崇尚虛無的自由主義，因此對美軍出兵外國、以強凌弱之勢來進行屠殺，絕大多數台灣知識分子也深深不以爲然。

而當時台灣自己的政治氣氛也低迷而詭譎。執政已久的蔣介石先生已很久沒有露面，據說早已臥病在床，《中央日報》上成天轉載日本《產經新聞》上的長篇文章〈蔣總統祕錄〉，好像在爲這位大人物在做歷史的總結。大家從未想過，蔣死了後台灣會怎樣。我記得有一首歌頌他的歌，裡面說：「您是大革命的導師，您是大時代的舵手！讓我們服從您的領導，讓我們追隨在您的四周！」假如蔣先生死了，長年的「革命」是否還要繼續下去？當追隨的群眾喪失了領袖，將會走向何方？尤有甚者，軍隊失去了效忠的對象，會不會亂了，大陸的共產黨會不會因而打過來？這些事沒人敢在檯面上公然討論，但都放在心裡，那時候，整個台灣都籠罩在強烈的不確定感之中。

對我而言，這一年卻是有「轉捩」性質的一年。我自一九六六年從軍中退伍後就到桃園的一所天主教中學任教，這裡人事單純，起初招收來的學生資質都不太好，但老師認眞教學，竟然也教出一些成效來。我因爲在這裡成了家，心裡雖沒想到是否會在此地終老，但也許一年一年的就在此教下去，我們的生命，大部分豈不是依著命定的路線在走嗎？中間有多少是聽由自己決定的呢？

在我把我第一次教的學生從初一帶到初三畢業之後，學校繼續在辦高中，希望我鼓勵我教過的「好」學生能在母校繼續升學，尤其是考上了公立聯考，分發到省立高中的，能夠「帶槍投靠」回來，學校還有獎勵，因爲這種「向心力」會提高學校的知名度。結果據說在我無心的號召之下，新收的四班高一新生中，有一整班是我教過的學生，我勢必也跟隨這一班進入高中任教，而且「依例」擔任這班的導師。

新生報完到後，我並沒有被分配爲這班的導師，因爲還是暑假，這事我並不知道，是幾個老學生跑來我家告訴我的。學校當然有權安排人事，但學生十分不滿，認爲學校沒讓我繼續帶他們，是學校方面違背了默契與承諾。我逼不過，到學校去找主管人事的范神父討論。他確定我不能做他們的導師，原因是據查我不是黨員，因爲他說高中導師一般要是黨員才能當的，當時台灣還在戒嚴時代，黨員是指何而言，當然不用想就知道。

我跟他說我並不想當高中的導師，但我想知道究竟有哪一條法律或規章規定導師非要是黨員不可。他說這不是法律也不是規章上有的，而是循慣例而行，其他學校如桃園高中、武陵高中莫不是如此。我說他們桃園高中、武陵高中不僅要導師是黨員，他們的校長與人事主任更也要是黨員的，請問你現在是人事主任，你入了黨沒有呢？另外我們校長劉獻堂神父也是黨員嗎？他沒話可說，只告訴我高一的國文課可以排給我，但導師是不能的。我才知道所謂神父，表面上超然物外，其實對世俗權力的依附，與其他人比並沒有任何不同。我有點想乾脆離開這所學校算了，後來聽說學校要辦補校，是夜間上課，學生是桃園附近失學的工人，補校也需教師孔急，有天我就跟范神父說，把我調到夜間部好了，反正白天的事眼不見心不煩。

我如願的調到了夜間部。到夜間教書之後，我的天地突然開闊起來，白天我可以在家照顧自己的孩子，我發現能照顧孩子，看著她一點一點長大是特別幸福的事，下午妻子下班回來，我可以從容的與她吃了晚飯才去學校。補校的學生須在工廠下班後才能到校，在學校的時間很短，一晚上只能排四節課，因此我們留校的時間也就不長了，餘下的時間，正好用來讀書。一九七一年，老友俞國基應邀主持高雄新辦的《台灣時報》，夫人陳冷主持副刊，約我寫稿，每週一篇，那時還沒有傳眞機，更沒電腦，稿子全用手寫不算，還要早日投郵，保證截稿期前收到，我一邊讀書，一邊寫作，一邊生活，那是我最幸福與飽滿的一段歲月。

一九七三年妻得到機會到台北任教，而她的學校還安排了間宿舍給我們，我們就遷居台北了。我白天在台北，黃昏搭公路班車到桃園上課，有時到桃園尙早，還可趕到電影院看一場電影，那種生活忙裡偷閒，規律又愉快。

這安適又規則的生活，讓我考慮進修的問題。一方面我空出的相當多時間，沒有利用很可惜，其次這樣的生活也許很安適，卻不是我人生的究竟。我大學畢業後原想再到哲學系聽一兩門課的，但後來放棄了，現在再做，已沒有太大的動力，如果讀書，我還是繼續我的本業比較自然。

台北附近大學設有中文研究所的以台大、師大、政大最爲有名，我決定到台大去試試。我是東吳畢業的，依「慣例」該去讀師大。我東吳的學長學弟，似乎都是升學師大的，因爲來我們學校兼課的，都是以師大的教師爲主，師大要讀要考的，我們都很熟悉，但我對東吳很失望，連帶使得我對師大也失去興趣。我後來決定考台大還有一個原因，我讀東吳時因爲高中同學李茂盛讀台大，因而常到台大，我不但去聽過課，還在台大「生活」過。有兩年暑假，李茂盛住的宿舍因學生回鄉有空，他就叫我搬去陪他，大二時，我有輛自行車在台大宿舍被竊，令我心痛不已，台大給我的印象，包含有廣闊的校園、眾多的科系、自由的學風，之外還有一項，就是名副其實的「賊窩」了。但整體而言，我認爲台大的自由學風比較適合我自己，這不表示我瞧不起別的學校，我後來有很多出身師大、政大的好友，他們的學問與品德都十分優異。

我選擇應試台大其實還有原因，說起來還有點曲折。大約在一兩年前我回羅東省親，順便去拜訪高中的老師禚夢庵先生，在他那兒借了一本董作賓先生寫的《甲骨學五十年》，是藝文印書館印的。我讀了一陣，不明緣故的竟對中國早期的文字與社會產生了興趣。我在東吳的時候，上過賴炎元先生的「中國文字學」，賴先生是師大博士（上我們課時剛得學位），他個人是個謙謙君子，言行雖有些拘謹，但他教書是認眞的，不過他師大的背景使得我對他有些距離。師大學術的主流向來標榜「小學」，舉例而言，所長林尹，就是文字聲韻學專家，又自稱是章黃的傳人，章太炎是寧信《說文》不信甲骨的，因此師大這一系統的文字學，一切理論都得建立在《說文》上面，與《說文》相異的說法，都被視爲野狐外道。其實章黃的學術視野也不算小，「小學」只是其中的一小部分，文字學上的某些偏見無損於他們在其他方面的貢獻，但師大視「小學」爲學問的核心，又緊抱章黃的偏見不放，則無法避免有抱殘守缺之譏了。

我讀了董作賓的《甲骨學五十年》，覺得自己眼界開闊了不少，拿甲骨文的材料排比對照，證明兩千多年前司馬遷所寫的〈殷本紀〉，其中所載的帝王世系竟然大致不差，在甲骨文發現前，有些學者對《史記》裡有關周之前的敘述描寫是抱著懷疑態度的，現在甲骨材料證明《史記》沒寫錯，這使得《古史辨》以來的疑古運動，又加入了許多的討論話題，上古學術又熱鬧起來。董作賓又寫了一本《殷曆譜》，糾合了文字學、天文學、曆法學的材料來討論古史，我才知道文字學不僅只是象形指示會意形聲而已，它涉及的學問知識可以說是無窮無盡的，我突然對文字學乃至考古甚至古代社會研究產生了興趣。當時我在中學教書，課餘還找了幾本有關於人類學、古代社會學的書來看，大部分是翻譯書，其中有本美國人類學者摩爾根寫的《古代社會》（Lewis H. Morgan,1818-1881. *Ancient Society*）的譯本，雖然書已老掉牙了，而給我啓發尤甚。也有幾本國人寫的有關古史與古文字學的書，其中有本唐蘭寫的《中國文字學》，與董作賓的甲骨著作不同的是他運用的是大量鐘鼎文（金文）的材料。

我後來知道台大上的文字學是要上金文與甲骨的，而且台大上的聲韻學也不以《廣韻》以來的韻書爲主要討論的材料，他們上的是董同龢的《中國語音史》，他們的教學與研究似乎都把重心更放在語言學上面，這樣一來，比傳統的聲韻學顯然要寬廣得多了。那時候我讀了幾本德國當代哲學家卡西勒（Ernst Cassirer, 1874-1945）的書，對他哲學所展現的瑰麗景象十分著迷，想不到卡西勒的哲學是從語言學、符號學展開，又跟文學密不可分。我的學術興趣其實在文學與歷史，但光從文字學與聲韻學的角度看，台大中文系比師大的國文系的視野無疑要大了些，當然比較能吸收我的目光。

在一九七四年，當時我已從東吳畢業九年，在中學服務了八年後，我決定去考台大的中文研究所，想不到竟讓我順利的考上，以後我就在台大用了七年的時間，把碩士、博士讀完。我的碩士論文與博士論文都與文字學無關，但文字學推我找尋學術的出路，學術也在我此後的人生不斷展現美麗的風景，我該感謝這門曾一度讓我沮喪的功課。

一九七四年暑假一過，我剛到台大註冊上學，看到課表上有一門「甲骨學」，就迫不及待的去選了它。教這課的是金祥恆老師，選這課的人不多，連我總共三人，因爲人少，就在金老師的第十研究室上了。金老師是浙江海寧人，與王國維、徐志摩同鄉，濃重的海寧口音，不要說一般人不懂，就是浙江人也有人不懂的。國語裡已沒有了入聲字，海寧話裡不但有，而且好像還特別多，遠處聽海寧人說話，像聽機關槍「三發點放」似的。譬如「鹿骨刻辭」在海寧話中前面三個字都是入聲，唸得斬釘截鐵般的短促又響亮，還有甲骨刻辭有些是刻在動物的骨臼上的，這就叫它「骨臼刻辭」，金老師又把「臼」唸成國語的「橋」，幸好每遇關鍵字眼，老師都寫在黑板上，否則就一片「莫宰羊」了。

課上了一段時間，幾個人大致上聽得懂老師的話了，老師講課，採用了陳夢家的《殷墟卜辭綜述》做底本，當然老師對其中的某些結論不太以爲然，也提出自己不同的看法，但大體上，老師的意見儘管有精到之處，表現意見的語氣都很謙和，從來不曾賣弄過，他老是說，他的意見是綜合了後人研究的成果，並不是獨創，就是陳夢家現在寫，也會採取這些成果的。

陳夢家的書我覺得寫得很好，表面上看，它是本討論甲骨文的書，而事實是他藉著研究甲骨文所得的材料來論述證據整個殷代的歷史，盡可能把觸角擴大，譬如甲骨文其實是殷人占卜時留下的記錄材料，所以書中敘述殷人占卜之習、對鬼神的信仰與祖先的崇拜十分詳盡，整體而言，這是一部藉甲骨文爲路徑來討論殷商社會史的書，甚至於有一章，專門討論殷商時代的農業與農產，這種既專又博的研究方式，給我啓沃尤多。

有一次老師問我爲什麼來學甲骨學，我說想通過認識甲骨來研究古史，我對古代社會學與人類學有興趣。他笑笑的說，那是可能的，但做這門學問千萬不能好高騖遠，要一步步的來，先認識這個字，把這個字的意義與用法徹底弄懂，才能論及其他，否則一出錯，也許就此回不了頭了。他有次告訴我，胡適主張「大膽假設，小心求證」，在這個學問裡是不能成立的，研究這種學問，假設已很危險了，更何況「大膽」呢，必須「有一分證據，說一分話」。老師的話很對，但聽他一講，把我心中原有的熊熊大火，無疑澆熄了大半。

然而一年的甲骨學，我確實學了很多。下學期上課，當時在政大大學部讀書後來也考進台大來的蔡哲茂與政大研究所的學生李壽林都同來聽講，蔡哲茂是有名的大嗓門，他心平氣和的講話，有時候也會被誤聽成在吵架，何況他意見很多，有時把老師都逼急了，教室的情緒就常被鼓動了起來。金老師是有名的好脾氣，我想跟他難懂的海寧話有關，他必須一句句甚至一字字的慢慢講，人家才聽得懂，常此以往，脾氣就不得不好了。有一次我在他研究室查書，聽他在門口與隔壁第九研究室的張清徽老師聊天，聊的是學生生活的問題，都是說這個學生好那個學生好的，我自己還在教書，做老師的人特別容易發現學生的缺點，好像從來不須知道學生有那麼多「好處」的，我聽了都慚愧起來，他們關心學生發自眞心，完全不是裝出來的。

碩士班一年級還排了兩堂「高級英文」課，這門課是必修，但卻不算學分，是由外文系的齊邦媛老師擔任的。齊老師那時的主要工作是在國立編譯館做編審，她原來任台大的教職，後來一度在台中的中興大學任教，等我畢業後，她又回到台大，再教了十年左右，在台大退休。齊老師課上全用英語，每次上課結束前必定舉行小考，考題與答案當然都是英文，搞得我們這些中文系出身的都緊張的不得了。她上學期規定用一本由Laurence Perrine編的名叫 *Sound and Sense* 的討論英詩的專書，這本書作者用幾個如意象、節奏、用典等上的高下來判斷詩的好與壞，遇到好詩與壞詩都直言不諱，譬如在英詩詩壇赫赫有名的華茲華斯與桂冠詩人丁尼生的許多詩，都被作者判斷成壞詩，我們初時似懂非懂，但在齊老師用比較淺的英文但十分精細的解析之下，使我們對於英詩或英詩批評學就有了初步的認識。

我記得齊老師整整用了兩堂課的時間，非常認眞的講授艾略特（T.S.Eliot,1888-1965）一首有名的長詩 *The Love Song of J. Alfred Prufrock*，那首詩對我們中文系的學生而言，出奇的怪異又險峻，詩的結尾是：

我們留連於大海的宮室，
被海妖以紅和棕的海草裝飾，
一旦被人聲喚醒，我們就淹死。

We have lingered in the chambers of the sea
By sea-girls wreathed with seaweed red and brown
Till human voices wake us, and we drown.

這首詩表面是首情歌，卻沒有太大的熱情可言，整首詩表現對世界的疏離與隔閡，反而更加強烈。在艾略特的眼裡，人如置身在荒原之中，沒有辦法處理周圍的事，也無法安頓自己，讓我想起陳子昂〈登幽州臺歌〉中的無可奈何。上那首詩的那天，正碰上天昏地暗、有雷將鳴的天氣，四周氣氛急躁而緊迫，六號館木製的階梯教室光線幽暗，大風不時從窗口吹進，把對面的紗門吹得乒乓作響，據說日據時代，有人在這教室上吊自殺。我們全在凝神的聽著，不管那天空氣有何怪異，老師教完了後，一個字一個字用她略帶英國腔的英語把這首詩從頭唸一遍，我們才知道什麼叫做迴腸盪氣。「高級英文」課下學期上的是小說，齊老師選了兩本，一本是赫胥黎的《美麗新世界》（Aldous

Leonard Huxley,1894-1963. *Brave New World*），另一本是喬治．歐威爾（George Orwell,1903-1950）的《一九八四》，上課的時候，老師反覆強調西方自湯馬斯．摩爾之後的「烏托邦」思想，因爲教的是小說，自然旁涉到其他的作家與作品，如康拉德（Joseph Conrad, 1857-1924）與勞倫斯（D.H.Lawrence,1885-1930）等等，總之在齊老師的啓迪下，我的知識眼界終於又大開了一次。

可憐的齊老師，課程名叫「高級英文」，其實在她看來我們的程度連小學生都不如，但她耐心的教了下來。有次她跟我們說，比起教外文系，她更喜歡教我們，她說外文系的學生在學校都以爲自己是天之嬌子，不但驕傲，又功利得厲害，在這一點上，中文系的學生比較純樸，程度也許不行，但有趕上的機會，她對我們中文系的人，有一種特殊的感情。她教我們的時候，不管夏天冬天，都穿著旗袍，她的想法很新，但生活與價值觀卻很傳統。

齊老師剛從台大退休不久，那時我在淡江大學任教，也擔任《中國時報》的主筆，經常在報上發表評論文章，有些署名有些不署名，她看了我文章常鼓勵我。一九八九年十二月四日蘇聯的人權領袖沙卡洛夫（Andrei Dmitrievich Sakharov,1921-1989）死了，第二天我在《時報》上寫了篇「社論」，題目就是〈沙卡洛夫〉，評論這位在蘇聯有「原子之父」稱號的人晚年對人權運動的貢獻。因爲社論不署名，齊老師看了竟打電話來問我是不是我寫的，我說是，她很高興的說她就認爲是我寫的，因爲像這樣的文章，沒有很高的文化視野是寫不出來的，我跟她說她後面的話讓我萬萬承擔不起，但看得出她對人類的道德處境是深以爲懷的。有一次林文月先生約我與齊老師一起吃飯，吃飯的時候她不斷說文筆與正義的重要，話中有獎掖我的意思，我卻私下告訴她，說我其實不太愛評論時事，我眞正喜歡的是文學，因爲所有的時事都會過去，只有文學才可能永恆。老實說這廢話是不應該在那場合說的，她聽了後有些吃驚的連說啊啊，不知當時她心裡想的是什麼？是以爲看錯了我嗎？或者責怪我不禮貌呢？

碩士班還有門「中國近三百年學術史」爲必修，但我一年級時不但要到中學去「打工」賺生活費，家裡還有兩個孩子要養，我比同期的同學年長，但時間對我反而顯得悠長，我不急迫，必修課不見得一定要在第一年就修，第二年或者第三年再修也不遲。這是我當時的想法，結果我眞的把「中國近三百年學術史」挪到第二年修，這使得我因而認得很多比我低一屆的同學，而且我比較有充足的時間修這門課。任課的何佑森先生是位謙和又會照顧學生的老師，他不是善於言辯的人，但給人人格啓發很多，老師對我很好，雖然我沒找他指導論文，但他對我建立學問的「觸角」有很大的影響。我覺得這次讀書的機會是我人生路上偶爾撿拾到的，所以要特別珍惜，因爲珍惜，我比其他同學更需放慢腳步，以便好好的欣賞周遭的一切。

台大的圖書館很好，當時圖書館還沒採取「中央集權」的制度，容許各個學院或學系有它自己的圖書館。台大中文系的藏書很多，然而多「藏」在老師的研究室裡，有些與教師自己的藏書混在一起，外人要參考取用很不方便。但文學院有一個很好的院圖書館，就設在文學院後樓的樓下一層，這個圖書館好像沒有大型的閱覽室，整體上更像個藏書庫，平常很少人來，所以特別安靜。

文學院是幢日據時代的舊建築，上下兩層，挑高都很高，圖書館設在文館後樓的第一層，爲了讓使用者檢索圖書方便，又用鐵板將之隔成上下兩層，在上層行走必須小心步伐，盡量不要出聲，以免打擾到別人，其實絕大多數時間，上面是一個人也沒有的。我特別喜歡在上面讀書，有時來查看資料，有時沒有資料要查，純粹用「雲遊」之姿在書海中閒蕩。書架之間有隻單管的日光燈，用來閱讀不很適宜，但靠窗的地方總放著一張小桌，在那裡展讀書籍是最快樂的事。文學院圖書館藏有台大還是「帝國大學」時代購自一家福建藏書樓的珍貴藏書，大多是清版的線裝書，解開牙製的書扣，打開藍色的書函，一股紙的幽香撲鼻而來，其中有乾燥的樹皮、沉澱的草香與淡淡的樟腦香，我喜歡古書的氣味，我在想，這套書自被學校收藏編目之後，就一直靜靜的躺在圖書館幽暗的一角，也許還沒讓人眞正打開閱讀過呢。

室外也許是炎夏，或者是刮著風的冬天，都沒有影響到室內的氣氛。讀古書時，與我面對的是歷史，是過去的人與事，讀完了幾冊，都是與現實無關的舊事，但卻能讓我更澄明的看出一些屬於人類所共有的事實。我從圖書館出來，外面的光線有些刺眼，好像走出下午場的戲院，剛剛那場精采的電影還在腦中縈迴不去，而戲院外的熱風又撲面而來，我懷疑到底是剛才所看的或是現在面對的才是世界的眞相。這是我初進台大時候的精神狀態，時冷時熱的，夾著些亢奮，又帶著點迷離，而心理卻是從未有過的安穩與寧靜，但外面的世界，正在悄悄的調整步伐，以應付即將來到的劇變。

台大師長

一位有菸的同學就將一隻菸卷放到老師乾癟的雙唇，
老師吸著菸卷裡面有點菸味的空氣，
眼睛泛起了淚光，
透出滿足的神彩，
竟單純得像一個孩子一樣。

以學生的身分而言，我在台大共待了七年，其中碩士班三年，博士班四年。上課接觸到的老師不算太多，因爲研究所的課本來不多，但台大是大學校，課餘或生活上接觸老師的機會還是有的，與以前我在東吳的老師比較，台大老師各有風格，然而都顯得寬容謙和，這也許與校園寬敞、建築優美有關。

我一直以爲環境會影響人的心情，在一環境待久了，還會改變或左右人的性格，辦教育，應該注意學校的建築的形式與色澤，要與自然風景相搭配，好使俯仰其中的人，感格風化，培養出和煦的氣度與高昂的胸襟。

台大成立於一九二八年，是日本人創辦的，當時叫做「台北帝國大學」，與早年的東京帝大、京都帝大是同一「級」的學校，所以它的建築與校園景觀，與其他的「帝大」基本上是相近或相同的。建築物都漆成土黃色或是貼上土黃色的瓷磚，建築之間留著適當的距離，讓不太高的建築物掩映在樹林之間，彼此成為對方的風景而不是障礙物。尤其土黃色是一種含蘊與包容的顏色，與學校的功能在感覺上十分一致。當然台大處在南國，它自然也保有自己的特色，那就是高聳的大王椰子與滿校園的杜鵑花。

我讀碩士班的時候，還見到一些老一輩的學者，他們有的已經退休，但偶爾在校園還見得到他們的身影，譬如曲顯功先生、馮承基先生、臺靜農先生，而毛子水先生、鄭騫先生雖然也已退休，但系上還開了課，選了課的人固然見得到他們，沒選課的人也容易在系上見著。我讀台大時，中文系有一項特色，就是稱呼老師得用他的字號，盡量不直呼其名，這其實是以前社會的習慣，鄭老師字因百，我們會叫他因百師，絕不會連名帶姓的直呼其為鄭騫的，屈萬里老師字翼鵬，張敬老師字清徽，也都一樣。但也有老師不要我們稱他字的，譬如臺靜農老師字伯簡，他就不要人叫他這個字，毛老師的本名是毛準，字子水，我們稱他毛子水先生就順理成章了。中文系還有一項特色是系裡同人不論男女，皆以先生互稱，有一次我在他校，稱林文月老師為先生，一位朋友糾正我說，你難道不知道林老師是女士嗎？怎能稱她做先生呢？這幾件都是小事，都與傳統有關，但後來也慢慢淡了，連台大的人也不再講究了。

我上碩士班時，就選過鄭因百老師的「蘇辛詞」，張清徽老師的「明清傳奇」，博士班後，選過屈翼鵬老師的「先秦文史資料討論」及半學期的「周易研究」，而毛子水老師在系上開「中國天文史」的課，我沒選，其實也沒什麼人選。但研究所的課，只要有一人登記選了就可開了，至於如何上，甚至於上或不上，學校都不管，當時台大的確是自由極了。

早年胡適得意的時候，「我的朋友胡適之」常掛於人口，但真正有資格這麼說的其實不多，毛子水是極少數中的人，不過好像很少聽到他這樣說的。他在胡適做北大校長之前，就做北大的圖書館館長了，而他根本不是學圖書館的，對版本目錄之學也沒什麼興趣，他在德國留學時所學的是生物學，北大請他當圖書館館長，據說是看重他學問淵博的緣故。至於他學問如何淵博，他的學生也說不怎麼上來，我們這些「局外人」就更是不明究竟的了。我聽同學周鳳五說過，他在讀碩士班時就選過「中國天文史」，另外選了的還有後來與我在博士班同期的簡宗修。他們第一天到老師的研究室上課，毛老師低頭看書，根本不理他們，隔了會兒抬頭看到他們，竟然問：「你們來幹嘛？」周鳳五答：「老師，我們來上課。」老師問上什麼課？周鳳五答：「上『中國天文史』。」毛老師只喔了一聲，就又低下頭去繼續看書，不再理他們。

過了很久，老師抬起頭，又重問他們一次，這次周鳳五就把握機會問老師上課要用什麼課本，毛老師揚了揚他正在看的《晉書》〈天文志〉，就不再說話。隔了許久，老師又抬起頭來說：「你們要抽菸嗎？要抽就抽啊！」他們兩人如逢特赦，就跑到走廊抽起菸來。抽完回座，又隔了好長一段時間，毛老師又抬頭道：「怎麼，你們還沒走啊！」他們一聽大喜，連忙拔腿就跑，從此再也沒去上課。周鳳五有語言天才，每次表演都令人噴飯，而他又正經八百的一點都不笑。他把毛老師的浙江方言學得唯妙唯肖，像抽菸的抽，毛老師會讀成「秋」，「你們要『秋』菸嗎？要『秋』就『秋』啊！」搞到那一陣子我們在一起，講起抽菸都「秋」個不停的，鬧得大家開心的不得了。

奇怪的是毛老師開那課時好像已快要九十歲了，只有點駝背，其他一切正常，常穿著一件灰色長袍，在文學院樓下樓上跑來跑去的。據說他九十歲那年還訂購了一套新出版的《大英百科全書》，工人幫他搬運到府，一看是個老頭兒，就問是給你孫子買的吧，他說是自己要看的，工人問這麼大套書要幾時才看得完啊，只聽他說：「慢慢看嘛，慢慢看嘛！」轉述故事的人解釋道，這就是所謂旺足的生命力。

我上鄭因百老師課時，鄭老師已經退休，他被幾個私立大學請去做講座教授，因為老了，不便奔波，幾校學生都到老師家去上課。而老師在台大的課還每次都親臨授課的，但鄭老師上課時，台大教室常被其他學校的學生擠滿，弄到我們正式修課的學生反而擠不進去，幾經交涉，才讓我們台大的學生「優先」，可見老師受歡迎的程度。

鄭老師上課喜歡把一首詞翻來覆去的細講，一學期其實也講不了幾首，而且都在他以前出版的《詞選》當中，但他上課迷人之處就在這裡，詞這種精金美玉的七寶樓臺，是耐不住以草莽的方式來對待的，即使是詞中的「豪放派」蘇辛詞也是一樣，我想起當年我在東吳聽汪經昌先生講《花間集》也是同樣方式。鄭老師除了是詞曲的理論家之外，也是極富創作力的詩人，他晚年曾出版《清晝堂詩集》，校對印刷均極精美，他早年曾出過《桐陰清晝堂詩存》，而《詩集》比《詩存》收羅尤全，其中有論詩絕句、論書絕句各一百首，議論古今，精力彌滿，是當世不可多得之作。鄭老師寫詩，自作箋注，元遺山說：「詩家總愛西崑好，獨恨無人作鄭箋。」鄭老師怕後人誤讀，乾脆自己寫起詳注來，眞是名副其實的「鄭箋」了。我後來讀了，發現注的精采程度不在詩之下，也發現用典、藏典在舊詩裡的重要性。鄭老師實在太博學了，一些名不見經傳的書他都讀過，而且還記得爛熟，我一度猜想，老師很多詩都可能是爲了後面的箋注而寫的。他一生的興趣好像是放在不厭其煩的與人說明一件事情上面，細說從頭，娓娓道來，有這種性格的人最適合做教師。他是一個天生的解釋者，他的論文《景午叢編》、《龍淵述學》與散文《永嘉室雜文》，似乎也都在扮演這種角色。

鄭老師的記性很好，據他說他早年見人往往一見不忘，中年後視力衰退，但一見人影一聽聲響仍能認出人來。我記得韓昌黎在〈張中丞傳後序〉一文中描寫中唐名將張巡死守睢陽城的故事，其中說：「城中士卒僅（近）萬人，巡因一問名姓，其後無不識者。」初讀以爲是韓氏誇張之筆，認識鄭老師，才知道世上眞有像這樣長於記憶之人。他過世前一年，我與幾個同學到他家去看他，我們多數在外校教書，已很久不見老師。師姐鄭秉書打開大門，只看到老師坐在沙發一角，手上拿著放大鏡對著立燈在「看報」，他聽到我們與師姐說話，立刻一一叫出我們的名字，沒一個漏掉也沒一個弄錯，把我們嚇得魂飛魄散手腳發軟，他高興的舉起他的放大鏡說：「靠它我還可以看點東西，但遠的大的都看不清的，我這眞像孟子說的：明足以察秋毫之末，而不見輿薪了！」說完嘿嘿的笑起來，我們心裡想，幸虧老師不見輿薪，如果輿薪也見，那就更恐怖了。

還有一位長者便是臺靜農先生，他在大陸時代就是著名的文學作家與學者，與陳獨秀有深交，與魯迅兄弟有師友的關係，五四以來的文人學者，幾乎都與他有交情。他年輕時還到民間調查過歌謠，在民俗文學上有過貢獻，也寫過小說，在許多學校擔任年輕又開明的教師，也許在某些場域扮演過「急先鋒」的角色，因而也曾入獄。抗戰勝利兩年後，一九四六年，他在好友魏建功的介紹下，來台大教書，一九四八年起擔任台大中文系系主任，結果就這樣「連任」了二十年，一直拖到他一九七三年退休前五年，才擺脫了這個行政工作。

那時還是個政令清簡的時代，擔任系主任或院長，似乎沒什麼事要做，好像台大文學院院長沈剛伯也是一幹就十數年，沒有任期，就是有了任期也沒人要爭，只有由任上的一任一任的做下去。

當時也好像不流行開會，一人說了就算，系裡要聘人，系主任說要聘誰就是誰，最多跟系裡的幾位資深的教授打聲招呼，當然也有公文「流程」要跑，院長一看系主任蓋章了，那還有錯嗎，就也蓋章，校長看到系主任與院長都蓋章了，就如擬照准的批示，人就這樣給聘進來了。進來的人從此勤勉教書也勤勉做學問，最後也都規規矩矩的成爲一個教授了，早期的教師，其中包括教我們的先生，豈不都是這樣進學校的嗎？

大約二十年前，我聽一位早年做過助教的學長告訴我，說一天系上有了「突發事件」，需要系主任來才能處置，那時系主任家裡都還沒裝電話呢，學長就騎著單車到臺老師溫州街的宿舍請示。當年從台大到溫州街還要跨過小河，經過一片稻田。學長拍門，老師午覺醒來，還睡眼惺忪的，聽學長把事情報告完畢，臺老師裁示說：「擱著吧！下個禮拜再說。」事情果然拖到下個禮拜才解決，其實是不是眞解決了，也無關緊要。在那個時代，眞正緊要的事好像不多，而世界也春夏秋冬的運行得很好，並沒有出太大的差錯。

我在讀大學時，曾到台大聽過臺老師的課，他那時教「中國文學史」，因爲是必修課，上課的學生特別多，但臺先生口才很普通，上課又喜歡寫黑板，課堂氣氛沉悶而枯燥，聽了兩次就不聽了。但臺先生的長相確實好，他方頭大耳，面色黝黑，端坐在那兒，像極了一尊北魏的佛像雕塑，他又留著一搓鬍子，更讓人覺得寶相尊嚴。我博士論文校內口試時，學校請臺先生爲主考，我記得那天他穿著件黑色的中式短衫，坐在主位，氣勢堂堂，其他「考官」莫不是他學生或學生輩的人物，提問時好像顧忌很多，生怕犯錯，所以問我倒客氣的不得了。一位外校老師問了個問題，指出我論文的某項推論尚有商榷的「餘地」，我還沒來得及回答，臺老師就說：「你看他論文後面，不就是在商榷嗎？」外校的老師忙說是是，不敢再問下去。我已忘記了當時他問我的問題，我坐在下面兩個多小時，眞正說話的機會不多，臺老師菩薩般的威儀，幫我擋去了大部分的災難。

臺老師後半生在台灣，似乎把主要精力都放在書法上面。他書法的根柢是石門頌，所以他的隸書，方正剛毅，運筆蒼拙，如磐石之重，偶爾又流出奇倔之氣，證明他有獨特的生命力。但他的行書則完全採另外一種風格，他學的是倪元璐的那套筆法，不忌偏鋒，波磔側出，時具媚態。石門頌與倪元璐正好是書法上的南轅北轍，在美學上言，需要用兩套完全不同的標準，但在臺老師筆下，卻都化對立爲相融，合矛盾爲統一了。

從這個角度觀察臺先生，是個多麼豐富而有趣的人物，可惜我在台大做學生已晚，沒太多機會與他相處了，這是我的憾事。我有幾次與朋友一同拜見他的機會，大多是到老師府上領取所賜的書法，老師待人十分親和，學生請求賞賜，無不欣然應允的，但我卻從未得到他的墨寶，原因是我從未請求過，而我跟他的關係並不親密，也自然不會讓他主動的慨然相贈了，但我很喜歡看他安詳不迫的樣子，我認爲中國傳統文人或藝術家就該是那樣子。有一次，已過世的同學劉翔飛問我要不要陪她到老師家，她說老師答應爲她寫的書齋名已寫就，要她現在就去拿。我問她的書齋名是什麼，她說也不是書齋名，而是掛在書齋上的題字，她半年前請老師寫「逍遙遊」三個字，老師拖到今天才能「交貨」，我說這三個字很難寫，因爲都是同樣的偏旁，不論直橫都不好布局。

我們到老師家的時候，老師端坐在大桌一頭的一張很舊的籐椅上，正在寫字，他指示我們在桌前的長凳坐下，我第一次這麼近的看他寫字。他寫的是行草，我記得是兩首老杜的七律，雖然是行草，但舉筆凝重，時寫時停，好像並不求快速。桌右硯下，菸灰缸上放著段點著的菸，他沒去吸它，而在左手處，有個玻璃矮杯，裡面還有小半杯喝剩的金黃中泛著褐色的酒，桌的左上方放著酒瓶，酒瓶是方的，標籤黑壓壓的寫滿英文，原來是一種名叫 Jack Daniel 的美國製威士忌。臺老師把這幅行草寫完，收拾了之後，便拿出他爲劉翔飛寫的那幅橫寫的「逍遙遊」來，他說你們看看寫得怎麼樣，劉翔飛當然說寫得好，隨後老師拿起玻璃杯喝了一小口威士忌說，這三個字實在太難寫了，老是寫不好，你看看每個字都是同一個偏旁啊，劉翔飛回頭對我笑笑，原來老師說的跟我剛剛說的沒有兩樣。

那是發生在一九八九年夏天的事，想不到那次去拿臺老師寫的橫幅，是我最後一次與他近距離相對。一年後的夏天，年輕的劉翔飛死了，幾個月之後，八十九歲的臺老師也過去了，世事之不可料有如此者。我突然想起《莊子》〈逍遙遊〉裡面的句子：「藐姑射之山，有神人居焉，肌膚若冰雪，綽約若處子。不食五穀，吸風飲露。乘雲氣，御飛龍，而遊乎四海之外。」我期望他們一少一老，像藐姑射山的仙人，正在美麗的仙境自在的漫遊，沒有時間的限制，想到哪裡都可以，那才是純粹的自由、絕對的逍遙，紛擾的世俗的一切，再也與他們無關了，也未嘗不是好事。

我有一位獨嗜 **Jack Daniel** 的藝術家朋友，每次到他那兒，他都會倒四分之一杯給我，他說這種牌子的威士忌，苦澀中帶有一種奇特的青草氣息，莊嚴中透著秀美，比蘇格蘭產的更有「深度」。我想起臺老師的書法，一半凝重肅穆，一半媚態畢陳，臺老師也是喜歡喝同一牌子威士忌的。我酒量不好，喝了幾口便困倦了，微醺中自然想起那些往事。

在台大令我難忘的還有屈翼鵬老師。屈老師苦學出身，沒什麼耀人的學歷，卻是有名的甲骨文、文字學專家，又是經學家、目錄學家，著作等身，完全無須介紹。他除了教職之外，還擔任過許多「要職」，最重要的是中央圖書館館長、中央研究院院士、中研院歷史語言研究所所長等等，他還繼臺靜農老師之後，兩度擔任台大中文系主任。不但如此，他常常還是身兼數職，譬如他在擔任中央圖書館館長的時候，同時還是台大中文系的專任教授，也是中研院的研究員，當時規定一人身兼數職，只能領一職的薪水，他雖然只能在一處領錢，但他是三個地方都要「到班」的，不像別人，其他地方只要尸居名位即可。屈老師來台大上課，絕對搭公車，而不坐公家配給他的房車，他曾說那是中央圖書館的車，只能用在與圖書館業務有關的事務上，後來他擔任史語所所長時也配有座車的，他到台大也絕不使用，從他南港住家搭公車來學校，少說也得花一個多小時，但他甘之如飴，他真是個規行矩步、嚴以律己的人。

屈老師教書準備詳實，完全依照進度，他講一個主題，速度是不疾不徐，據說哪裡穿插笑話，哪裡引用外文也全依準備來做，他對時間的控制幾乎已到了機械化的境界。學期開始，他會把所授的課程依行事曆規定先安排妥貼，安排好後，就一定要教完，不許任何更動，萬一發生了意外影響了上課，譬如颱風或什麼的，事後他一定要求補課，這樣不善變通，常讓學生頭痛，公認是屈老師少數的「缺點」之一。但隨之而來的是我們也養成了勤奮的習慣，課前勤查資料，課後勤作筆記，大家都競競業業起來，至少在屈老師所授的課上。

我在東吳讀大學時，就敬仰屈老師的「威名」，到台大偶爾見過他，卻不太敢去聽他的課。等到我進台大，碩士班時也沒選他的課，我與屈老師「結緣」是一次偶然的機會。有一次我在文學院的大門進來的大廳遇見一群香港來的人，其中一人朝著我用不純熟的國語問說，你們這裡是不是有一位名叫「襪滿雷」的教授，我要他再說一次，還是「襪滿雷」、「襪滿雷」的，我說從未聽說有這麼一個名字，僵持了好一會兒，他們其中有人就指著我後方說來了來了，我回頭一看是屈老師，正笑盈盈的朝他們走來，大家就叫著說：「襪老師好！」我才知道屈老師曾在香港講過學，他的名諱在香港人的口裡是叫做「襪滿雷」的，心裡想，這堂堂三閭大夫的後代竟被改姓「襪」了，眞由不得使人覺得委「屈」呢。後來台灣市面越來越多取名叫「屈臣氏」的連鎖商店，招牌上都又印上了Watsons的英文字樣，使我每次看到這招牌，就想起屈老師，我覺得有些對不起他，因爲背景都有點不太正經。

一九七七年我上博士班第一年，屈老師有堂「文史資料討論」的課是必修，由於這課兩年才開一次，選修的人特別多。老師上課要求我們準備的地方很多很煩，譬如上鐘鼎彝器時，就要我們找容庚的《金文編》來看，講《尚書》時，就要我們將毛西河與閻百詩有關的文章拿來對著讀，毛與閻的意見完全是相反的，老師要我們分辨誰對誰錯，上課當場問訊，不稍假借，由於學生中大多數不是打算要做經學、小學論文的，對這些

INK PUBLISHING

讀者服務卡

您買的書是：______________________

生日：________年________月________日

學歷：□國中 □高中 □大專 □研究所（含以上）

職業：□軍 □公 □教育 □商 □農

□服務業 □自由業 □學生 □家管

□製造業 □銷售員 □資訊業 □大衆傳播

□醫藥業 □交通業 □貿易業 □其他________

購買的日期：________年________月________日

購書地點：□書店 □書展 □書報攤 □郵購 □直銷 □贈閱 □其他

您從那裡得知本書：□書店 □報紙 □雜誌 □網路 □親友介紹

□DM傳單 □廣播 □電視 □其他

您對本書的評價：（請填代號 1.非常滿意 2.滿意 3.普通 4.不滿意 5.非常不滿意）

內容______ 封面設計______ 版面設計______

讀完本書後您覺得：

1.□非常喜歡 2.□喜歡 3.□普通 4.□不喜歡 5.□非常不喜歡

您對於本書建議：

感謝您的惠顧，為了提供更好的服務，請填妥各欄資料，將讀者服務卡直接寄回或傳真本社，我們將隨時提供最新的出版、活動等相關訊息。

讀者服務專線：（02）2228-1626 讀者傳真專線：（02）2228-1598

廣　告　回　信	
台灣北區郵政管理局登記證	
北台字第15949號	

235-62
台北縣中和市中正路800號13樓之3

印刻出版有限公司　收

讀者服務部

姓名：＿＿＿＿＿＿＿＿　性別：□男　□女

郵遞區號：＿＿＿＿＿＿

地址：＿＿＿＿＿＿＿＿＿＿＿＿＿＿＿＿

電話：（日）＿＿＿＿＿＿＿＿（夜）＿＿＿＿＿＿＿＿

傳真：＿＿＿＿＿＿＿＿

e-mail：＿＿＿＿＿＿＿＿＿＿＿＿＿＿＿＿

INK

同學而言，屈老師的課確是很大的負擔。

下學期「文史資料討論」課討論的對象換成漢以後的了，屈老師就不教了，由何佑森老師來上。屈老師開了門一學期的「周易研究」，聽講的人很多，不但是學生，還有社會慕名前來的賢達，其中還包括一位在台北甚有名氣有「山人」名號的命相大師在座，這課原先在研究室上，後來不得不改成在上「文史資料討論」的教室上了，張清徽老師也一度來旁聽，這課可用盛況空前來形容。

我也去聽了，但我不想選它，我覺得上這課一定會吃力的，上學期的「文史資料討論」已費盡了我的精神，雖然成績尚不惡，事後老師還鼓勵我把期末報告一篇論先秦泉幣的文章交《大陸雜誌》或學報發表，但這學期的課，我還是只想旁聽，不打算選。不過世事的發展，不是人能盡數掌握的。

這課大約已進行到第四週時，屈老師突然召見我，要我到他研究室去與他談話，我一見到他，他便笑盈盈的對我說你要不要上《周易》這門課呢？我連忙說我當然願意上，我不是每次上課都來了嗎？老師搖頭說，我不是指來聽課，而是來選課。聽了半天，才知道這課叫好並不叫「座」，座上滿滿都是來揩油旁聽的，沒一個敢來選。屈老師叫了一聲我的名字，說：「你要是不選呢，我看這課就停了算了！」我一聽我的舉措將決定此課的生死，也會影響眾旁聽者的求知的機會，我如不選，豈不成了罪無可逭嗎？

忙跟老師說我即去辦加選手續。老師終於露出舒坦的笑臉，很點高興的說這博士班的課，一人選就開得成了。

我選完課後才知道，系主任龍宇純先生已「發動」了另外幾個同學加選了。屈老師如早知道，就也許不會找我，而我也可能不會選這課，但我很高興在我答應選這課時屈老師露出的笑容，他平時是不常笑的。

然而這課再上了三次之後，屈老師就不來上了，原因是發現了得了肺癌，而且是末期了。屈老師住進台大醫院，住進去後，就沒再出來。老師仍掛記著我們的課，要他的學生，也是我們的博士班的學長黃沛榮先生代上這門課，有此奇緣，是學長又是好友的黃君，竟然成了我的老師了。

屈老師得肺癌，是因爲他長期吸菸的緣故，他是喜歡吸菸，但在公開場所不吸，所以是有節制的，爲什麼得此絕症，任誰都不能解釋清楚。我們課上同學特別痛心，常到醫院探視。屈老師在病牀上，日見消瘦，尤其在接受鈷六十放射治療後，面色枯黃，看到令人傷心。有一次我們去看他，他開口問我們有誰帶菸來了，他說他想抽菸，而醫院是不准病人抽菸的，正在爲難的時候，醫生進來了，說你們誰有菸就掏出來給你老師吸吧，但注意只能「吸」，不能把菸點著了啊！一位有菸的同學就將一隻菸卷放到老師乾癟的雙唇之間，老師就狠命的「吸」了起來，老師吸著菸卷裡面有點菸味的空氣，眼睛泛起了淚光，透出滿足的神彩，竟單純得像一個孩子一樣。事後一位同學說這叫「過乾癮」，我覺得他太玩笑視之了，老師「吸」菸的景象讓我情緒激動，我眞想找一沒人的地方，好好的放聲痛哭一陣。

有關台大老師的事，還有很多很多，要說一下子也說不完的。這篇所記的老師，都已過去很久了，他們不見得跟我很親密，但我一向不是會去「黏」老師的學生，與朋友交往也不喜稠密。這不表示我對周圍的人冷漠，許多老師的舉手投足一言一笑都在我生命中產生過影響，發生過作用，只是這些影響與作用都融入自己生命的溪流中，無從分辨到底何者從何而來罷了。

五經博士

學士　碩士　博士
經師　人師　廚師

漢代崇儒尊經，政府設五經博士，下有博士弟子員，五經博士是官也是經學家，而博士弟子員，則是他學術上的門生，官職上的部下，這是古代政教（教育）合一的例子，現在已見不到了。

但看到「五經博士」這四個字的時候，常讓我想起我讀博士班的經歷。我在台大中文系博士班進修的時候，同學相處得很好，大家相互敬愛，彼此協助。一般同學相處，多少總會有些功課上的競爭，或者在老師面前相互爭寵之類的事情，這些心理上的摩擦矛盾不見得能夠完全避免的，但我們台大同學似乎都沒有這些問題，這也許是讀博士班時，大家的年齡都大了，有的專業讀書，經史子集的各有專擅，有的還兼有工作，每人頂上有自己的天空，彼此並不重疊，偶有重疊，也不會形成衝突。

我在讀第二年的時候，被所有的同學共推為博士班的班代表。我們博士班在內雖有年級之分，在外則是一個整體。在內的年級之分，分得也不清楚，有的四年畢業，有的會拖上八、九年，而拖上八、九年的，也不見得比一年級的「新生」要老，譬如我讀碩士班的時候，就比其他循序漸進唸書的同學年長了七、八歲，每個人都叫我老大哥，或者乾脆叫我為「老大」了，讀博士班時更有位從香港回國讀書的學長名叫梁文偉，他的年齡比指導他的教授龍宇純先生還大。博士班的班代表沒什麼事要做，好像一年半載才會應邀去參加什麼系務或院務會議之類的，做一個形式上要求的「列席」者，不過我擔任了兩年的班代表，好像沒記憶列席過類似的會議，當時還是個政令清簡的時代，不像現在，學校絕不會沒事惹事的。

博士班班代表還有一個任務是掌管學生獎學金分配的事，這其實是班代表唯一要負責的事。事情很重要，但做起來並不難，但其中有一些細節須要注意，錢到手了在分發出去之前必須保管好，不要弄丟了，分發時要分發清楚，這是基本要注意的，其他就沒什麼事了。

為什麼要「分配」獎學金呢？這話說起來長了。我們讀博士班時，不但不要繳學雜費，教育部還提供獎、助學金，那眞是台灣教育的黃金時代。獎學金的數額較高，助學金的數額略低，申請須依照成績高低爲標準。另外，教育部提供的獎、助學金還是受限於名額，不是每個人都有，當時還有一些民間的獎學金可申請，獎學金的數額不如教育部給的，但也相差不多。這樣只要照規定而不要重複去申請，幾乎在規定修業期間內的博士生（一般是四年內）都有錢可拿。我們博士班的學生很早就訂下了一個規矩，就是要求各人依標準申請各項獎學金，一學年把每人所得總數加起來，平均後再發到同學手上，（以系公佈的獎、助學金爲準，如憑各人條件像同鄉會獎學金就不在此限。）所以我們在規定的四年內，每人的所得基本是相同的，我們無須爲成績爭得你死我活，這是同學相處特別友愛的一個原因。

這項重責大任就要班代表一身承擔。不過獎、助學金來源有定，數額雖不同，平均起來相差也不太大，再加上同學之間，多爲謙謙君子，幾乎從未發生過爭執，所以我這班代表，連任兩年，也沒有任何不愉快。

大致說來，在台大讀書對我而言是很好的經驗，台大因爲環境寬大，人與人的關係就不太容易緊張，學術風氣比較盛，我才知道，學術是要在一個比較沉靜又比較遼闊的地方才能產生的。但從另外一方面講，台大也有無法避免的缺點，台大人多信仰個人主義，講求獨立，有事自己解決，沒有必要絕不去打擾別人，這使得台大人適合做獨立的學者，卻少有與人共事、互體時艱的經驗，單打獨鬥的時候都可能是英雄，聯合起來作戰，反而潰不成軍。這是爲什麼台大人在台大之外，幾乎沒有什麼「地盤」可言，不像師大、政大或其他學校的畢業生，常會發揮團隊精神，在外攻城略地，最後把許多大學變成自己的勢力範圍，勢力範圍大了有許多好處，其中一項是有利於同校學弟妹的謀職。

在國立大學來說，早年的清華、中山、中正、暨南等大學，他們的中文系都是台大中文系的老師或畢業生去創辦主持的，在一般人眼中，那些是台大的基地，是別人不能「染指」的地方。但幾年後，基地就紛紛「變色」了，最後幾乎全成了他人的舞台，台大畢業生要想進去，反而要看別人的眼色。從好處說這是台大人比較沒門戶之見，用人唯材，而他人不見得會如此，一進來就明爭暗鬥、黨同伐異的，最後攻守易位，天下就沒了。不過還有一說，是台大自己人根本沒有掌握權力的經驗，一碰到權力不是驚慌失措，就是想大權獨攬，做相吃相比人家還要難看，弄到台大同學自己都看不下去，紛紛反目，這時再加上別人乘虛而入，江山不保是自然的事。掌權的祕訣之一在分享，台大人老是不懂，弄到最後自己在權力世界狼狽不堪。

當然這是從權力的立場來說的，如從學術的立場看，也許就有另一種完全不同的評價。學術是重視自由與多元的，黨同伐異會讓學術變得單元化，長此以往，對學術是不利的，台大人各自為政，不喜聚眾形成霸權，照道理講容易造成兼容並蓄的局面，對學術生態而言，反而是件好事。

我的個性是不喜歡與人爭奪的，因為爭奪到了不見得能夠擁有，海明威有本小說集，書叫做《勝利者一無所獲》（*Winner Take Nothing*），這個書名有強烈的啓示意義。從表面看，勝利者不可一世，而其實往往是個可憐蟲，世上根本沒有江山永保的事，就是眞的如商周彝器銘文寫的「子子孫孫永保用」了，又有什麼意義呢？你的廊廟重器，別人看只是堆破銅爛鐵而已，自己玩久了，也會膩的，不是嗎？

要說台大同學都是如我這樣的「消極」也不正確，但台大空間畢竟大，可以容納各種人物，彼此並不相涉。其中自然也有熱中名利之士，我就有位同學，學位拿到後就在學校的各個層面尋求做領袖的角色，二十年來，幾乎一個換一個的把他能做的官都全做遍了，不只如此，學校的官做完了後，又到外面去尋找更高的權位，在很多人的眼中看來，他像在公車上不斷換座位的乘客一樣，總是覺得另一個座位更好，就一個個的換下去，好在公車很空，沒人攔著他。但搶位子幹什麼呢？他忘了這輛車不久就要到終點了，到時都要下車的。應付這種人很簡單，最好的方法是順他的意，他熱中什麼就讓他熱中好了，絕大多數不會影響到你的，有時投票時他會來要求你助他一臂之力，你也盡可能的助他一臂，沒關係的，他上去就會把你忘了，何況你也希望他根本把你忘了，否則連串亂哄哄的事就會來煩你不休。

這積極的想做官也不見得要把他說成那麼難聽，孔子周遊列國，豈不也是在找官做嗎？孔孟都是有高貴政治理想的人，我們的那位同學也許有聖人的志節也說不定。但玩政治、做大官要想保持清高是不太可能的，權力與利益總是盤根錯節的糾纏不已，要加入這項遊戲必須耐得了髒，假如打算「出淤泥而不染」，為何不獨立清潭，做個身首皆淨的人呢？

中文系出身的人，與政治、法律系畢業的人在氣質上是很不一樣的，中文系的人比較有文化上的理想，著眼往往不在現實的利益，這在政法界的人來看，叫做「迂闊而不切事情」。當然世界上有迫在眉睫的事須要當下就解決，法政經濟學者就有施展長材的機會，但人不是也不可能永遠緊繃著，總會有悠緩放鬆的時候，這時候文化價值就展現了作用，也顯出了意義。

博士班的同學相處很好，這好是彼此尊重，需要時相互提攜幫助，平時是各走各的，並不十分親密，大家都保持著適當的距離，而我想就是因為有這份距離，沒有隨便逾越，大家才能相處得好。追求內在世界的人多數屬於內向性格，內向的人很像刺蝟，是不宜靠得太近，尤其不宜擠在一塊的。

我有一位同學，獨個兒住在台大的宿舍裡，這宿舍大家叫它「數化宿舍」，看名字就知道是原來給數學或化學系研究生專用的宿舍，為什麼這兩個系的學生有專用的宿舍，我們並不明白，到了後來，裡面也不專住兩系的學生了，但大家還叫它數化宿舍，這事也稀奇，但暫且不去管它。研究生宿舍按規定是兩人一間，而我同學卻一直單人一間。一次我要把他該得的獎學金交給他，他卻「屢傳不到」，我只好「移玉」親自送府。我在數化宿舍前突然發現忘了記他的房號，只得到樓前的傳達室查問。管理員聽我問訊，沒好氣胡亂的回答了一個號碼，但跟我說要找他不要看房號，只要看窗玻璃就好了，他指了指前方的三層樓建築，問我哪一間的玻璃是不同的？我仔細觀察一遍，終於發現二樓有一間的窗玻璃是白色的，其他則是一般的透明玻璃，我問他是不是那一間，管理員不懷好意的詭譎的一笑，我就上樓去找他。

上樓時我在想他為什麼把窗子換成了磨沙玻璃呢，是自己換的或是學校幫他換的，如是自己換，學校答應他換嗎，這些問題在我腦中糾葛纏繞，好在馬上就會清楚。我敲門，門打開，一股濃濃的菸味朝我襲來，他嘴上叼著一隻點燃的香菸，天哪，他房間到處是菸，桌上椅上堆著一個個菸灰缸，裡面有長短不同的菸屍，他哪裡在吸菸，根本在薰菸，整個密閉的寢室，早被菸薰成霧茫茫的一片，他則因為長期置身在這高度缺氧的環境中，面孔反而泛著有異於常人的血紅色，我把錢交代清楚，不待他留坐就快快告辭。根本不是磨沙玻璃，分配跟他同居的研究生，早就被他薰跑了，他可以只交一個人的錢，住兩個人的宿舍，自己悠然的在那片廣大的天地間呑雲吐霧……哈哈，一切終於都有了答案。

我在碩士班時有兩位女同學，她們大學時代就是同一學校的同學，都是苦讀出身而成績極好的學生，年紀都不小了，卻都沒結婚。她們從外校考進來，台大對她們是陌生的地方。她們把碩士讀完，其中一人跟我一起考進了博士班，另一人則沒考上，但她努力了一年，第二年也考了進來。她們幾乎不與其他同學往來，與我算還好，見到面還是會打招呼，但多數是由我主動，後來我才想到，整個博士班她們只認識我呀。

在我讀博士班第二年的下學期，學期快要過了一半的時候，突然在報上看到一則不幸的消息，說她們中的一人從飛快的火車摔落，當場死亡，死的是與我一同考上博士班的那個。有的報紙大肆渲染，說另一同學也在車上，墜車不是意外，而是自殺等等的。我連忙找到通訊錄，撥打她們的電話，但都沒人接，我想快些找到另一個同學，看看需要什麼協助，她一定急壞了。到過了三天後，這新聞越炒越熱，竟然到了醜話連篇的地步了，那天下午我突然接到那位還活著同學的電話，她在電話中泣不成聲。我急問她目前的狀況、人在哪兒，她說她在新竹父母的家裡，我說我可以立刻趕過去，但她說不必，她還很堅強，要我不用擔心，她說她明天回台北，問我能否與她一談，我當然說好，便約她上午十點在台大大門口見面，先到等後到，不見不散。

第二天早上九點五十左右，我就到學校大門口，結果左等右等，大約等了一個小時，沒有她的蹤影，心想不妙。我到文學院去，試著在那兒也許碰得到她，我沒有再見到她，而在中文系的長廊遇見了系主任葉慶炳先生，他問我做什麼，我告訴他，他非常生氣的指出這兩個學生已經嚴重的損害了學校的名譽，也損壞了我們系的名譽，「國家培植她們，都浪費了！」葉老師還告訴我就在一個鐘頭前，他在校門口遇見了那位打電話給我的同學，把她帶到辦公室好好的「訓」了她一頓……我一邊聽一邊想完了，她怎麼這麼倒楣啊，沒有見到我，如先見到的是我，結局就不會那麼慘。我打電話到她新竹的家，家裡說她不在，第二天報上登出她自殺身亡的消息，這次不是意外，而是眞正的自殺。

這是個悲劇，而這個悲劇是可以避免的。假如第一個死的是意外，第二個死的就冤枉了，我們的媒體喜歡不正常的事，常把正常的事當成不正常來報導，逼得當事人選擇極端。而學校是施教的地方，學生年紀再大，與整個的學校體制相較也是弱者，學校不在意學生的求助，只顧著維護自己的「名譽」，最後學生的悲劇造成學校名譽更大的損失。那天她被葉老師找到辦公室，葉老師如輕聲的對她說：「你有什麼委屈，就慢慢告訴我吧！」結局就必然不同。但怎麼辦呢？人都死了。

台大是個自由的地方，但自由並不能避免悲劇上演，那是一個眞實的世界，並不是被美麗幻想堆滿的烏托邦。

我有一個比我高幾屆的學長，碩士班時就表現得好，畢業論文寫得很精采，系裡當時有意留他任教，他如留校做講師，一步步的上來，也許早就是教授了，但他不幸選了繼續就讀博士班。他在就讀博士班時，好像遭遇到一次失敗的戀情，他可能用情過深，整個人都換了個模樣。他在博士班共拖了八、九年，反正讀到最後的年限，才在老師的勸說與逼迫之下提出了論文，那時的老師都十分寬厚，他的博士論文寫得潦草，但學校還是讓他通過了。我們那時的博士學位，還不准學校授予，必須在通過學校考試之後再經過教育部的口試，所得的學位，大家稱之為「國家博士」，其實就是教育部授予的學位，過了幾年後那制度就廢止了。而我與他畢業時還是。

教育部擇定了時間，也聘定了七位考試委員，口試的當天所有委員都到齊，唯獨考生沒來，那時沒有手機，而考生住的地方也沒裝電話，指導教授與教育部官員也連絡不上他。最後只得由教育部派一部官車，依照他地址上寫的，在吳興街半山腰的一座違章建築裡找到了他。據說他很高興的來到教育部，連自己的論文也沒帶來，看到席上的茶點，不待吩咐的自己就吃了起來。當時眾考試委員看到他瘦成鬼樣，牙齒也掉到不剩幾顆，就把論文一推，公推主持口試的主席決定要不要讓他通過，主席正好是毛子水先生，毛先生說要是不過呢？想了會兒，「唉」的嘆了口氣，就決定讓他過了。

有很多的憧憬，也有很多的憂慮，眞實的世界就是這樣，既是自由人，就得全盤去承受，要飛得高，就得忍受強風的襲擊。

那個比老師還老的同學梁文偉後來跟我們幾個混得很熟，他常跑到一家港式茶館飲茶，我們幾個課餘也偶爾跟著去，那家茶館在中華路上，店名叫「紅棉」。梁文偉一到店裡就快樂的不得了，他有自己從香港帶來的老普洱，用白紙像摺手帕般小心的包著，他用流利的廣東話吩咐旁邊的堂倌好好「侍奉」這包茶，不久，沏好的茶就用潔白的瓷壺盛著，由經理親自恭謹奉上，梁文偉十分得意，叫了幾盤點心，大夥就天南地北的聊起來了。我們快畢業時，也不能免俗的常會爲我們的未來做各式的猜想，中文博士好像只得在教育與研究機構找出路，其他出路並不多。我們是不是能在大學找到教職呢？這誰也說不上來，至於研究機構，能舉出名字來的就沒有幾個，就更是希望渺茫了。老實說，我們讀書沒出一毛錢，還拿了政府不少的獎、助學金，政府眞要我們去邊塞「充軍」，叫我們到山地教小學，我們也有義務去的，爲什麼一定要到大學去教書呢？這是我的想法。但其他人不同意我說的：「以投資報酬率而言，這純粹是不通的說法。」另一位同學說：「如果爲了到山上教小學，其實不必耗費那麼多年青春去研讀古書的。」

「你們各說各話，犯不著爭執，」第三個同學打圓場說：「到小學教書，我們其實沒資格又不會教的。以就業的標準來說，我們讀博士班是走入死胡同，越走越沒路了！」

他說的是實話，別人會以爲我們學問大不適合教小學，其實我們所熟悉的東西，在小學生前面是一無用處的，朱子學與陽明學對小孩的唱遊課毫無幫助，甲骨文與青銅器上的銘文，對國語與算術也沒有用處的，我們越說越沮喪，一個學者窮畢生之力，研究出來的一份成果，放在現實社會是沒有人要理睬的，而不幸的是我們也要踏上這一條走不通的路。「大家不要緊張嘛，要放鬆情緒嘛，不顏——」梁文偉用他廣式國語說，他老把國語裡的「不然」讀成「不顏」，廣東話裡又喜歡把句尾助詞拉長，一聽廣東人說話就火氣盡消了，「不顏的話，系（是）對不起我的好普洱的呀！」

「我昨天吃午飯，經過學校對門的大史餃子館，發現他們旁邊的店面正在招租。」我突發奇想的說：「我們幾個不妨把它租下來。」大家面面相覷，不知何指，我接著說：

「畢業後我們一起來開家麵店或什麼的也可以啊。」

「太好了！」梁文偉說：「我最會燉牛肉，我們就開家牛肉麵館吧！麵店的收入不見得比做教授的差。」

氣氛一下子熱鬧起來，我說我會擀北方人愛吃的麵餅，假如牛肉麵又搭配蔥油餅之類的有「賣相」的食品，再加上小菜滷味，不愁生意不好。梁文偉數了數人說我們一共五個人，說就開家名叫「五經博士牛肉麵館」如何？大家拍手叫好，這名字眞金聲玉振的響亮得很，而且不是矇人的，眞的是五個貨眞價實的有博士學位的人開的呢。我又爲這家店想了幅對聯，是這樣的：

學士　碩士　博士

經師　人師　廚師

對聯中的話句句屬實，我們五人從學士、碩士讀到博士，後來求為經師、人師不成，現在竟都成為廚師了，眞是造化弄人呀……大家都樂開來了，卻仍脫離不了舊式文人的酸氣，老喜歡在無聊的文字上打轉。一位同學說橫批呢，總不該學孔廟上的「斯文在茲」寫成「斯文掃地」吧，大家又笑了一陣。當時五人除了梁文偉與我外，還有何澤恆、劉漢初與黃競新。在我們畢業了八、九年之後，梁文偉與黃競新結婚了。

瘋了一陣，畢業後各自紛飛，「五經」事業並沒有完成。幾年前何澤恆說，一次餐聚的場合他把開牛肉麵館的事告訴孔德成老師了，想不到老先生聽了哈哈大笑，高興得很，說那招牌跟對聯他願意幫我們寫。我聽了後十分懊惱，眞是秀才造反三年不成呀，假使我們有了個開頭，光拿到孔聖人題字的招牌與對聯，現在就不知道值多少錢呢！

觀音山

有理想的人，
掌握不了教育的權力，
教育的權力總是操縱在政治或做生意的人物之手。
更悲哀的是這個悲哀早已存在，
卻從來沒人想要去解決。

淡江大學位在淡水河出海口的淡水鎭，建在一個名叫五虎崗的小山坡上。我在這所學校前後教了十年書，後來我轉到我母校台大任教後，又在此兼任了幾年，以致使我與這所學校，一度有著相當密切與複雜的關係。

我初到這所學校任教，是一九八二年的春天。我是在八一年的十一月通過教育部的博士學位考試的，而成爲一般號稱的「國家文學博士」，（「國家文學博士」這名稱不見得通，只是由教育部頒發的學位而已，當時爲了愼重，博士學位都得由教育部頒授。）在那年的六月，我其實已經通過了台大的考試，在台大方面是已承認我有學位了，但其他學校就不成，因爲沒看到我的學位證書。我只可在六月間申請台大的教職，不幸我沒得到全職，只申請到兼任的職位，那段時候對我們這些人而言，眞是前不著村後不著店的尷尬的時刻。幸好我的學長曾永義先生認識淡江當時的系主任韓耀隆先生，說淡江中文系有缺，寒假剛過，我跑去見韓耀隆，他說他很想邀我來淡江，但淡江的聘審會早已過去，要聘專任已來不及，如答應先來兼任幾個月，下學期聘爲專任他拍胸脯說不成問題，我就在一九八二年的春季，到淡江大學中文系做兼任副教授了。

在我到淡江做兼任副教授之前的那個寒假，是我生命中最爲重要的一個轉折點。我那時尚不知以後會到淡江任教，而我申請台大基本上可用「失利」來形容的，兼任只能拿上課的鐘點費，鐘點費十分低廉，完全不能拿來養家活口。我有了學位，讓我即使想在原來的中學繼續任教也不可能了，每個人都對我說：這裡池淺山小，哪容得你龍騰虎躍啊！想不到這次深造，不但對我的前途沒有任何幫助，反而弄得我進退失據起來。

我記得那年的春節，家人孩子都在樓下的岳家玩，中午我有點睏，就上樓到我房裡打算午睡片刻。台北是座外來人口居多的城市，過年時都趕著回家了，台北就成了一座頓失大量人口的空城，遠處零星的爆竹，在空蕩蕩的巷弄間傳響，讓台北的春節更顯出清冷的消息，我很喜歡這種「豪華落盡」的氣氛，它讓世界變得比較透明。我小睡醒來，向南窗口的一道斜日，正好照在我臥房牆面掛著的一幅月曆上，月曆上的圖片是一個尼泊爾尖塔的特寫，塔面上畫著一隻眼睛，那圖案經常在尼泊爾的風景中出現，幾乎變成尼泊爾的標誌了。傾斜的日光，與那圖片上獨眼所露出的特殊的神色，讓我跌入繁複的思考之中。我那年以西方人的算法是四十歲，照中國人來算我已是四十一了，我的一生，還可能有另個四十年嗎？

我想到我已過的四十年中，大部分其實是被我浪費掉了的，我浪費生命的原因，有的是爲了滿足我的虛榮心，有的是爲了討好世俗。就以我辛苦讀學位的這件事來說，我是眞爲學問而去就讀的嗎？其中難道沒有爲著想「彌補」我教書生涯的不順遂、難道沒有打算在親友面前爭一口「氣」的意思在嗎？如果有一點點不純粹，就如宋明儒所說的是在「搬弄光景」了，光景就是光影，是事物的影子而不是事物，我們追求影子幹什麼呢？眞的學問眞的知識，是我這樣求的嗎？我想起孔子說的：「古之學者爲己，今之學者爲人。」爲人之學不免要譽於眾，都是在追求世俗的浮光掠影而已，絕不是眞學問。我那時候想，我此後的歲月，不能再這樣的揮霍耽誤了，我要爲自己而活，對世俗的表象不能著意太深，即使做學問，也要從事「爲己之學」，當然如果當時我沒有學位，我應該絕不會再去讀什麼研究所了。

想不到我後來進了淡江。我剛進淡江的時候，那裡還很有田園風味，從淡水鎮彎進學府路，再從學府路彎進英專路一路向上行，上面就是學校了，這所學校早年以辦英文專科學校起家的。在學府路的路頭，學校在那兒立了個華表樣的指示標誌，通體漆成雪白，我記得背後是一片稻田與荷塘，秋天開學了，裡面還盛開著荷花，學府路旁，鄞山寺前，還有很多高大的學名叫「大葉桉」的桉樹。學校的景點是兩排仿古的宮燈教室，依山而升，四周綠草如茵，嘉木扶疏。當時學校四周都是矮房子，站在學校的空地往北望，可以看到大海，黃昏時，太陽從西方射來，形成氣勢輝煌的「淡海落照」，在學校西側運動場的觀禮台上看河對岸的觀音山，可以把這座山的全景盡收眼底，確實朝暉夕陰，氣象萬千。

初到淡江的時候，我偶爾會利用課餘，漫步下山，到淡水河邊走走。在淡水農會後面有一個渡口，那裡有往來兩岸的船可搭，好幾次我乘船到對岸觀音山的山腳，那裡有個名叫八里的地方，荒涼得很，在那裡走一遭，也許到岸邊簡陋餐廳吃碗麵，接著乘下一班船回淡水。當時還沒有捷運，捷運線上走的是老式的火車。從淡水河的西側看學校所在的淡水鎮，景色十分好看。大屯山青翠高聳，那時沒什麼現代化的大樓，大部分是紅磚搭的房子，鎮上教堂的高塔可以看得清清楚楚，再往河口的地方看去，幾百年前荷蘭人建的紅毛城就巍然矗立在山坡上。渡船的馬達聲很吵人，淡水河的水並不清澈，海風中有濃濃的魚腥味，但我喜歡置身於其中的感覺。

我很高興在淡江待了下來。我與這個學校一無淵源，這是一所私立的學校，其中的中文系很有歷史，辦得比台灣其他私立學校的中文系如東吳、輔仁、文化的都要早，但它一直沒辦研究所，沒有自己培養的師資。這也有好處，就是淡江中文系沒有自己的「山頭」，因而可以打開大門延用各處的人才，使它不至於像其他有研究所的科系一樣，裡面用的盡是自己人，長期近親繁殖的結果，最後因封閉而沒有了活力。

仔細算算，淡江中文系裡面的教師很多有台大的背景，譬如系主任韓耀隆，在系上任教的傅錫壬、施淑女、李元貞等的都是台大中文研究所的碩士。聘我的那年，比我早畢業於台大博士班的「學姐」何金蘭（她其實年齡比我要小）也從法國回來，她早就被淡江所聘，後來請假到巴黎的第七大學又讀了個博士，與我同時接聘的還有我台大的同學林玫儀，所以整體上言，淡江中文系的「系風」跟台大的沒什麼兩樣，都是崇尚自由的個人主義，每個人都自視甚高，但鬆垮垮的沒什麼組織可言。我去任教的時候，系裡還有幾位資深的老師如王久烈、王甦、王仁鈞先生（號稱「三王」），還有在學校董事會服務而在系上有課的白惇仁、申慶璧等先生，他們學有專精，而對我們後生晚輩，卻也禮數周到，都是謙謙君子。在這兒教書，可以充分表現自我風格，沒什麼人來管你。學校行政單位規定教師除了上課之外還要留校當班，別的科系遵行不逾，中文系就不太去管它，想留則留，不想留就走，自由逍遙，一無掛礙，學校對我們這批「化外之民」，似乎也沒什麼辦法。一次一位副校長來檢查老師上課，發現教室一學生在打瞌睡，出面制止時被任課的老師大聲轟了出去，說你要知道課堂上我最大，哪有你來管的道理，副校長連賠不是，從此再也不到中文系的課上巡堂了。

我到學校的第二年，韓耀隆就不幹系主任了，空出的系主任由他淡江的同學傅錫壬先生充任。傅錫壬幾年前曾擔任過系主任，這次是回鍋，他兩三年前剛從師大修得博士學位，當時學校有高學位的人並不多，淡江打算好好栽培他，他也想更上層樓，就沒把心思放在系主任上面，所以大家就更散了。隔了幾年，淡江中文系畢業的龔鵬程在師大讀完碩士與博士，龔鵬程的求學路走得很順遂，幾乎一點都沒耽誤，不到三十博士就到手，因近視極深，連兵都不要當。他年輕氣盛，自信滿滿，做事劍及履及，敢衝敢撞，回到系上，一下就成了中文系的明日之星了。

他在大學時就很有才氣，經史子集無所不窺的，學校的董事長張建邦很賞識他，大學畢業後讓他到學校董事會幫忙，所以他在讀師大研究所時一直在淡江董事會工作。張建邦政學兩界的關係都好，曾經擔任過淡江許多任的校長，任滿不能再任，就改任董事長，董事長做完由他夫人做，但掌權的還是他，學校上下便給他取了個特別的名號，稱他為「創辦人」，其實嚴格說來，淡江並不是由他創辦。他在淡江的董事會組織龐大，表面是學校的董事會，其實是張建邦個人的「智庫」，因為他在擔任董事長時還擔任台北市的市議會議長，後來又出任過政府的交通部部長，他在當時的政壇，也是炙手可熱的人物。龔鵬程在董事會幫忙的時候，據說處理的就是幫他草擬會議講稿，還有應酬文書等的事。張建邦個性溫和，待人也很寬厚，看起來是個好好先生，但他極不善於在大眾面前說話，我聽過幾次，好像沒一句是說得撐透爽快的，總讓聽的人乾著急，我後來跟龔鵬程混熟了後，跟他開玩笑說：原來是你幫他擬的稿啊！

果然傅錫壬兩任屆滿（一任是兩年），系主任就由龔鵬程接手。在龔鵬程剛接手主任前後不久，淡江又陸續增加了人手，其中有做文藝理論的顏崑陽、李正治，從事魏晉文學研究的王文進，在哲學界已早有名氣、又是「鵝湖」派的領導人王邦雄，做版本目錄的周彥文，還有最會整理文學資料、對文藝行政著力甚深的李瑞騰，以及做辭章的陳慶煌、做經學的莊雅洲、陳韻等人，他們先後進來，再加上我們早些進來的何金蘭、林玫儀、竺家寧等人，使得當時的淡江中文系人才濟濟，不一下子就火紅了起來。

淡江迫不及待的事是要成立自己的研究所，這不僅是爲了培植自己的師資問題，而是如果沒設研究所，就得永遠在學術領域做一個邊緣人，不要說領導學術，即使想參與學術都不太有機會。當時台灣高等教育界產生了一個新的現象，把大學畫分成「研究型大學」與「教學型大學」兩類。這兩種分類並沒什麼不對，但學術界都把資格深、資源多的學校如台大、清華之類的認爲是研究型的大學，其他比較沒本事的學校只有「淪爲」教學型的大學，教育部撥給公立大學或補助私立大學的經費，研究性的多過於教學性的，而且多了許多倍，這使得每所學校都想「提升」到「研究型大學」的水準，使它在名譽上與實利上都有進項。這結果並不好，學校畢竟是教育機構，裡面的學生才是學校的主體，強調研究的結果是忽略了教學，受害的一方自然是學生。

然而淡江在這種壓力下，也不得不急起直追的辦起研究所了。淡江是私立學校，在資源上經費上當然無法與公立學校相比，但私立學校也有優點，就是想辦就辦，無須經過太多的行政手續，只要掌權的「創辦人」答應了，就上下一心全力配合。龔鵬程與張建邦的關係良好，有這種「奧援」，當然就一路綠燈的走上去，學校一下子就把辦研究所的案子通過報部，正巧當時教育部也鼓勵各校設立研究所，淡江的中文研究所就順順利利的開辦起來。

龔鵬程做任何事都講速度，他是個反應靈敏的人，再加上他辯才無礙，總能說服別人，說服不了的，他就說不用管他，還是硬幹下去。反正他精力彌滿，直道而行，淡江當時又有各方人才，剛辦研究所的那幾年，大家都投身在新興的事業之中，雖然忙得很，但志氣都高昂的不得了。

前幾屆收的學生，程度上也許不見得好，但受淡江環境感染，也一個個生龍活虎的博學審問起來。淡江的老師平常就常常聚會討論問題，學生也定期開論文發表會，邀請老師蒞會指導，老師在名義上是指導者，想不到受指導的學生膽子越試越大，有時與老師意見不同，也常藉故在會上提出來，頗有「挑釁」的意味。有一次一個學生在敘述自己的意見時，竟批評龔鵬程不久前發表的一篇論文是「胡扯」，龔鵬程在下面把學生的話聽完，再站起來慢慢解釋自己與學生不同的看法，最後證明胡扯的不是自己。可貴的是龔鵬程在聽與說之間，臉上都堆著笑容，完全沒有他在一般學術場合劍拔弩張的氣勢。這時王邦雄站起來說：「剛剛這位同學好學深思是對的，但像指責別人胡扯、亂扯之類的情緒性語言，要避免在學術討論時出現，孔子說揖讓而升，就是與對方相爭，也不可失了君子風度。」學生事後表示敬謹受教，會場氣氛和緩如初。

淡江師生相處大類如此。也有很少的學生，不見得安分受教，在系上或校外，常放言高論，旁若無人，人家就轉而批評學校，說淡江的主持人與教授都狂妄，使得學生也狂妄起來，對當時淡江在中文界的聲勢很不以爲然。反正正反的批評都有，我們也沒力氣去管，龔鵬程更大氣的不得了，對外界的那些雜音，從來就採不聽不聞的態度。

在淡江教書有個好處就是不受干擾。教師的干擾大多來自學校，或者來自同事，在淡江，學校不太愛管老師，行政當局對老師還是相當尊重的。有一學期，教務處把我早上兩節「中國近三百年學術史」的課排在宮燈教室最朝西的一間教室上，那班學生不多，宮燈教室像園林般的美麗，我很喜歡走過佈滿花與樹的院子走去上課。想不到一天我在研究室接到電話，對方自稱是教務處的職員，他說副校長（當時的副校長是林雲山先生）巡堂時發現上面的幾間教室是空的，副校長問他為什麼要把「周老師」的課排到那麼遠的地方要他多走路呢？我說沒有關係，我其實蠻喜歡走這趟路的，他說副校長已經交代，他們不得不幫我調整到較近的教室，請我下週到新教室上課，並對我不斷表示歉意。這是淡江行政當局對老師的態度，也許囉唆了點，但關懷中透露出可貴的「人性」，在其他學校就很難看得到。

在淡江同事的往來也很「正面」，彼此相待以禮，而我們中文系大多是各有發展的人，每個人除了學校授課研究的事之外，還多多少少擔任些其他的工作，忙都忙不完，像同事之間勾心鬥角、互揭瘡疤的事從未發生過。不像有些學校，在小小的環境中還分門別派，彼此爭吵不休，弄到黑函滿天飛，相互視作敵人，而我們在淡江，從人際關係的角度看，我們過的總是雲淡風清的好日子。

然而中文系在龔鵬程主持之下，所辦活動實在太多，往往一個學期就要開一場大型的國際學術研討會，還要不定期的開全國性或校際的學術會議，弄得教師學生人仰馬翻不說，連上課有時都也耽擱了。再加上在他就任系主任之後不久，正遇上兩岸開放，他十分熱中到彼岸考察，成天奔走道途，系上經常不見他人影。在他安排與領導之下，淡江中文系與大陸的各校展開交流合作，此後的中文系的重點工作，又包括到大陸參加學術會議一項。這些事對教師是很大的負擔，因為開會不是人到而已，還需要發表論文，龔鵬程自己文思泉湧，下筆如秋風掃落葉，數萬字論文往往一揮而就，別人不見得有這項本事，這樣玩下去，後來每個人都有點受不了了。

但龔鵬程卻仍樂此不疲，他企圖心大又有用不完的精力。他在擔任系主任時，還在外兼了許多職位，譬如《國文天地》的總編輯、「學生書局」的總編輯及某報的主筆之類的工作，自己的著作也一本一本的出，讓人無法猜測他從哪兒得來的時間。學生被他的「英氣」所激，也很努力向化，所以一開始，研究所確實有奔騰之勢，但拖了一陣子，這情勢就開始渙散了，因爲要做的事太多又太雜了。龔鵬程又顯示他非籠中之鳥，從未放棄振翅高舉的機會，他只做了一任的系主任，就被學校任命爲文學院院長，那年他才三十初度，被譽爲全國最年輕的文學院院長，他也常以此自詡，表情十分得意。中文系主任由同是「系友」的王文進接手。

中文系也在暗地裡逐漸的「分化」了，首先是避不開一般私立學校的宿命。在台灣，私立大學很難留得住所需的人才，原因是私立學校的教師福利與公立學校相比相去甚遠，很多人在私立學校待著只是過渡性質，這是私立學校教師流動率高的原因。王邦雄先生來了三年就被中央大學「挖角」聘走，不久顏崑陽、李瑞騰也相繼到了中央，莊雅洲、竺家寧與陳韻南下嘉義，被新成立的中正大學請去。而龔鵬程升任院長之後雖也還過問系裡的事，但再熱心也只能是過問罷了，何況他在院長的位子也沒坐暖，行政院成立大陸委員會，他一躍而成爲陸委會的文教處處長，學校的職務，自然要辭去了。

陸委會的文教處處長是事務官，不是政務官，依法不能由教授出任，但龔鵬程早年與許多政府的才俊之士一起參加過只舉辦過一次的「甲種特考」（馬英九當年也通過了這次考試），通過此項特殊的考試，就有擔任高等事務官的資格。可見龔鵬程絕不是表面嘻皮笑臉一副萬事不經心的樣子，他對自己不論是朝學術或權位上走的步伐，都盤算掌握得十分精準，幾乎沒有任何浪費的地方。

成功人自有成功的條件，這是我對龔鵬程的看法。對我自己來說，卻沒有「效尤」的打算，我比他大十多歲，孟子說四十不動心，我其實也一樣，我對他想要的那些東西，沒有什麼追求的興趣，即使有了，也不知珍惜，這是個性使然。但老讓我念茲在茲不能忘懷的是好不容易建立起來的研究所，在其間還眞寄託了我們不少的理念與夢想的，想不到才幾年工夫，殼子尙在而人氣卻散盡了，叫人不能不惋惜。

淡江留不住人的原因還有一個，是學校缺乏眞正的理想。淡江曾有個口號，說要把淡江建成「東方的哈佛」，這個口號不是理想而是笑話，因爲學校從來沒有朝哈佛的方向去做過。淡江只想盡辦法擴大招生，我在的時候，淡江的學生總數三萬餘人，曾超過了台大，以學生數而言，是台灣第一大的大學，但校區狹隘，還不到台大羅斯福路校區面積的五分之一。淡江又發明了一種名叫「大班授課，小班討論」的教學方式，其實是節省經費，把必修課開成超大班的，往往百數人共上一堂課，至於有沒有「小班」討論或如何討論，就睜一隻眼閉一隻眼的讓大家蒙混過去，學校從來也不去管它。

「創辦人」張建邦一直放心不下政治，他曾做過高官，罷職後亟思復出。他知道善於利用學校爲據點，對他政治生命是有幫助的。他聘請了許多從政務職務退下來的大官來做教授，一時之間，淡江充滿了「部長」、「委員長」、「祕書長」之類的人物，有一段時候，學校竟同時有兩三位當過教育部部長的人在做專任教授，其他高官厚爵不計其數，淡江嚐盡了「天塌下來有人擋著」的滋味。這些教師基本上不見得喜歡教書，也不太會照顧學生，如果有機會「再仕」，他們一定把這個教職棄如敝屣。就以做過陸委會主委的蘇起先生來說，他在落職之後被淡江所聘，任大陸研究所的教授，不久他被國民黨推薦做不分區的立法委員，他就一點不猶豫的辭去教職，立委任滿又回淡江，新總統當選之後，他又出任主管情報的國安會祕書長，去就之間，毫無瞻顧，學校也盡數配合。聘這樣來去自如的人，對淡江豈不是損失嗎？而張建邦從不做此想，雖然他辦教育，但教育對他而言並不是頂重要的事，「朝裡有人好做官」，反而是他夢寐以求的。

這是淡江的悲哀，也是台灣教壇的悲哀，台灣的教育界，總是缺乏理想，有理想的人，掌握不了教育的權力，教育的權力總是操縱在政治或做生意的人物之手。更悲哀的是這個悲哀早已存在，卻從來沒人想要去解決。

我在淡江正式服務了整整十年，才「跳槽」到母校台大。我到台大後，一度還在淡江兼職，過了幾年就不兼了。後來淡江中文系辦博士班，老友周彥文、高柏園邀我回去幫忙，便又重溫了幾年淡江的舊夢。

當然，整個氣氛已大異於往昔了，我所熟識的老師有的退休有的離職，新來的我不見得認識，博士班招進的學生有幾個是舊識，當然新面孔居多，談起後來在淡江的教學，也是憂喜參半，並不純然是快樂的經驗。

有一次周彥文帶領的「淡水田野調查隊」在宮燈教室旁舉辦成果發表的活動，這次表演的是淡水地區的民間賽會與節慶，他邀我課後留下參與。我利用下課後與活動開始前的一個小時空檔，獨自跑到淡江運動場西邊的看台坐下，那是黃昏時分，觀音山北方與淡水河相接的廣闊天際，正上演著炫目的落日戲碼，大堆的顏色在天幕上任意揮灑。這十幾年來，淡水風景的變化不可謂不大，捷運通車後，小鎮幾乎被數百棟一層比一層高的高樓所淹沒，荷塘與稻田早已看不到了，做爲路樹的桉樹也一棵不剩，我想到「樹猶如此，人何以堪」的句子。幾個熟識的友人，雖然知道他們的下落，但好久不見了，人生聚散本無定，世事也如幻影般的不好捉摸，我心中突然興起了一陣莫名的感懷……。

宮燈教室那邊響起了鑼鼓，還有人在燃放爆竹，晚上的節目好像馬上要開場了，我站起身來打算離開。一陣風從我耳後吹來，我覺得我該好好的再看前面的風景，河對岸的觀音山正爲我顯示她無比貞定的全貌，天越暗她反倒越是清亮。我站的地方很高，淡水河這邊的連綿高樓沒能擋住她，從這裡看山是最好的角度，那天一點雲霧都沒有，多麼莊嚴的一座山啊！那時我想，與所有變化莫測的俗事相較，這世界具有永恆性質的，好像只剩下這座山了。

口渴

世上還有哪一種飲料，
能像烏龍茶般的具有我生命的回憶，
又充滿著數理與哲學的玄思呢？

口渴了該喝什麼呢？，我們中國人一般會直接想到喝茶。是的，我此刻想到的也是喝茶。但仔細的分析一下，也不是這麼的當然，我在三十幾歲之前，還不會喝茶，也沒有喝茶的習慣，當時的狀況我已經不太記得，口渴了，也許喝杯水就了事了。當然有閒又碰到的是熱天的話，到街角的冰果店去喝杯果汁飲料才是快事，不過到冰果店應付口渴不是「常態」，有時為了招待朋友，有時是跟人去「談事」，當時台灣沒有夠多的公共場所，街角的冰果店提供了一個去處，有點像現在的咖啡店或西餐廳一樣。

台灣早期的冰果店也稱做冰果室，以賣冰品與冰鎮的水果為主，譬如單片的西瓜、木瓜、鳳梨等的，後來也流行水果切盤，標名水果切盤是在一盤中混合了好幾種水果，但吃水果切盤須到大一些的店，小的冰果店是沒有的，水果切細了不好保存，大店客人多賣得快，才能供應。冰品則有多種選擇，有紅豆冰、綠豆冰，還有台灣才有的愛玉（一種果樹的樹子所泡出來的凝結物）冰與仙草（一種把有清涼性的藥草煮成的凝結物）冰，愛玉與仙草，一黃一黑，澆上糖水，佐以白綿綿的冰屑，色澤美麗綿潤適口，是消暑的佳品。還有些水果可以榨汁加冰成飲料，如木瓜汁、檸檬汁之類的。這些冰製的食品，是所有台灣人的共同記憶，不見得很重要，但幾乎深藏在每個人腦海，想忘也忘不掉的。

到我讀大學的時代，不論城裡或鄉下，還是冰果室的天下，在台北，也有幾家冰果店慢慢供應起咖啡來了，但專門供人喝咖啡的咖啡廳還很少。台灣很早就有「茶室」，可能早期受日本人影響，台灣的茶室並不是以供應人喝茶爲主，通常裡面有稱爲「侍應生」的女人，是多少帶有一點色情意味的地方，沒有正經的人會經常出入茶室的，這使得「茶室裡的姑娘」，也成了負面的稱呼。直到八〇年代，台灣經濟起飛，社會多元，喝茶慢慢變成一般生活的正常活動了，但在鄉下還是對喝茶、茶室存有偏見的。我在淡江大學任教時，班上兩個女生參加了當時「陸羽茶館」舉辦的訓練班，學習泡茶、奉茶等的禮儀，一個女生的家長氣沖沖的從南部趕來，負氣的問我爲什麼看到自己的學生到茶室也不管，語氣有指責我的意思。在這種「風氣」的影響下，儘管台灣產茶，在此之前要找一家專門可以喝茶的茶館，想好好的喝一杯茶卻也不很容易。

我喝咖啡的經驗其實比喝茶要早，大學時代就跟著人進過台北的咖啡廳了，那時像樣的咖啡廳不多，多爲觀光飯店所附設，貨色偏低而價格偏昂。舊台北以鐵路爲界分成城北城南，城北的好像只有一家名叫波麗露的西餐廳兼賣咖啡的，這家以拉威爾的舞曲爲名的西餐廳開業頗早，在日據時代就赫赫有名了，是文人雅士的聚集之地，我在大學時代就知道有這字號，但眞正到裡面吃西餐喝咖啡是很晚以後的事。我記得是與一個女子相約此地，跟她討論如何處理她與丈夫婚姻不諧的事，她丈夫是我中學時代的同學，背棄了她而與另一女子跑了。那天氣氛不好，波麗露的裝潢顯得老舊，室內昏暗得很，裡面的西餐與咖啡，都沒心好好品嘗。

台北城南有幾家咖啡廳，以咖啡爲號召，有的也供西式簡餐，但西餐是附屬的，不像波麗露，以西餐爲主，咖啡反倒是附設。那些咖啡廳開得比較晚，而生意似乎比波麗露要好。在武昌街上有家名叫「明星」的咖啡廳，收拾得窗明几淨的，很多人去過。這家咖啡廳據說最早是由一個俄國人開的，樓下賣自製的俄式西點，樓上開咖啡廳，牆面漆成土黃色，牆上常掛著當代畫家的小幅創作，桌椅都是咖啡色，最好是下午，西曬的陽光從窗口照射進來，偶有微風把白色的薄窗帘吹起，這時客人很少，坐在裡面，覺得安寧又舒適。

很多詩人與文學家喜歡來這裡窮「泡」，往往一泡就半天或一整天，當年小說家黃春明、王禎和還有陳映眞的一些作品據說就是在這裡寫的。七○年代末的某一日，友人陳曉林在翻譯了史賓格勒的《西方的沒落》又翻譯了湯恩比的《歷史研究》巨作之後，被新成立的《工商時報》聘爲副刊主編，約了我與當時在政大數學系的唐文標還有一友人在明星見面，相期在他所編的副刊開一個共同的專欄，專欄標題是「玄黃集」。「玄黃集」的名字原本該是「雌黃集」的，取「信口雌黃」之意，但唐文標說我們都是男人，這題目讓人家認爲我們是女人呢，就聽我建議改一字成「玄黃集」了，至於爲何改雌爲玄，我的理由是《千字文》第一句就是「天地玄黃，宇宙洪荒」，多有氣派啊，除了氣派之外，好像也沒什麼道理，但當時大家都樂得很，也沒太去細究。不過這樣合作寫作的方式與文人獨來獨往的性格總有些扞格，再加上遇到台美斷交，社會情緒沸騰，已不容許我們幾個人從容不迫的信口雌黃了，專欄進行不到半年就不再繼續下去。

明星的斜對面，有一座城隍廟，這座城隍廟規模不算大，但歷史悠久，香火鼎盛，原因是它是台北的「府城隍」，觀光地圖都有列名的。城隍廟這頭明星咖啡屋的騎樓下，也有台北的盛景，詩人周夢蝶在此擺了個書攤。他的書攤不賣亂七八糟的印刷物，只賣詩集或他認爲夠格的文學書，有個規矩是書無論多破多舊都依訂價實售，絕無折扣，所以他的「交易量」少得可憐，但他好像不以爲意。多數時候他兀坐攤邊，什麼事也不做，夏天也穿著厚衣，冬天更用如棉被的大衣把自己層層的裹著，頭上戴著頂毛線帽，用睥睨的眼神看這令他瞧不起的世界，以無語來維護他處於喧囂城裡的「孤獨國」。（他有本詩集，書名就叫《孤獨國》。）

很多詩人都在詩裡描述過他，畫家席德進也畫過他。他的書攤邊總圍著許多對文學對詩懷有憧憬的年輕人，尤以女性居多。有時他被一些人拉上明星，跟大家一塊喝咖啡，有次我在上面遇見他，他依然一語不發似打坐般的獨坐其間，儘管強拉他上來的幾個詩人已在那兒吵作一團，甚至怒目相向了。他上來喝咖啡，書攤就丟在那兒不管了，好像也沒人會去偷它。我跟他買過一本他自己的詩集，請他題字，他就旋開老式的鋼筆，在扉頁一筆筆像刻印般的簽下他的名字，並且說書中有幾段印錯了，他要訂正，要我一個小時後再來取書。

在我讀大學的時候，「耳聞」衡陽路靠新公園很近的地方開了一家「田園咖啡廳」，這家咖啡廳敢用貝多芬的第六號交響曲的名字來命名，當然表示他們擁有很好的音響，那裡經常擠著一群古典音樂的愛好者，在其間一邊聽音樂，一邊喝咖啡。我就有個外文系的學長去過，跟我描述那地方神妙不置，他說他去的那天，裡面放的是柴可夫斯基的《一八一二年序曲》，刀槍齊鳴的已讓人奪魄，結尾幾聲大礮「轟」了出來，彷彿把整間房子的玻璃都要震碎了，要我無論如何也得進去開開「耳界」。我讀書時窮得三餐都有問題，哪進得起那家索費不低的咖啡廳，所以從未進去過。等我大學畢業後十多年，一次與小時的友人相遇，那友人是女性，也是個音樂迷，我們就一同到這家還在開著的咖啡廳，打算塡補一些以往欠缺的見聞，想不到一進去就把我們嚇著了，那裡面哪還有貝多芬啊，原來「田園」已經變成一家讓情人偷情使用的暗室了。

在七〇年代咖啡文化盛行之前，台北能喝到眞正咖啡的地方不多，幾家咖啡廳雖然標榜賣咖啡，但所賣的咖啡都不好喝，因爲沒人講究，像明星的咖啡，有時如涮鍋水般的清淡，有時又像黑醬油般的，只有顏色，沒有咖啡的香味。但喜歡咖啡的，依然有路徑可尋，在成都路中國戲院前面，有兩家專賣咖啡用具的商店，一家叫「南美」，一家叫「蜂大」，他們也進口成袋的咖啡，後來因勢利導，便也賣起咖啡來。店很狹窄，咖啡座很小，只能隨泡隨喝，由於咖啡比較新鮮，加上燒出來就得趁著熱喝，喝完立刻走人，不得勾留，有這樣的限制，反而使這裡就成了咖啡老饕趨之若鶩的地方了。我也來這裡喝過幾回，這裡咖啡確實比其他地方的濃郁許多。

到七〇年代中期之後，隨著島上的經濟起步，咖啡文化也逐漸時興了起來，小型的咖啡廳一家家的開，喝咖啡也開始挑剔講究了，包括咖啡的品種與喝咖啡的方式。咖啡的產地很重要，因爲它決定咖啡的品質，其次講究咖啡的烘焙技術，要做到不溫不火。

有的店標榜供應的是單品咖啡，所謂單品咖啡是指專門一種咖啡，譬如牙買加的藍山、爪哇的曼特寧，指名要藍山就得是藍山，不能參入其他的咖啡豆，這跟講究狗與馬的純種、講求好的威士忌要單一麥芽的用意一樣，都是有錢又有閒的人才能有的「品味」。不僅如此，泡咖啡也是學問，每家咖啡廳都有熟練的咖啡師（通常是老闆）幫你調製咖啡，咖啡喝多少磨多少，絕不可先磨，這樣才能保持豆子的香味。喝考究的咖啡流行用酒精燈做燃料，把玻璃做的圓瓶裡的水燒開了，從小管流進上方放著咖啡粉的容器中，這種叫做眞空蒸餾法，等咖啡稍涼了咖啡會自動流下，經過過濾，再把咖啡倒入溫過的厚瓷杯中，就可以享用了。這程序光用看就很過癮，何況放在面前的眞是一杯色香味具全的咖啡呢。

喝的時候也有講究，如果你要加奶與糖，最好分幾個階段加入，在咖啡未加任何添加物時，先喝一小口，再在加了奶之後也喝一小口，最後才加糖，你雖然只點了一杯咖啡，卻等於品嘗到三種不同口味的咖啡了。當然有人主張喝咖啡要不加任何東西，才能喝到咖啡的原味，我對這種講求純粹的「咖啡族」頂禮有加，但不敢每次都效顰，原因是有的咖啡實在是太苦了，譬如標榜濃縮的Espresso，不加奶和糖，實在無法呑嚥。當然有些咖啡，不加任何東西也很好喝的。

這種講究的喝法，其實來自日本，日本人的某些生活方式，經常影響到台灣，其中有好的也有不好，但我認爲從日本傳來的喝咖啡方式是好的，這樣的喝法確實能把咖啡的味道淋漓盡致的發揮出來，而且情調也很高雅。

從七〇年代初，一家來自日本的咖啡連鎖店席捲了台灣，到處都看到紫色的招牌，上面寫著「蜜蜂咖啡」四個字，起初還以爲是強調以蜂蜜來沖泡咖啡呢，結果不是。「蜜蜂咖啡」的沖調方式與其他咖啡並沒有太大不同，「加盟」的各家咖啡店還能保持自己裝潢的特色，他們用「蜜蜂咖啡」的招牌，只是爲了在咖啡的貨源或設備上節省成本罷了。到了九〇年代另一家名字叫「眞鍋咖啡」的連鎖店上場，氣氛就很不相同了，他們要求不只要招牌掛著「眞鍋」字樣，裡面的裝潢用具乃至室內溫度都要一模一樣，他們賣的咖啡比「蜜蜂」的要貴很多，但確實別有風味。不過裡面雅潔的日本風太盛，連在店裡說話都得學日本人的輕聲細語，說大聲了，店員會來干涉，所以生意並不好，這咖啡店曾經盛行一陣，不到十年就紛紛關門，台灣人雖然喜歡日本，但在生活上還是有自己的風格的。

像這樣咖啡文化籠罩台灣前後有將近二十年的時間，等到九〇年代之後，一種美式的咖啡文化傳入到台灣，便是從西雅圖來的「星巴克咖啡」（Starbucks Coffee），招牌是綠色圓圈裡面畫一美人魚。這家咖啡一登陸就有席捲之勢，分店一家一家的開，裝潢氣派，但所售咖啡全是由一套機器中流出，每杯的味道與質感都相同，供應迅速而準確，價錢比起「蜜蜂咖啡」要便宜許多，不久就把台灣一些「傳統」的老舊咖啡廳全數打倒了。星巴克要做的是講效率的生意，他們不鼓勵顧客霸著桌椅，希望店裡的客人保持適當的「流動率」，所以他們店裡的座位都強調臨時的性格，基本上，這樣做生意與「麥當勞」一樣，是乾淨、科學又品質統一的美式經營風格。但在星巴克喝咖啡，不能與咖啡師聊天，不能看咖啡師爲你杯裡的咖啡付出的用心，那裡其實沒有咖啡師，只有工讀生，咖啡只要按紐揿把就會自動流出，哪裡需要什麼技術呢？星巴克只提供一般的咖啡，講究的是品質與速度。但他們忘了現在的人生活在如此機械化的世界，是如何想要追尋一種特殊的不與人盡同的東西，那種東西很簡單，即使不太完美也可以接受，尤其是對咖啡的要求。

在滿街都是星巴客或丹提（Dante，另種美式咖啡的品牌）之後，我就不太上咖啡廳了，尤其不會一個人進去，偶爾與友人進去，都是爲了要喝一杯水或咖啡來解渴，或是到裡面不太舒服的椅子上休息一刻，當然更重要的目的是與朋友在裡面談事情，使得進這樣的咖啡廳，只具有了一種功能性的目的了。我在想，我以前進咖啡廳就只是想喝咖啡，從來沒有什麼其他的功能與目的呀。

在我常到咖啡廳喝咖啡的時候，我也有機會接觸到茶了，帶領我進入茶的世界的是一位張姓的友人。他是我東吳低我一屆政治系的同學，我幾次應邀到他家喝茶，慢慢體會出茶的滋味，他一次送了把名家製作的紫砂壺給我，壺爲蓮花狀，把手與壺蓋還精巧的以紅繩相連，十分美觀。我有此佳壺後，便常自泡自飲，終於養成飲茶習慣。

我最早接觸的茶是清香型的烏龍茶。友人是嘉義大林人，夫人爲同縣梅山人，梅山爲台灣重要茶區，後來該縣的阿里山也逐漸開發成茶區。我剛開始喝茶時，台灣烏龍以台中鹿谷的凍頂山所產爲正宗，號稱「凍頂烏龍」，眞正「凍頂烏龍」因產量有限，價格昂貴，非一般負擔得起。梅山與阿里山所產也是烏龍，但被視爲烏龍的「副牌」，價格自然低很多，但如到茶區去挑選，也可碰到極好的產品。朋友家人與茶區人熟識，往往可以以很公道的價格買到高品質的茶，我因他的關係，也沾光不少。

好的烏龍茶茶湯金黃，香味濃郁，喝進口裡，不一會兒，腸滌骨醒，心神俱清，是極大的享受。我覺得茶與酒是人類文明的高貴產物，孔子說：「不得中行而與之，必也狂狷乎！狂者進取，狷者有所不爲也。」狂者像酒，狷者像茶，茶讓人清明，酒讓人沉醉，各有功能，各擅勝場。我幾乎全無酒量，天生不能做酒徒，只能做個清心寡欲的茶客了。

隨著經濟狀況好轉，台灣掀起了喝茶的風氣，其中包括港人的「飲茶」習慣，當時台灣到處都看得到港式「茶樓」，裡面幾乎座無虛席。然而港式茶樓代表的是另一種生活方式，重點是多樣式的點心，對於所喝的茶反而不是十分講究。香港人喜歡喝普洱茶，那是一種產自雲南的老茶，口味是台灣人陌生的，而且茶樓裡人聲鼎沸，熱鬧嘈雜，代表了某些特殊的市井文化，與標榜高雅雋永講究修身養性的傳統喝茶習慣相去甚遠。

在同時布置高雅而安適的茶館也有。高級的茶館空間寬敞，座位茶具都很講究，所供應的茶更經過嚴格挑選，裡面的消費當然高昂了，一般人平時不見得上得起，偶爾佳友來訪，爲示愼重，才能登臨。台大新生南路近辛亥路口處有一取名叫「紫藤廬」的茶館，是一舊式木屋改建，因距學校甚近，索價也尚合理，我們就經常光顧。紫藤廬所供應的茶因分等級，與其他茶館並無分別，倒是他們所供的水自稱是來自故宮博物院後山的泉水，自號「宮泉」，茶釃泉清，頗有號召。他們又把茶館外的長廊闢爲展覽室，茶館壁上亦懸掛畫作，常招藝術家在此舉行小型畫展，紫藤廬就慢慢的馳名遠近了。

在台大另一個方向，汀州路路底快近基隆路的地方，在二十幾年前就開著一家名叫「東坡居」的茶館。這家茶館開在一間大樓的地下室，顧客下樓必須換上茶館準備好的木屐，茶館行走，登登作響，已是奇事。主人還蓄養了一大群小鸚鵡，放牠們在室中飛翔，這群鸚鵡十分懂事，從不飛出屋外，就在房梁間穿梭啼叫，偶爾飛上茶桌，在茶具間走動，客人輕撫也不害怕。常有客人是專爲這群小鳥而來此喝茶的。

我不常進茶館，是我喝茶已經養成習慣，每天清醒的時候幾乎都茶水不斷，在家喝茶更舒適放任，自無須再進茶館了，但有遠朋來，也帶他們去體會在茶館的喝茶經驗。

台灣中部、南部山區盛產烏龍茶，而北部山區所產，就多樣化一些，譬如在台北市南的木柵區，盛產一種鐵觀音茶，茶種與烏龍相彷，但此地所產，適合長發酵並多以猛火烘焙，茶葉未泡時，黝黑拳曲，泡後茶湯暗紅如鐵鏽，自有一種特殊的成熟的「老」氣，亦極迷人。鐵觀音以熟茶爲佳，但如不喜過熟，可以吩咐茶家烘焙時略減火候，此種「清香」型的鐵觀音尤爲我所喜，老成持中之間尙帶著生氣，不過烘焙時拿捏火候並不容易，過與不及都能使風味盡失。好的鐵觀音，在熱水沖泡下會自然釋放出一種奶香，這是最好的才能達此境界，略次的會有一些果香，這些香味不是刻意加進去的，是鐵觀音茶自帶的，當然在沖泡三、四次後會消失，至於爲什麼會有這些香味，製茶的人也說不清楚。

在木柵更南就是台北縣的新店了，從新店到坪林的大片山區也產茶，但所產與木柵的鐵觀音完全不同，這裡產的茶名叫「包種茶」，是一種以清香有名的茶種。包種茶的茶葉狹長，採後揉搓一下，放在陰濕處略爲發酵，烘乾即可上市，泡時茶色青碧，草香四溢。這種茶自帶水份甚多，也有風味，但不耐久藏，價格較廉，飲時以新鮮爲尙，陳茶多會變質。在新店以西有個名叫三峽的小鎭，山產茶葉以浙江的龍井著名，據說所產茶的「本欉」是來自杭州的龍井山，但是清代或是民國時移來，就無人知曉了。我喝過此處所產的龍井，風味十分純正，與虎跑寺所喝，無分軒輊，但台灣人不喜此味，故經營不起來。有一次我在三峽白雞山一座廟前茶攤飲到此茶的佳品，茶攤老板笑著說幸虧喜歡龍井的人少，不然就供應不來了，此茶的產量很少，而製茶人多是達觀之士。

在台灣西北部有個縣份名叫苗栗縣，此處居民多屬客籍，亦產茶有名，茶名為白毫烏龍。這茶其實是所種的烏龍茶遭到蟲害病變而成，茶葉的背部轉成紅色，而葉頂又變成白色，故名「白毫烏龍」。這茶在台灣，早期不太有人喝，大約在日據時代試著銷往國外，結果效果很好，歐洲人十分珍愛這種茶，給了它一個名號，叫它「東方美人」，回傳回國，終於有名。但這種茶不綠不紅，不中不西，又有特殊的氣味，與習慣的味道不同，並不為國人所喜。近年提倡環保，抵制農藥，這白毫烏龍強調它就是因為沒有農藥才會產生蟲變的，想不到一下子就風行起來，製作此茶的人也刻意將製作過程精緻化，茶價也慢慢上升，終於也到昂貴的地步了。

再精緻也無法改變茶只是一種止渴的飲料，我平日飲茶，基本上是為應付口渴，但有時會挑剔茶的好壞，就表示喝茶並不是單純的為了止渴。我自從「會」喝茶之後，外出旅行，總會帶茶隨行，所帶多少，視旅程長短決定。行囊所帶，以台灣土產的烏龍居多，烏龍的茶味茶香，已深契我的舌蕾胃壁，成為我生命中重要的記憶銘刻。而這些銘刻又在不覺之中轉化成為生命裡的某些性格與情調，或有或無，時現時隱的與我的生活相連，重要是一點都不重要，但卻化成生命底層無法分割的部分。

有一年，我與妻在萊頓大學，大學幫我租了間在運河邊的房子，房子共三層，第三層全歸我們使用。我在到萊頓的第三天突然病倒，可能感冒了吧，晚上還發起燒來，妻讓我吃帶來的藥，要我好好睡覺。深夜我醒來，突然覺得口渴，我看妻睡得很沉，不想驚醒她，自己摸到廚房燒水。窗外的榆樹樹稍在風中搖曳，天在暗黑中泛著一點藍光，幾個星星在閃耀著。我把帶來的茶罐打開，將我喜愛的烏龍茶葉放進一隻帶著藍色花的馬克杯中，水不久開了，我把滾水沖進杯裡。窗外運河對面是萊頓大學的天文台，白色的圓塔是放望遠鏡的位置，據說愛因斯坦當年應聘萊頓，就是在這座天文台做研究的。愛因斯坦在萊頓，是在他發現了相對論之前或是之後，我不能確定，但可確定的是，搖曳的榆樹，暗夜的星光，他當年看到的與我當時看到的應該沒有什麼不同。我把杯中已到適口溫度的烏龍茶放在鼻前聞了一聞，再喝了一口，一種特殊的香氣帶著我熟悉的暖意蕩滌著我的胸懷，心中不禁想到，世上還有哪一種飲料，能像烏龍茶般的具有我生命的回憶，又充滿著數理與哲學的玄思呢？

溪山行旅圖

孤獨是自由的唯一條件，
寂寞是自由的附贈品。

大約十多年前，我當時在台大教書，在淡江大學兼了一門課，回程在交通車上，遇見在淡江外文系任教的楊沂教授，他對我說他不久前看完一本我的散文集，他客氣的說寫得很好，但他有個疑問，正遲疑不知該不該問我，我說沒關係請說，他說爲什麼你沒有名氣呢？我初聽他的話，眞想不出該如何回答。他繼續說，像你這樣的文字，應該有名的，但我問過別人，知道你的很少，幾乎沒有，爲什麼呢？我有點被逼急了，隨便說了幾句自己也搞不懂的話，最後好像還舉老杜的詩「千秋萬歲名，寂寞身後事」作結，老實說舉這首詩有點不恰當，這是杜甫惋惜李白的句子，我怎能以李、杜相比呢？但當時詞窮，只得以此逃避吧。

這使我想起一些有關自己的事。我平時教書爲主，也「研究」一些學問，因緣巧合，有機會寫些東西，有時朋友邀約，能在報紙或刊物發表。我知道自己不是「專業」的作家，對自己偶爾寫的東西，從未「深加顧惜」過，所以是否要讓自己有名，老實說我沒有想到。有一天我的一位朋友問我，爲什麼我的文集後面沒有自訂的寫作年表呢？我說作者把自己行事寫作編成年表，有一個目標是讓別人在研究自己時比較方便，而我認爲我根本沒有讓人研究的價値，而且我記性不好，寫作之後，往往就忘了在哪兒發表，甚至根本忘了寫過那篇文章。有一次爾雅出版社的負責人隱地先生見到我，問某一篇文章是否是我寫的，我連聲否認，他回去查報紙，終於查到那篇名叫〈沉默的人們〉確是我所作，他打電話來，我便想起，好像小偷在人贓俱獲的警察前面不得不承認自己的罪犯一樣，幸好他把話題一轉，問我有無興趣出一本書，那便是《冷熱》這本書的出版緣起。我又想起我們這一代所遭逢的有關文學的問題，牽涉十分複雜，有的是關於歷史的回顧，有的則涉及名與實是否相符的問題，不過後面的問題在大時代之前，便顯得渺小而不足道了。

楊沂是著名小說家水晶的本名，他成「名」甚早，我記得好像他還在讀台大或大學剛畢業的時候，就在《中央日報》發表了一篇題目是〈沒有臉的人〉的短篇小說。（這篇小說後來收在他的小說集《青色的蚱蜢》之中。）小說是用意識流的方式寫的，他的小說一在報上發表，就引起了一陣討論小說語言與意識流的話題，討論延續了很久，由文學跨到心理學，又由心理學跨到社會學、藝術論，堂堂進行了好幾個月。當時我還是鄉下的高中學生，每天趕到圖書館搶《中央日報》來看，我因看了這場熱鬧，才知道愛爾蘭有位名叫喬哀斯（James Joyce,1882-1941）的了不起作家，並且看了他的短篇小說集《都柏林人》（*Dubliners*），我當時知道他還有其他的作品如《尤利西斯》（*Ulysses*）及舞台劇《放逐》（*Exiles*）等，但是鄉下地方找不到那些書，後來看到，已是大學畢業之後了。

比較起現在來，那個時代還眞是個文學盛宴不斷的年代呢。我在讀高中到讀大學的時候，台灣的出版社與雜誌社絕對沒有今天的多，但有關文學的出版品比例較大，也很受重視，整體看來，文學風氣比現在興盛許多。那時候社會流行辦文學雜誌，學院知識階層辦的如《現代文學》、《文學季刊》、《筆匯》之外，民間有《文壇》、《作品》、《自由談》、《暢流》等，最有趣的是像《暢流》這本以文學爲主的雜誌，是由台灣省鐵路局辦的，當時各大機關都喜歡辦刊物，譬如中國石油公司就辦了本膾炙人口的刊物名叫《拾穗》，封面就是用米勒的名畫《拾穗》，這本月刊是刊登科學新知爲主的，但也偶有「文藝腔」的作品出現。其他民間，也有「好事者」出版文學刊物，發行量不是很大，這類刊物以詩刊爲主，譬如「藍星詩社」辦了個《藍星詩刊》、「龍族詩社」辦了個《龍族詩刊》，標榜鄉土的「笠詩社」辦了個《笠》詩刊，老實說看得懂現代詩的人很少，所以發行量不大，這些詩刊多數以同人刊物的方式發行，「同人」支持多的就出刊久一些，支持少的就很快關門，有時與報刊合作，把詩刊放在報上，這樣斷斷續續的進行，不死不活的苦撐待變，有些竟也持續撐了幾十年，成爲文學界的特殊風景。

有一本名叫《野風》的月刊，從我初中起就在學生與社會青年間流行，裡面有詩有散文也有短篇小說，封面單色印刷，圖案是一個扶著寬邊草帽的走路女孩，暗示有野風吹起，簡單而有味道。這本刊物的開本是一般書的大小，但銷路很好，愛好文藝的人幾乎人手一冊，一直到我進了大學，還曾看到這本刊物存在，但在台北就不如在宜蘭鄉下看到的多，不見得是在宜蘭銷售得好，而是台北光怪陸離的刊物比較多，相形之下《野風》顯得太過樸素，書海中就不容易發現它的存在了。

除此之外，當時的軍中也流行辦文藝刊物，國防部與陸海空軍軍種，都各有文藝月刊，早年台灣許多文學家都出身軍旅，譬如小說家司馬中原、朱西寧、段彩華、潘壘等，詩人洛夫、向明、管管等人都是軍人或出身軍人，這在世界文壇上都能算是奇聞了。軍中文藝風氣鼎盛，甚至於國防部每年都還舉辦國軍文藝金像獎的競賽，規模之大，比三大報的文學獎有過之而無不及，頒獎典禮弄得像奧斯卡獎一樣，熱鬧極了。

那時的救國團（正式的名字是「中國青年反共救國團」）在各地的分部也辦刊物，（總團部自然也辦刊物，發行量比地方辦的大得多，但刊物叫什麼我已忘了。）刊物的名稱一定是地方名字後面加一「青年」，譬如宜蘭的救國團分部辦的叫《宜蘭青年》、新竹分部辦的是《新竹青年》等的，當時台灣每一縣市都有這樣叫「青年」的刊物，內容當然有一兩篇爲黨國宣傳的文章，不很多，其他的部分就讓主編馳騁想像，很多地方因主編個人的喜好，把刊物編得很有藝術風格，跟一般的文藝雜誌沒什麼兩樣。我記得我讀高中時，《宜蘭青年》請小說家朱橋做主編，每期都有名家的散文小說與詩，書面也雅潔可喜，「可讀性」大增，當時高中生人手一冊，風靡得很。

除此之外，每個高中也辦刊物，當時的刊物在名稱上沒什麼想像，也都在縮寫的校名後冠以「青年」兩字，譬如羅東中學辦的叫《羅中青年》，宜蘭中學辦的叫《宜中青年》等。學校刊物編得好壞，通常要看校長對它的重視程度，越重視的當然辦得越好。我在台大教書時，還應邀到台北的建國中學主持一次文學獎的評審，建中的教師捭闔縱橫，都是幹濟之士，學生則議論風發，言之有物，會後座談都登在該校當期的《建中青年》之中，我才知道，那些「青年」刊物，到今天還是存在的。

像這樣的盛況當然有助於文藝風氣的提升，但不見得能因此而產生眞正偉大的作品。文學與藝術很怪，有時候有待別人的支持，有時候別人的支持反而是它發展的阻力，它極需要適合它生長的環境與養分，但過於安逸的環境與充足的營養卻也容易讓它變形，被過多的渴望的眼睛青睞與注視，對文藝作家而言，有時也不見得是幸福的事。

當時社會風靡文學，其中的一個理由是苦悶。依文藝心理學的說法，苦悶不見得只是文學創作的源頭，也是讀者的欣賞動機，羅曼．羅蘭在他的《約翰．克利斯朵夫》前的題詞中說：「戰士啊，當你知道世界上受苦的不只你一個人時，你一定會減少痛楚，而你的希望也會在絕望中再生吧！」很多人欣賞文學是打算在文學中找到生存的動力。一說起當時社會的苦悶，要知道台灣當時的處境，台灣處在極爲危殆的狀況下，國際情勢變幻莫測，台灣又有一個比自己強過幾十倍的敵人，不斷在對岸喊著「血洗」的口號，而且這口號不見得只是口號，這口號是可以隨時兌現的，一九五八年的八二三砲戰就是證明，大陸在一個金門小島落下的砲彈，比二次大戰歐戰場上的火砲用的砲彈更多，台灣的前途眞是風雨飄搖得厲害。再加上，大陸政權得勢後在不斷鏟除異己、也鏟除傳統文化，那個政權打算把整個中國建設成一個完全沒有中國的「新中國」，又一長段時間，天安門廣場上高懸著馬克思、恩格斯、列寧、史達林與毛澤東的畫像，除了毛澤東之外，全是如假包換的外國人，有人說毛澤東也算不上是眞正的中國人。一些文化人被迫飄流到這個海外陌生的荒島，自有一種特殊的如哲學家唐君毅說的「花果飄零」的感觸。在這個島上能眞正安慰自己的東西不多，一部分人只有馳騁想像，把自己逃遁到虛構又有點眞實的文學之中。

那時候的文學家眞好。相對現在的作家，他們有許多讀者，而且都是認眞而沉靜的讀者，有許多讀者是跟隨著作家的思維來思維，跟隨著作家的腳步去旅行的。文學所傳遞的思想不見得是健康又積極的，有時候頹廢與沉淪更爲迷人。有一段時間存在主義流行，討論齊克果、卡繆、沙特、雅斯培等人的言論天天在眼前出現，「虛無」、「荒謬」、「存在」與「失落」等名詞掛在每個人的口中，天空突然變得灰暗又蹇迫起來，但那種感覺代表成熟，代表高人一籌，幼稚的樂觀與享樂主義，反而變得貧血與不可救藥了。我讀大學的時候，一位讀台大醫學系的學生名叫王尚義（1936-1963）的寫了不少書，光從書名就知道寫的是什麼，如《落霞與孤鶩》、《野鴿子的黃昏》、《從異鄉人到失落的一代》等，他筆下的台灣知識分子在這塊土地上都是異鄉人，都是名副其實的「失落的一代」，（《異鄉人》與《失落的一代》是卡繆與海明威的書名），最奇怪的是王尚義在台大畢業兩年後，竟得肝癌病死了，他的死，讓當時許多青年正視自己生命的底蘊，並對台灣社會做比較深層的思考。

當時西方社會熱中於討論人「存在的本質」，其實是源自於對一八四〇年後歐洲所謂「現代主義」的反省，人類幾乎被自己高度工業化及科學化而呑噬，當時的學者稱之謂文明的「異化」（alienation），剛結束不久的兩次世界大戰就是例證，人類幾乎被自己文明所產生的異化所毀滅，所以存在主義要人正視人與人之間的疏離，正視傳統道德之不可信，要人知道人正處在自己製造出來的歷史荒原之中，人必須知道自己的危殆處境，才有可能安下心來自謀拯救之道，這是當時存在主義者的主要論調。

但受存在主義影響的文學卻不是那麼積極。齊克果說：「存在先於本質。」海德格強調主觀「先」於客觀，這說法至少給人在擺脫物化的行動中增加了一些助力，然而，受存在主義影響的文學卻表現一種荒蕪疏離的氣氛，照海德格的意思，能意識自己焦慮不安（angst），才是人把自己從喪失中解救出來的辦法。不過解救的試圖僅存在哲學家的想像之中，在文學方面，似乎是欠缺這種剛毅之氣，也許文學家也努力過但徹底失敗了，存在主義文學裡面的人除了是渾渾噩噩過一生之外，剩下一點點的人好不容易發現了的自我，而自我卻如希臘神話中的神祇西西弗斯（Sisyphus）一樣，痛苦與折磨是無助又無盡的。一位筆名叫七等生的小說家，他的作品以荒誕著名，小說中的人物都是鬼魅一般的，有的有形跡沒有靈魂，有的有靈魂，而靈魂卻是飄離的，好像沒有附著在人身上，七等生的世界與卡夫卡所看到的一個樣，有些恍惚有些不準確，但都毫無疑問的點出那個時代人的徬徨、孤獨與憂傷。

這種文學的氣氛雖然有一點絕望，但我很喜歡，探討人生的究竟，發現人的蒼白與貧血，一方面覺得無奈，一方面又得學著嘲笑戲弄自己，否則日子很難過，這是當時流行的「荒謬」的風氣。這種風氣大約陪伴了台灣求知如渴的青年十年的時光，老實說，我的青年是在極度沮喪的感覺中度過的。

過了十多年，當自己從自憐與哀傷中覺醒，發現世界已經大變。台灣慢慢發展經濟，社會逐漸富裕了，自由也多了些。好的經濟與多的自由讓台灣社會重獲自信，但也爲台灣帶來淺化俗化的後果，每個人都「爭取」到發言權，但老實說，他的發言並不是擲地有聲的，多了之後，就覺得那些好不容易爭取到的聲音是可有可無的了。

這時的文學當然因爲「解禁」而自由度大開，各種形式與內容的作品被搬出檯面，但欠缺眞正能振奮人心的「大」的作品。這裡說的大不是形式與規模的大，而是有比較高遠的理想，比較深的理念，不見得要譁眾取寵，但有一股藝術的「精光」深藏於其中，到文學變得越來越通俗之後，那種原有可能的精光就不可能存在了。

如果文學不僅是描述，而在其中揭示了道德、美感與理想，那麼就文學與藝術而言，孤獨是必要的。人必須陷入極度的孤獨感之中，那種「前不見古人，後不見來者」的孤獨感是絕對的，除了忘卻不可能消失，人必須將自己放在這個境地，才可能得到提升與救贖。

研究歷史的人都知道偶然與必然的關係。歷史上的英雄人物，多數靠「風雲際會」的機緣造成，世上的英雄，一半是眞的，一半是虛名。司馬遷認爲歷史的目的在「究天人之際」，明白告訴世人，我們的成就也許掌握在自己的手上，但「天」還是決定了最後的一切，天並沒有道德，也沒有公理，否則司馬遷不會發出下面的喟嘆了，他說：「若至近世，專犯忌諱，而終身逸樂，富貴累世不絕。或擇地而蹈之，時然後出言，行不由徑，非公正不發憤，而遇禍災者，不可勝數也。余甚惑焉，儻所謂天道，是邪非邪？」

「千秋萬歲名」其實是假象，沒有人能眞正的千秋萬歲名的，而「寂寞身後事」恐怕是眞的，然要在乎自己的寂寞，那就無須做一個智者，至少無須從事文學的工作。

孤獨是自由的唯一條件，寂寞是自由的附贈品。故宮博物院收藏了一幅北宋大畫家范寬的名作《溪山行旅圖》，這位有名的大畫家很客氣的把自己的簽名落在該畫東南角的樹叢之中，沒有以前故宮博物院的副院長李霖燦的刻意搜索，還沒法發現呢。我看這幅畫，不論布局、運筆與設色都無懈可擊，算作故宮的「鎭院之寶」而毫無愧色。看畫的人，原應只在乎這是不是一幅好畫，而不在乎它是誰的才對，在乎作者的只有研究畫史的專家與拍賣行的主持人。但拍賣行的主持人注意的是這幅畫的貴賤程度，對於畫的眞實價値卻不在意，這叫做浮光掠影，我們一般人對文學與藝術的態度，豈不是也一樣嗎？

報業

台灣好不容易爭取到新聞輿論的自由，
但自由的結果如果是讓貝多芬都換成了李宗盛，
把張大千都換成了幾米，
就顯然出了問題。

台灣報業興盛的時間很短，前後大約只十餘年左右。在一九八八年一月一日，政府宣佈已實施了四十年的「報禁」解除，從此民間可以「任意」辦報，言論的禁制大開，報紙的張數與發行量，也不再由政府設下限制，一切由市場來決定，表面上，報業的前程「一片大好」，當時，新起的報紙很多，言論市場，到處一片欣欣向榮的景象。

這種景象當然深受「各界」歡迎，言論市場開放，表示台灣社會正式邁入多元，但也有人不喜歡，他們覺得來得太突然了，市場開放讓一些原來獨佔市場的人一下子失去了所有。舉例說，已苦撐幾年的《民族晚報》，原來有人要買它，報名四個字，一個字出價一億台幣，這價錢到今天還算是「天文」數字，當年就更不得了，這只是買報紙的經營權，還不包括報紙的地產與設備呢，那時許多人想辦報，但有「報禁」在，要辦報只有從舊有的報紙接手辦。《民族晚報》當時想也許可以賣更多的錢，或者以爲自己以後會辦得更好，所以「惜賣」不肯脫手。想不到青天霹靂，政府突然宣佈開放報禁，四億的報紙名稱，隔了一天就一毛錢不值了。不只如此，報社長期培植的人才，也因爲有新報起來，或者其他大報紙擴大經營需才孔急，而紛紛投靠新主，眞是「人財兩失」，《民族晚報》後來只有黯然關門，不只如此，與《民族晚報》競爭得厲害的《大華晚報》也在不久之後歇業了。

所以解除報禁有喜劇也有悲劇，不過在解除之初，喜劇還是比較多的，因爲解除代表自由、希望將無窮的在我們眼前展現。

但政府與民間其實都沒有眞正準備好，台灣人做事，似乎永遠在興頭上作爲，不只台灣，所有中國人都一樣德性，都是時勢逼到這一步，只好「摸著石頭過河」，一切等「船到橋頭自然直」。到時的船也眞「過了」，但橋頭船頭或許都已碰得稀爛，此後行程，多在修補中度過。這時要問，爲什麼事先不做詳細一點規畫、不設想周到一點呢？中國人會說，事是活的，等你設想周到了，到時又變了，不見得會照你的設想的發生，所以只有做一步是一步了。

我與報紙牽扯著時而緊密時而疏遠的關係，其中最關鍵人物是俞國基，他畢業於台大歷史系，後來又讀過師大國文研究所，早期在教育界待過，不久就投身報業，他是個知識分子，當然沒錢辦報，但他終身在報紙堆裡「奮戰」，經歷非凡，也可以算是一個名副其實的「報人」了。他與他的妻子陳冷是我的老友，報紙缺什麼人手，常常把念頭動到我身上，要我不時在他們建立的舞台上插科打諢，以致使我將近四十年來，與報紙似乎形成糾葛不清的關係。

因為我常為報紙寫稿，也認識了報社的其他部門，有時還跳出邊界，與其他報紙的人物結識。報社與電視台一樣，電視台習慣把眼裡的敵人稱作「友台」，報社也把別的報紙稱為「友報」，其實彼此都忌恨得要死，生怕對方的鋒頭高過了自己。報社裡的人物，林林總總，進進出出，都是歷練聰明的人，但每個人志趣不同，個性大異，再加上各有所圖，表面在一條船上，而目的則各有各的，所以報社不見得很大，而其中確是個具體而微的現實世界，宏大與細瑣，光明與黑暗，君子小人，牛鬼蛇神，樣樣都不缺。

一九八八年年底，中時報團的余紀忠先生籌辦《中時晚報》，請俞國基做該報的總主筆，俞國基夫婦十年前服務台中的《台灣日報》，後因《台灣日報》強被接手事件，憤憤遠走美國，在美還短暫主持過美洲版的《中國時報》，不過美洲《中國時報》後來沒有繼續辦下去，他在美國蹉跎了一陣子，最後還是回來。俞國基邀我為《中時晚報》寫評論，報社聘我爲主筆，要我每週寫兩篇，通常一篇以「社論」的型式發表，社論是代表報社的意見，登出時當然不標作者名字，另一篇則署名。但也不見得一定，有時一週寫的兩篇都算社論，有時兩篇都署名發表，都是由總主筆視當時狀況而決定。由於不署名的社論與署名的評論字數一樣，自己寫完也忘了後來是用什麼方式發表。

我那時在淡江大學擔任教職，課餘勤奮看報，也須涉及其他時事刊物。我們中文系的教師，平日看的想的，多數是古時候的人與事，現在必須照顧到現實層面，將知識實落到現世之中，對我們而言，也是一種挑戰。不過看多了寫多了，發現現在世上進行的，其實在古代也都曾發生過，幾千年來，人在人性上，譬如刻板與散漫、理性與感性、勇敢與怯懦，那些的改變似乎並不很多。我當時在看南宋袁樞的《綱鑑易知錄》，還有清初王船山寫的《讀通鑑論》與《宋論》，發現現代人物的陰謀詭計，世上的顛倒黑白，不管鬧得多大多凶，並沒有超過古人設下的框架大多少，人的一生，營營苟且，表面風光一時，其實都在歷史的算計之中，沒人能眞正超逸。

一九八九年五月初，我參加大陸社科院在北京舉辦的五四運動七十周年學術研討會，會議在西山臥佛寺舉行。我們台灣的學人與大陸的部分學者也住在寺廟的客房內，會議發言熱烈，會餘仍把握機會，緊談不休，每個人心裡都有說不完的話、表達不盡的意見。那時正在六四前一個月，北京城現出一片與以前完全不同的氣氛與景象，每個人深埋著的感情，似乎都在尋找出口，一遇到合適的機會就向人流露，甚至傾瀉而出，在路上遇見一個不認識的路人，也微笑著想跟你搭訕，眞誠又親切，從來沒有感覺過，有那麼大的氣勢存在於中國的市井人物之間。同行的王文進在北大南門前把皮鞋的鞋跟走斷了，找到一個修鞋的攤販修理，攤販聽說我們是從台灣來的，說不要錢了，王文進硬塞錢給他，攤販硬是不肯收，一個塞一個推，幾乎要打起來，彼此都覺得自己的善意不被接受而生了氣，弄得緊張兮兮的，後來當然沒把事弄砸，幾個人又握手又擁抱的，高興得像個孩子似的。

我當時寫了幾篇評論傳眞給晚報，臥佛寺住處的電燈很暗，我一大早端了一把凳子到院子裡寫，院裡濃蔭處處，槐花盛開，同行的龔鵬程看到這情況，說這是歷史鏡頭，這是歷史上第一次台灣報紙的社論在北京「發稿」。臥佛寺的會議後我們又到北大開了個同樣性質的會，直待到五月中才經日本回台灣。一回台灣，北京天安門廣場風雲日緊，似乎隨時有更大的事會發生，報社央我把北京的見聞以長篇報導的方式寫出來，我便用〈哭喊自由〉爲題，把我對大陸的觀察寫下一系列的文章，我對大陸社會當然有批評，但整體而言，期許與寄望更大。不料文章只連載了六天，北京來的新聞越來越擠，最後「六四」一到，大量湧入的圖片與文字，使得我的文章也不得不中斷了。

大約這時候，是台灣報業乃至民氣與道德意識最高的時候，天安門事件讓台灣人不論統派或獨派，都自覺不能置身於中國之外，對大陸的文化發展、人權狀況都特別注意起來。據我親身的體驗，天安門聚集的學生，絕大多數是自動自發的，他們也許是受到世界的民主自由思想的啓發，但萬萬不能說是外國在「支使」，更不能說是受海外的策動，但中共中央的執政者卻非要這樣解釋，終於弄成大大的不幸。

當時台灣的報紙大量報導天安門的訊息，立意不是出中共的醜，而是維護高貴的人權價值，一個文明的社會怎會容許軍人對手無寸鐵的學生動手的呢？而且最要命的是，中共當局在事後堅決否認對學生動武，一再公然說「天安門廣場沒死一個學生」，他們忘了現代的傳播無遠弗屆，世界的觀眾都眾目睽睽的看著一輛輛的坦克開向學生，坦克頂上的機槍向群眾掃射，廣場血跡斑斑倒地不起的不都是學生嗎？醫院病牀上躺著的不都是年輕的北京市民嗎？台灣的人權狀況也不見得多好，但經過這麼一次大規模的揭露與報導，重視人權變成了朝野的共識。天安門事件讓台灣社會的道德意識也提高不少。

我上面說大陸執政當局把六四事件當成是外面勢力支援的，這種誤判是悲劇形成的主要原因。有這種判斷的人，常常繼承著中國百年的憂患思想，以爲四周都是圖我謀我的「帝國主義」，他們天天打算分裂、殘害我們的國家，所以中國政府總隱隱的認爲他們在天安門上的做爲是在反抗外國勢力。我不反對世界有人還在敵視中國，但就是要分裂、殘害中國，他們的力量老實說沒辦法再像以往那麼大了，中國在變化，而世界的變化更大，帝國主義已是過時的名詞。中國大陸發生了許多問題，這些問題不見得與世界有關，解決之道在找出眞相，既然問題出在內部，就必須心平氣和的朝內部自覓改善之途。大陸當局如果正確的承認這次聚集是學生與市民自發的表現民意，進而好好的與群眾對話，就像趙紫陽曾做的那樣，也許可以把這股力量匯集推向正面發展，大陸可以在經濟起步的同時就注意到政治與文化的改革，大陸的進步可能比今天的更大更多，而且具有更高的理想色彩。

六四之後不久，因俞國基調任《中國時報》總主筆，也把我拉到時報來，我前後在時報擔任兼任主筆近十年之久。其間有幾次俞國基試探我是否願意擔任專任主筆，說是老板余紀忠的意思，我都答以無意，最後作罷。我當時在淡江大學任教，後面幾年轉到台大，俞國基說時報是私人企業，我擔任專任主筆後仍然可以在學校專任，每天只到報社「應卯」一下就可以，無須整天守在那兒，報社還有一位主筆劉必榮先生當時在東吳大學任專任教職，就是例子。我說專任與兼任的差別在於碰到不想寫的題目，兼任的可以拒寫，而專任就不好拒絕了，這是唯一的不同，我說西方有所謂「自由作家」（free-lancer）的行業，我想保持這種比較獨立自主的局面，俞國基苦笑，只得點頭稱是。

我在時報任兼任職的時候，正是時報最輝煌的時代。當時有幾份報紙都號稱他們是台灣的第一大報，引用有利於自己的資料，不斷吹噓，對他報則攻擊排擠，有一次兩家報紙甚至鬧到對簿公堂，反正難看的不得了。九〇年代的最初的一兩年，有一次俞國基告訴我，《中國時報》的日發行量是一百二十萬份，領先另一個號稱第一的「友報」近五十萬份，我說還有家天天在電視上打廣告的新辦報紙，不是說他們已後來居上了嗎，那家報紙是由一位做過監察委員擁有許多地產的地方大老主持，他們的廣告天天以青天白日滿地紅的國旗爲序幕，標榜愛國家愛鄉土，很有說服力。俞國基說這家報確實砸了很多錢，報紙印出來，一半是賣的，一半是送的，發行量也絕對沒有他們說的數目，但看這樣走下去，發展確實不可小覷。後來我才知道，報紙不是靠訂報來賺錢的，報紙的錢全由廣告上賺來，發行量大的報紙廣告費貴，發行量少的廣告費低，有的甚至「拉」不到廣告，所以每家報社都要誇張自己報紙的發行量，以拉高廣告費。

我問俞國基《中國時報》也有「灌水」的現象嗎？他說不能保證沒有，但說是一百二十萬份，七折八扣之後，一百萬份是少不了的。他說廣告廠商精的不得了，報紙放的煙幕，完全逃不過他們的「法眼」，廣告商會透過祕密管道調查報社的用紙量，加減乘除一番，眞正發行量便無所逃於天地之間了。但廣告商不會向其他人透露這個消息的，這樣談起價錢時，才能各有盤算，商業社會的爾虞我詐，於此可見一斑。

余紀忠先生十分敬業，每晚報紙定稿後，一定坐在編輯部的大桌子後，仔細的看一遍明天的社論，他認爲社論代表報社的立場，是馬虎不得的。他對報社的主筆優禮有加，每年年終，必定在他辦公室宴請所有主筆，有幾次還是在他家中舉行。除此之外，他十分嘉許有創見的幹部，在新聞界培植人才無數，他常資助在報社表現優異的青年到外國進修，回來就拔擢到更好的位置，有的人學成後不但沒有回時報服務，反而投身「友報」，與自己報紙大唱對台戲，他也不以爲忤，報人中像他有大氣度的確實不多。

可惜他在九〇年代後期，也許因爲年紀太大了，以往的英氣收斂了大半，而他道德上的朋友逐漸凋零，政治上的同志也漸漸轉向。當時台灣吹起一陣本土意識的強風，本土意識原沒什麼，問題是當時的本土意識有一股強烈的排他傾向，不認同他的就視爲敵人，局面小得很。余紀忠的思想是開明的保守主義與自由主義的混合體，他對原本弱勢的本土意識一直十分同情，但看到那些人站穩腳步後就堅壁清野不容許別人存在，他也不以爲然，但此時的他的鬥志已消磨殆盡，他抵抗不住外面的壓力，最後只得與他們妥協。他是李登輝聘請的國統會委員，他明知李是藉國統會的名目在做相反的事，但他沒有公然指出，報社有一些與李不同的意見，他也按下來不給發表，他以爲這種「善意」會促使李回心轉意，其實估計錯了。李登輝當年又重用李遠哲，讓他領導「教改」，教改的核心目標是把台灣放在「同心圓」的圓心，把中國放到邊緣，教育上的「回歸本土」運動有一個傾向，就是排斥中國，甚至於包含敵視中國文化，他們的理由是以前國民黨太擁抱中國，現在要矯枉就必須過正。這樣的教改符合一部分人的用心，但事實上談不上公正。

我應邀寫過幾篇評論教改的文章，俞國基告訴我余紀忠有意見，認爲我批評得太強了，有的按住沒有發表，有的由總主筆修改了語氣，文章變得不痛不養的，我看了很不滿意。我發現《中國時報》已愧對了他一向自詡「意見報」的宗旨了，我又發現報社似設下了層層看不太見的關卡，越來越放棄了言論的權力，結果是李登輝不能批評，李登輝後面的國民黨不能批評，民進黨代表已經坐大的反對勢力，當然也更不好去批評，領導教改的李遠哲不能批評，他後面的意識形態也就不能碰，這時候能夠批評的只剩倒楣的大陸共產黨了。但據說余家與《聯合報》的王家都打算到大陸投資辦報，對大陸眉來眼去的，就是批評，文字力道也就越來越弱了。

一個報紙辦到了如此削足適履、畫地自限的地步，還有什麼意見言論可言，所以我就逐漸「淡出」報業，只專心在台大教書了。

不久香港的媒體如《壹週刊》及《蘋果日報》也在台灣「生猛」上市，這兩個出版品對台灣的新聞業起了徹底的顚覆作用，他們迎合庶民文化中一切好逸惡勞、喜歡探人隱私的習性，報紙上盡是大量的照片與圖畫，雜誌則全是名人的私生活或八卦消息，他們奇特的經營方式，使得台灣人的閱讀習慣產生質變。他們的雜誌與報紙，琳瑯養眼又售價便宜，一出現就「捕獲」了讀者的心，銷售扶搖直上，這使得台灣的報紙、雜誌不得不跟進，都學他們刊登大量圖片，減縮文字，每份報紙都花花綠綠的變得像兒童讀物一般。惡劣競爭的結果是讓所有台灣人變成香港人，只看表象而不看內容、只依憑感覺而放棄思考，傳統的媒體不斷萎縮而漸漸消失，台灣報業的榮景也因而不見了。

才不到二十年，台灣報業的變化之大，確實很難令人想到。尤其這短短幾年，傳統三大報中的《中央日報》已屍骨無存的全垮了，（是馬英九當黨主席的時候宣佈關門的。）《聯合報》旗下倒了《民生報》，而《中國時報》更慘，它連年虧空，遣散了三分之二以上的勞工，旗下的《中時晚報》早已停刊不說，就在二〇〇八年，全部資產賣給了一個以做日式餅乾起家的企業，不見得不光彩，但也絕對說不上是光彩。余紀忠先生在世的最後幾年，中時的敗相已露，到老先生故去，兒子女兒都是短視近利的人，沒人能繼承遺志克紹箕裘的，再加上所用高層都不是人才，見識器度都淺陋得很，事業敗落，可以預期，不過速度如此，則出乎想像。

台灣好不容易爭取到新聞輿論的自由，但自由的結果如果是讓貝多芬都換成了李宗盛，把張大千都換成了幾米，就顯然出了問題。我不是說李宗盛與幾米沒有價值，自由的結果是更加多元與寬容，陽春白雪與下里巴人都可以獨立存在，讓人可以各取所需才是好事，問題在這世界選了通俗就不許典雅存在，那就是天大的不幸。

孔尚任回顧金陵四十年來的興亡，《桃花扇》最後有一段話說：「眼看他起高樓，眼看他宴賓客，眼看他樓塌了。」這話說得太悲哀了，而且還帶著一些憤嫉，看起來台灣報業的起落，似乎比金陵的興衰還要迅速許多。希望這只是一個小圈子的小現象，其他方面，台灣還有深遠而緜長的事物存在。

教育

古人有「百年樹人」的話。
而所培養的人才，
其中「人」比「才」還要重要，
人須首先是一個正面的人，
他的才才能對別人對社會產生貢獻，
否則，他的才就可能是傷害了。

當整個世界都沉淪了，教育應該是還浮在水面的一座島嶼，它是最後的一座基地。它的存在，表示人類還有一絲得救的希望，如果它也消失了，人類就眞正一無所有了。

因此教育是整個社會最後的理想所在。現代商業社會，會把所有的行業當成「投資」，有時看來，教育確是一項投資，而教育的投資與一般的投資不同，教育是把資本「投」在更未來的位置，所以比一般投資更需要遠見與耐心。不幸的是，遠見與耐心是我們社會所獨缺的，我們的教育領導者，通常被短視近利的政客與商人把持，這使得我們的教育，就是以投資來看也不算成功。

我想談一下我們教育孤島正在縮小的現實狀況，我從我受的大學教育說起。現在高等教育普及，幾乎任何人都能受大學教育了，而在我的時代，大學還很少，所以能在「大專」就讀是十分令人豔羨的事，然而我在大學裡所得到的是一小部分瑣碎的知識，除此之外的是大部分的挫折與失望。教我的很多教師說起來可憐，他們道德脆弱，知識困乏，嚴格說來，都是殘缺的人，那些殘缺，也許是由時代所造成，他們所處的是個充滿錯誤與荒誕的時代，因此他們也算是受害者。但儘管如此，個人還是要負些責任的，盧騷說：「人帶著枷鎖而生，但他可以變得自由。」壞時代也可能造就個人的自由與非凡，端視自己的態度，不幸他們沒能做到。當時的學校其實在處處剝削這群教師，他們不曉得向學校爭取權益，只曉得彼此明爭暗鬥，把傷留給學生去承受，學生受傷了，他們都視若無睹。有人說中國人一向如此，這叫吃軟不吃硬，又叫欺善怕惡，魯迅的小說、周作人的散文中常描繪這種人物。

我寧願這不是眞的，但都是我周圍的事實。由這樣教師教出來的學生，也多是人格扭曲。其中也有部分沒被扭曲，他們隨波逐流，俯仰人世，往往一生沒沒無聞。然而庸碌的人，多數不會做出太大的壞事，做了壞事也不曉得爲自己找理由辯護，不像表面聰明的人，壞事做盡卻還義正詞嚴。

我大學中文系一些有「成就」的人，絕大多數留在教育界工作，其中很多服務母校東吳。從我畢業後，那個中文系就風波不斷，我的一位同班同學，據說很早就取得了系的控制權，在他的宰制下，所有的反對勢力一度被清除一空，用的是狠毒又卑劣的手段。但不幸的是他不能長期的保持權力，另一勢力起來，終於把他趕到邊緣，他不死心，仍在暗地培植力量，試圖再起，所以二、三十年來，那個系都在明爭暗鬥的氣氛中度過。五年前的五月初，我突然接到母校校長劉源俊先生的電話，問我有沒有空與他一見，那時母校中文系正在選系主任，正反兩派各有支持對象，鬧得不可開交。

我記得我趕到東吳，在校長室見到劉校長，他說這裡說話不宜，便和我同乘他的官車到雨農路的一家餐廳。剛一坐定，校長便掏出厚厚一大疊所謂的「黑函」來，請我過目，看看能否幫他釐清一些頭緒，他說他學物理出身，完全不能分辨這麼複雜的人事糾葛。我跟校長說，你手中的信我一封也不會看的，這種是非，就是最聰明的人也無從分辨。他問我東吳中文系為什麼會那麼複雜，任他如何處理都有一大堆不滿，任他如何協調，也協調不出一個起碼的共識來，連學生都威脅要集體退學了。我說我只能提出一個旁觀者的意見，我認為要處理像這種糾纏不清的事，千萬不要希望在事情裡面理出頭緒，那是白費力氣，唯一的辦法是超越那些糾葛，才可能得到解決的智慧。

我不知道校長是否眞聽懂了我的話。但那天吃完中飯回來，竟然接到其中一方的候選人的電話，想不到他知道我與校長會面的事，他焦急的問我與校長談了些什麼，我告訴他其實沒與校長談什麼具體的事。這位候選人跟我抱怨他被別人「拱」出來，其實自己並不想幹，他多年來算是我的朋友，以前華仲麐老師常稱我們兩人爲「難兄難弟」，因爲我們當年都受過東吳的排斥。他一直說他被血壓與心臟的疾病所苦，還糾纏在這事當中，眞是倒楣透頂，他很不想幹，想聽聽我的意見。我說你既有病，便無須出來做這吃力不討好的工作，他說他也這樣想。但掛斷電話兩個小時之後，我就連續接到三通電話，當時正是晚餐時間，我必須停下筷子去接電話，眞像我的老祖宗周公一樣的「一飯三吐哺」了。

打來的都是母校中文系同屬一派的教師，一位還是我當年的同班同學，我們有四十年沒連絡了，她一開口就大罵我不該「干涉」他們的系務，我說我哪有能力干涉呢？她說那位候選人跑去告訴他們，說我要他不幹，「你下午去見我們校長，是不是在傳達校長的意思？」我說我根本弄不清「你們」校長的意思，就是他有意思，也不容我這「外人」來傳達。她又說另個候選人是某人的人，你知道某人當政時有多少人受害？她氣呼呼的指著我說：「連你都是受害者，你知道嗎？」我說我並不知道。我覺得只有善才能對抗惡，假如把自己變成更惡來對抗惡，其實就等於向惡投降了。何況我知道當年她說的那人「當政」時，她與另外兩個打電話來的人都已在系裡服務了，當時他們並沒有站出來指陳那人的不是，現在有什麼權力來指責呢？但這些話我並沒有說出來，反正談話在極不愉快的氣氛下結束。

後來那個候選人還是當上了系主任，我終於知道他其實想做，打電話給我是打探消息。他當選後，幾次見到我都形同陌路，我曾到東吳去口試過博士生（因指導教授的推薦），兩次都是主考，按理系主任都該要接待的，但他都以有他事為理由沒出面，他誤會我阻撓他當系主任，因此懷恨在心。我懶得說明，跟他說明，等於把自己陷入糾葛之中，便很難得到自由與清明了。我也無心責怪他，這類事我早已見怪不怪，我的母校盡是這一號人物。

所有純潔的人，到了那裡都會變得不純潔，所有善良的人，到了那裡，由於要與人鬥爭，都要使自己不善良起來，有些是「武裝」自己變成惡人的樣子，讓人不敢欺負，但當人一旦放任他的惡相沿成習，不久也成為一個真正的惡人了。為什麼我們把我們的教育環境弄得這麼糟呢？這是教育的目標嗎？孟子說：「人皆可以為堯舜。」每個人都有善心善性，好好培養，勿棄勿餒，都可以成為東吳校訓裡面的 A Full-Grown Man 的。我寧願相信，我母校的朋友都是善良而又聰明的，假如把他們放到像台大這樣的環境，每個人頭頂上都有一片自由的天空，他們的氣度也會隨之開闊起來，也都能規規矩矩的做些學問，說不定幾十年後，得以成為很好的學問家。假如他們置身在比東吳要悠緩的空間，心情也跟著悠緩起來，這時看到那麼多純潔又好學的學生，也許興起好好培植他們的心願，至少不會你爭我奪，在學生面前做錯誤的示範，最後傷害了學生原本善良的心靈。我的母校在我讀書的時候就不健全，今天他們的樣貌，是幾十年來不斷翻版的結果。

在談了許久有關我的母校之後，也要談談我另一個母校台大來。我在東吳讀了四年，我一直記得東吳的事是因爲我在那兒所受的傷很重，當然我後來擺脫了那些痛苦，但那些受傷的記憶一直在心中揮之不去，癒合結疤之後的皮膚生長得比較厚，讓我在某些部分變得遲鈍，讓我在抵抗的時候不那麼痛。然而我一直想，爲什麼要在我身上留下這道難看的疤痕呢？誰不希望自己的皮膚光潔亮麗？

但與其他人比較，我覺得自己幸運，四年大學畢業就離開那個災禍現場，沒有在其中繼續受害。我記得我博士取得後，華仲麐老師希望我回校服務，幸好我沒有機會去，當時台大沒有留我，東吳母校如堅持聘我，我也許會意志不堅的掉進那個摧毀人性的牢籠。只要一個地方軟弱，其他也跟著沉溺下去了，我可能也渾然不自覺的從一個被害者變成另一個加害者，而且理由充足。後來我的同學章孝慈做校長，他也曾邀我回去，只要我答應，這次十拿九穩，但我當時覺得，保持良知的清醒比任何都重要，婉拒了他的好意，我一直慶幸我的決定。

我在台大求學一共七年，比在東吳要多過三年，後來我又在台大教書了十五年（還不計算我曾擔任過兼任教師），直到我屆齡退休，台大是我一生所待的教育機關最久的一個了。台大空間夠大，學生也比較優秀，我在台大的生活，前面幾篇文章都談過，現在不贅，我現在想談談台大的負面成份。

任何人和事，都有正面與負面，主要在比例的多少。整體上言，台大是所有歷史有傳承的名校，如果從求知這方面言，它的藏書最豐，圖書館的管理也好，再加上校園優美，人才也多，相與多爲國之髦士，是做學問充歷練的好地方。但台大從闇振興做校長之後，就與外面的政治環境掛勾甚深，此後學校領導多是政府派來整頓校園的所謂幹濟之士，他們的品德操守也許沒有什麼可批評的，但他們只負責「折衝」政府與學校的矛盾衝突，對如何把台大的學術提升到更高的程度著意不深，對學生的輔導與啓迪，也很少留意。而外面的政治勢力，不論正派反派，也隨時覬覦這塊教育上的最大資源，不停的把他們的爪牙伸進來，爲維持校園純潔，領導者就須有崇高的學術理念與剛毅的抗拒精神了，可惜台大欠缺。這時的台大如有前北大校長蔡元培一樣的人物就好了，憑他在教育上的威望，足以抵抗外面的政治勢力，而他在教育上有威望，除了他是一個優秀的人文學者之外，還在於他眞正的知道教育的本質，他善惡分明，即知即行，不遲疑、不假借，更不打算在教育的場域謀求自己的私利。

台大缺乏像蔡元培、張伯苓等的校長，也缺乏精采的領導團隊，幸好台大的先天尚好，讓它「坐享」最高的榮譽，不太像樣的領導團隊，也似乎傷害不太大。但從另一方設想，假如台大有蔡、張一樣的校長，局面豈不是會比當前的更好嗎？

台大的問題在於自己的精神力是否集中，抗拒力是否沉雄。大學是知識的殿堂，它楬櫫理想，是人類良知的集中之地，然而說句實在的話，台灣的整個社會力其實都用在摧毀這所學校上面。台大當然還是能生存的，端看它要如何抗拒、如何不斷努力在塵土飛揚的俗世中建立起自己理想城堡而已。

台大從陳維昭先生當校長後，進入了「教授治校」的民選校長時代，不只校長，學校的院長、系主任都是由教師自由選出。按理說這種民主程序是時勢之所趨，是抗拒外力的最好辦法，但這種制度看起來公平的民主，而其實包含了極大的困頓。舉例而言，選舉是只計算選票的，台大有十幾個學院，其中以醫學院與工學院的教師最多，這兩個學院如推出校長的人選，其他學院只有望風披靡的份。我不是說醫學院與工學院出身的教授做校長有什麼不好，但其他學院的優秀人才從此被排除在外，整體上言，也不見得是公平的事。別忘了台大有史以來最令人懷念的校長傅斯年，他是出身在比醫學院不到四分之一「人口」的文學院的。

選校長的規矩是學校選出最高票的校長候選人兩名，依排名的順序呈教育部部長圈選一人加以任命。教育部是國立大學的「董事會」，這是經營機構對董事會儀式性的尊重，而部長依慣例，也必圈選排名第一的人選，以示對校園民主的尊重。但後來的教育部部長杜正勝並不遵循這個慣例，他老喜歡圈選排名第二的爲校長，譬如台大現任校長李嗣涔先生，在台大的選舉結果是排名第二，得票與第一名相差甚多，李先生選後已向第一名的候選人致賀，表示自己落選了，而教育部後來竟然發佈他是校長。

可以操縱的公平便不是公平，可以操縱的民主更不是民主。這結果當然引起社會的譁然，也引起台大內部的爭擾，想不到這爭擾反而是教育部所期望的。像台大這麼大的學術機構，一旦有離心離德的狀況出現，外面的勢力便可以乘虛而入。其次杜正勝早料到，排名第二的人被他「破格」任用，便會對他心存感激，此後輸忠效誠，也屬必然。當然我相信李嗣涔先生是公正的，但他如發現杜正勝有問題，他要挺身而出的話，可能需要更大的勇氣。杜正勝不只是如此處理台大的校長人選，也如此處理台灣師大的校長案，引起校內校外不斷風波。這說明民主雖好，而民主是可以被人操縱的。

有一次我與一個新聞界的朋友聊天，他說我服務的台大，一直是反對運動的大本營，台灣後來許多反對運動的人物都出身台大，他例舉許多人的名字，我說這是常識，沒人不知道的。但他把話題一轉，說你知道當年執政者爲了維護校園穩定，尤其在台大發生了所謂「哲學系事件」之後，花了許多錢在學校「布線」，收買了多少學生爲他們搜集情報，並監督問題人士嗎？我說這事我不知道。他隨即說，那些學生都是成績好而未來有前景的人，有人以爲是外省籍的學生居多，其實錯了，當局知道未來是本省人的天下，所以羅致的多以本省籍的爲主。我問他當局是指誰而言，他說當局當然不是指最高的領導人，而是他下面的代理人，像當時主管黨務的李煥與主管軍中政戰的王昇等就是。

他說李煥與王昇在學校找了許多他們心目中的理想對象，給他們很好的獎勵，要他們平常負責監督教師或同學，有必要時向上面彙報一下，沒必要時則如常讀書，無須做什麼特別的工作。那些人不見得做了多少見不得人的壞事，只是所有的告密者都有一項道德的虧欠，像浮士德一樣把靈魂交給了魔鬼，他們一度向他們也不認爲是正直的一方輸誠，而且那張契約保障了他此後的順遂。被選中的學生以台大的居多，而別的學校也有。他要我看跟我年齡相近，而後來到處去做系主任、接院長的幾乎都是，他們犯了錯，上面總有人罩著，幾個口才好一點的，國防部、三軍學校、救國團的演講邀請不斷，演講費是大學鐘點費的十倍以上。他說的人似乎在我眼前呼之欲出，但我沒有興趣追問，每個人對告密者都感到厭棄，對出賣友誼的人都深惡痛絕，而我卻不太想知道那些人到底是誰。

想不到一次與一位台大哲學系事件的受害者一起吃飯，他平常因爲寂寞，扯上人就會說個沒完，那晚又喝多了，席間不知道誰提起幾十年前的往事，他酒入愁腸，新仇舊恨湧上心頭，又說了他們哲學系被迫害的經過。他說著當局派孫智燊帶著一群人「接受」哲學系的各種醜態，一邊說一邊罵，他突然指著我說，你們系上的XXX、XXX，平常一副道貌岸然、謙謙君子的樣子，你知道他當年是「他們」的走狗嗎？我才恍然我身邊曾有過一些以出賣為業的人，他還說我以前在另個學校服務，那個名聲很好的教授一直拿「他們」的各項補貼，也是其中之一。他說他們因出賣而得的福利，一直到今天還沒享盡，一個座上的友人說，不至於吧，國民黨早就垮了，但他說他們其實還在享受當年福利的利息。

這些消息其實早有聽聞，但我不喜歡討論這類事，所以聽了也沒當眞。哲學系教授所說的XXX等人，還有我在外校的朋友，都與我以禮相待過，檢視他們的一生，他們確實比我們順遂而風光一些，但我想是他們的學識與行為都有長處，我並不覺得他們會出賣人，何況哲學教授所謂的出賣，在他們而言，可能另有解釋，也不見得一定解釋不通。但聽了他們的話，才知道我所生活的平靜校園，其實並不如我想像一般的平靜。

當然任何一個環境，居心去找的話，總找得出毛病。我常想，我們所處的教育環境，這樣是合理的、是好的嗎？如果這不合理也不好，我們為什麼不能改善呢？教育在培養人才，人才不是短時間可以培養出的，所以古人有「百年樹人」的話。而所培養的人才，其中「人」比「才」還要重要，人須首先是一個正面的人，他的才才能對別人對社會產生貢獻，否則，他的才就可能是傷害了，而我們近幾十年的大學教育，似乎在這方面欠缺得很。一個人看到他的子女，長大後成爲別人的打手走狗，一定深以爲痛的，一個人看到自己的子女爲權位揭人隱私，爲小小的利益與人爭奪不休，也絕不會引以爲榮的，但大人們自己卻這樣做，甚而樂此不疲，這又如何解釋呢？

政壇教壇出了這許多的事，其實是我們整個台灣的不幸。我受教育，也在教育圈工作了一輩子，老實說我認識的人大多是正面的人物，他們終歲勤懇、孜孜矻矻，教書也很認眞，但奇怪的是在教育圈中，正直的力量常敵不過反面的力量，壞事總是較受注意，當然影響也比較大了。我們一直忽略品德教育，幾十年下來，我們嚐到了留下來的苦果，那些苦果是「上無道揆、下無法守」，我們目前的社會，豈不是一個上無道揆、下無法守的社會嗎？

我們把教養一個人成爲「人」當成一個次要、不重要甚至迂闊的問題，因此我們竟然允許學校可以藏汙納垢，我們把教育當成一種投資，但眼光淺薄，我們沒有想到十年後百年後我們子孫以及全體人類的處境。我突然想起羅素的一段話，儘管它是解釋哲學的重要，不是針對教育而說的，但我認爲它有啓發的作用，羅素在一篇〈哲學的價値〉小文章中說：

研究哲學不是爲了尋找那些問題的明確答案，因爲我們至今還不知道是否有眞實的明確答案。研究哲學只是爲了這個問題本身，因爲這個問題擴大了我們對可能有的種種解答的概念，豐富了我們智慧的想像力，並且減少了我們「獨斷的自信」，這種自信，常使我們的心靈無法推理。更因爲，由於哲學所思索的宇宙的偉大，我們的心靈也變得偉大，並進而可能與宇宙相結合，而構成宇宙中的「至高至善」。

羅素所說的是哲學的可能，哲學讓我們在思索宇宙偉大的同時，也讓我們的心靈也變得偉大，這段話其實也是我們思索教育問題的起點。我們教育是要我們未來發展的可能從少的變成多的、或是從多的變成少的呢？是讓我們人格變得更偉大或變得更渺小呢？這問題不是迂闊的，而是實際的，因爲我們正朝著我們選擇的方向前進。我又想起前台大校長傅斯年說大學的目標，那是在一封寫給台大學生的信中說的，他引用一個西方哲人的話說：「奉獻這所大學於宇宙的精神！」這是一句多麼磅礴而有氣勢的話。所謂「宇宙精神」是什麼呢？除了 University 這字是由 Universe 變過來的之外，還有就是要人在從事教育的時候要隨時想到人有比現在更高貴、更偉大的可能，換成中國話是說：與天地精神相往來。我們的大學教育，從我讀大學起，就沒再聽過類似的話了，這是爲什麼四周鑼鼓喧天，熱鬧是熱鬧，但我們心裡老覺得沉寂寥落的緣故。

在我們的時代

整體而言，
我們置身的是個虛假與眞相並存的世界，
一個道德崩潰、又有新的道德在試圖重建的時代，
反正亂成一團。

海明威早年有一本列爲小說類的其實是自傳性質的書，書名是《在我們的時代》（*In Our Time*），這本書的主角名叫尼克（Nick Adams），明眼人都知道就是海明威本人。書的第一篇名叫〈印第安營〉（*Indian Camp*），寫的是十歲大的尼克一次跟隨他做醫師的父親與叔父到印第安營出診的故事。一個印第安婦人難產，他父親趕去急救及接生，婦人在牀上輾轉反側大聲號呼，痛苦異常，而婦人的丈夫因腿傷躺在上鋪。尼克的父親沒帶止痛藥，帶來的手術工具也很簡陋，手術時必須尼克協助，因此他得以目睹所有的過程。最後他們總算順利的幫她產下了一個男嬰，當他們向睡在上鋪的婦人丈夫道賀時，

發現那男人已不堪折磨，竟在牀上自殺了。

尼克在十歲的那年就經歷了一場眞實的出生與死亡，兩種都是痛苦萬分，都是受盡折磨的。他在回家的獨木舟上問他父親：「人死會很難嗎？」他父親說：「那要看狀況而定。」其實尼克的問題還包括了人活下來也會很難嗎？如果問了，他父親可能會說：那也要看狀況而定。

不只生死，其他的事，也得看狀況而定，人的一生，好像並沒有太多十拿九穩的事。我在高中之前，從來沒想到自己會離開宜蘭那個小地方，會到台北來「鬼混」了大半輩子，我後來在台大讀了學位，最後還在那裡任教，這些事完全出於我當時的「預料」。一次初中的同學在台北聚會，一個同學說以前誰也想不到誰後來會是什麼樣子，我們班上一個家世好、成績好的孩子，當時大家都以爲他會最有成就的，想不到他後來繼承的一間雜貨店，門面越來越小，後來弄到關門了，自己也落魄的不得了。他又舉我的例子說，我初中留級的時候，沒有人會想我以後會當教授的，另一個同學開玩笑說，就是因爲他留級多讀了一年書，後來才有機會做教授呀，這話引起一陣笑。他們說的，笑話層面的居多，但其中也包含了部分的眞實。

生命中的許多意義，是要在很久之後才發現的。就以我初中留級的事來說，我後來能夠從事學問，並不是我比別人多讀了一年的書，那一年，我不但沒有多讀什麼書，反而自怨自艾得厲害，其中還包含了一段自毀的經歷，四周沒有援手，幸好我平安度過。然而那次「沉淪」，使我第一次感受到人生某些極爲幽微但屬於底蘊性的眞實。譬如什麼是假象什麼是事實、哪些是背叛哪些是友誼、何者爲屈辱何者爲光榮……那些表面上對比強烈而事實是糾葛不清的事物，都因這一陣混亂而重新形成了秩序。那秩序並不是黑白分明的，更不是像紅燈止步綠燈通行的那麼的當然，而是黑白紅綠之間，多了許多中間色，有時中間色相混，又成了另個更中間的中間色。眞理不見得越辯越明，而是越辯越多層，以前再簡單不過的，後來變得複雜了，以前再明白不過的，後來變得晦暗了。我與我的親人、朋友、老師與同學，人擠人的住在同一個世界，但每個人都活在不同的層面裡，彼此各行其是，關係並不密切，人必須短暫跳脫，才看得出你與別人以及你與世界的關係，這層關係也許不像一般人所說的那麼是非判然、黑白分明。當我眼前不再是紅綠的燈號的時候，那狀況讓我欲行又止、欲止又行，我覺得進退失據的困頓與荒謬，但齊克果說荒謬是眞實的另一種稱呼。

我在「受傷」之後，得到了這個思想上的寶筏祕笈，它告訴我要暫時跳開，我記得愛因斯坦說過：「一條魚對他終生游於其中的水會知道什麼呢？」暫時跳開幫助我看出事情的眞相，而眞相不見得只有一個。不只如此，我在以後的人生，屢屢遭逢不同的挫折，每次挫折之後，都有另一種力量在心中興起，這使我對挫折有了新的看法。挫折讓我更爲堅強，它讓我在心靈上更博大的接受多元，在情操上則更同情處身在幽微角落的弱者。

心靈上更博大的接受多元是防止自己過早建立主見的一個方式，主見多數排他，在學問上又叫作「門戶之見」，做學問最忌先入爲主，章實齋說：「學問須有宗旨，但不可有門戶。」就是指此而言。平心接納多元，然後以邏輯辨其是非對錯，有些是非是「躲藏」在很幽暗的角落，不仔細看是看不出來的，這是學者要做的事，這叫「發潛德之幽光」，觀察是做學問的起碼本事，我因受挫而提早擁有，這是我的幸運。至於在情操上更同情弱者，那是一個道德上的問題，也是一個審美上的問題。

我覺得幽微角落的弱者值得同情在於沒有人同情他們，大家老是把注意的焦點放在幾個媒體炒作的人物之上，就以最近流行音樂界死了個天王麥可・傑克森，幾萬、幾十萬人哭成一團，他們不知道在世界各地，同樣値得哀憫的死亡有多少？人在施展同情的時候也是圖便利、圖省事的。由於幽微角落的弱者永遠置身在權力或利欲漩渦的邊緣，他們知道任他們怎麼努力，也無法爭到更好的位置，因而決定放棄。一般的放棄是消極又悲觀的，但他們的放棄卻充滿了自信，他們似乎找到了另一個生命的方向，這使得他們不論行止作息，都表現出自由與從容不迫，整體而言，他們的生命姿態因「自如」而呈現了一種特殊的美態，與矯揉造作的人比起來，高下立判。

所以在眾人之間，引發我注意的常常不是大家公認的重要人士，部長、校長與諾貝爾獎得主我不太會注意他，反而是忙著幫他們拍照，擠進去以圖照片中有自己的可憐人常引發我的某些想發笑的聯想，而一些不願意捲進閃光燈的漩渦、獨立一旁後來默默走開的人才令我豔羨。杜詩中有「天寒翠袖薄，日暮倚修竹」的句子，那是杜詩裡最美最動人的句子，寒氣透骨而獨立有神，那句子彷彿就是爲他們而寫的。

在我們的時代，信任與背離，榮耀與嘲諷同時而存在。我不知道我是否眞的該感謝我後來在東吳所受的「教育」。對絕大多數的東吳同學而言，那種教育阻礙了他們的智慧，戕害了他們的心靈，是該嚴厲譴責的，我不諱言，當我在躲避毒箭的時候，我也曾試圖報復，幸虧我不久就放下了，我沒有被仇恨影響我的心志，否則我也隨著墮落，就眞的划不來了。對我而言，那場負面的教育，其結果不見得全是負面，它使我思考教育的本質，以及探索一些荒謬事務發生的原因，我後來從事教育一輩子，這種思考在我身上十分重要。

台大也沒有想像中的好，台大的朋友都很優秀，但整體而言，卻渙散得沒什麼精神，這也是台大一向的「傳統」。我記得我讀博士班的時候，被「分配」給裴普賢老師，做她麾下的一名「導生」，裴老師是台大中文系最早的教師之一，她說當她來台大做助教的時候，中文系第一屆畢業生後來成爲中文系名教授的葉慶炳先生還是學生呢。有一次她參加全球校友在台大舊體育館舉行的年會，會場高懸著「發揚台大精神」的標語，一位校友問：「什麼是台大精神呢？」老師與校友都陷入沉默，一位校友突發奇想的說：「台大精神就是：台大沒有精神！」引起一陣叫好和大笑。後來裴老師說：「我想了好幾天，終於發現那位校友說得很對，台大的特色，就是沒有任何精神。」

沒有精神表示徹底的自由，所以沒有精神也是精神。但暗地裡其實不然，台大標榜的自由缺乏高貴的道德視野，所以不能算是自由，頂多只是各行其是的散漫罷了。有高貴道德視野的自由是把自由的境界放在別人甚至全體人類之上，所以不是自私的，眞正的自由論者，並不放縱自己的自由，反而從外表看起來似乎還更加的拘謹與自制。我在做學生的時候就聽說我們學校檯面下的爭奪，一刻也沒停止過，而爭奪全是因爲自私自利，權利核心固然，權利邊緣亦復如此，只是台大的「縱深」夠深，不注意看或是處身在邊緣的話看不太出來而已。

不只如此，整個中國、整個台灣，檯面上是一個樣子，檯面下又是一個樣子，一層層的，像洋蔥一樣。整體而言，我們置身的是個虛假與眞相並存的世界，一個道德崩潰、又有新的道德在試圖重建的時代，反正亂成一團。失望的事很多，但也無須徹底絕望，總有一些事讓你不經意發現，在那裡也藏著不少的可能，包括希望。

我們不妨先從希望的角度來看這個世界。我們處身的時代是一個科技進步、醫學發達的時代，這兩項史無前例的進展，使得全世界絕大多數的人受惠。不要說在遠古洪荒的時代，就以一百多年到兩百年之前的世界與今天比較，還是《孟子》上說的「樂歲終身苦，凶年不免於死亡」的時代，試想一個中等人口的家庭，其中「主中饋」的婦人一天忙在三餐及洗衣的時間要多少？才知道在我們的時代婦人幸福的程度，農人、工人亦復如此。從醫學發達的角度而言，近五十年的進步尤其神速，我記得我在讀小學的時候，周圍有人得到盲腸炎就算得了絕症，送到醫院沒幾個人出得來，現在切除盲腸早已是很小的手術了，另外有關呼吸、消化及血液的疾病都有很好的治療進展，今天一百個成功進行了手術的心臟病患，送進三十年前的病房，九十個以上將無法痊癒，其他病症也一樣，現代醫學的進展，使人類達到有史以來最高的幸福。

從二次大戰後，接連發生韓戰越戰等規模比較大的國際性的戰爭，之後人類的政治觀念逐漸變得比較成熟了，知道許多極終的問題不是戰爭所能解決的。人很多時候窮兵黷武並不在於他的勇氣，而在於他的恐懼，較富的一方恐懼對方對他的妒忌，較貧一方恐懼對方對他的貪婪，當雙方都受惠於現代科技而智慧大開、幸福大增之後，深藏在心的恐懼都減輕了。有自信的人對別人常會比較寬容，即使對敵人也是一樣，這有利於降低戰爭的威脅。

最重要在提高人類的智慧，這是人類眞正幸福的憑藉。所謂智慧，是大多數的人會想到人類比較極終的問題，而不被眼前的糾葛事務所困。在提高智慧之前，人要增進知識，醫學與科技是知識，能夠運作的民主政治也是知識，科學的知識告訴我們處理生活所需與面對疾病的方法，民主政治的知識告訴我們人有很多相同的部分，因此可以謀求「共識」。當共識形成後，許多既有的政治「局勢」是可以改變的，根本無須喊出「革命」的口號，動不動搬出殺人的武器。

所以在我們的時代，我們的世界正處於比以前空前「合理」的狀態，這合理的狀態也許空前但不可能絕後，世界還有許多不幸，也有許多委屈不平未獲得伸張，但與長久的歷史比較，人類目前所處也是最幸福的時代。對一些不承認人類進步的人，你只要跟他們舉例說，就在大約一百年之前，許多歐洲的貴族還深信奴隸或有色人種是下等人，他們受苦是理所當然，而在民權觀念領先的美國，還有很多人相信非洲裔、亞裔、拉丁裔及婦女根本不配享有投票權，才知道近百年來進步的不只在科技，人類在靈魂上的開發也大有進展，這一點證明我們生活在現代的人類何其有幸。

有些知識力量是可以促成幸福，有些知識的力量會產生苦難，就像教育有正面負面之分。也許目前尚無法判斷哪一種力量此後將更佔優勢，但兩者我們都需了解，並試圖去掌握它。這種工作不僅是知識上的，也是智慧上的。

台灣是世界的一部分，世界的陰晴也自然左右了台灣的氣候，台灣當然「承襲」了世界的整體幸福，譬如科技與民主，但也無可避免的受到「壞」世風的影響，包括強烈的通俗化與唯利是圖。

有些是我們沒有揀擇，不知道是沒有能力或是沒有心，外面的事一股腦的全接受過來，有些壞則是我們的本性，在易燃的空氣之下，我們便讓它一發不可收拾的燃燒，甚至延燒下去，最後燒到自己也無法可想。

譬如自由與民主，其實包含了很高的道德意義，但我們台灣在實施了自由與民主之後，許多人用它來做爲施展自私的理由，把所有的責任推給別人擔，把所有的好處攬給自己受，而且言語粗鄙無禮，完全不會反躬自省，遂爲世人所笑。除了傷及別人，別人對我們的墮落是無動於衷的。要救這種危機首先要自覺有這項危機，然後善謀對策，但要幾千萬人同時去做這種心理建設，本身就是困難重重，我想起孟子說過：「無恆產而有恆心者，唯士爲能。」解決這個問題似乎還是要仰賴知識分子，等知識分子自覺後，再自覺覺他才是辦法。所以根本還是教育與文化的問題，不過我們社會長期不重視這兩項東西，否則我們社會也不會變成這般模樣了。

我是中文系出身的學生，後來也濫竽在大學中文任教，我特別感受到我們這一代以至我學生一代所受的文化衝擊。我們這一代，感受尤深，下一代是衝擊下的更大受害者，但他們都渾然不覺痛，所以反而不覺受傷。我們的痛苦，在於我們體會出眞正的價値所在，但世界似乎硬是不朝我們認可的方向發展。

在我們的文化認識中，中華文化是佔有相當重要的成份的，我們必須重估我們的傳統，因爲這個傳統自五四之後就被我們自己人輕貶得一文不値，問題是我們不能拋棄我們身上的所有，以便把自己變成外國人，當中國人是我們共同的命運，這是無法逃避的，必須共同面對，一味的毀棄自己的文化，跟自殺沒有什麼兩樣。我們當學生的時候，政府因大陸在鬧文化大革命，便在台灣推行文化復興運動，也研究起傳統文化起來，好像也出了很多的書，但那些都是假象。有人說有假象總比沒有假象要好，大陸正把所有有關中華文化的東西破壞殆盡，台灣能保存一點就保存一點吧，這叫做「不絕如縷」呀！

我想起亞里斯多德哲學中有所謂材料（matter）與形式（form）的討論。文化是一種生活方式，是一種原則，一種價值的方向，從哲學的觀點，文化必須貫穿在生活中，當它是生活的形式（方式）時，它才能稱作文化。這有點像討論道德時，主張道德不能只在「空言」上立論，必須躬行實踐才能算是道德一樣，這是王陽明「知行合一」學說的眞精神之所在。王陽明說一個人被稱爲孝子，必定是因爲他有許多令人稱道的孝行，而不是他只懂得許多孝順的道理。所以文化不僅是一種做學問的、在討論會上討論的材料，不幸的是我們的文化復興在文化的形式上著眼很少，絕大多數做的其實是材料的工作。此後大陸文革結束，「四人幫」垮台，對傳統文化不再那麼破壞了，但大陸對中華文化的態度，仍然是強烈的材料性質，所以整體上言，不論大陸與台灣，在文化價值上，華人仍處在一個虛無的世界之中。

我們所處的時代，幸福與不幸都有，對知識分子而言，不幸的成份似乎更多一些。牟宗三先生有次說：「假定知識分子的生命能夠很順適調暢，在正常的發展中完成他自己，這必定是一個健全的時代，所謂太平盛世也。否則，知識分子的生命發展不調暢，自我分裂，橫撐豎架，七支八解，這個時代一定是個亂世，不健康的時代。」我們文化人所處的時代，如牟先生說的，也確實是個亂世、一個不健康的時代。

什麼是一個眞正的文化人？尤其在我們的時代。他必須認眞的選擇自己的價值，選定後就朝著這個方向走，所謂「雖千萬人，吾往矣」。少說話，最好是默默無言。這是我爲什麼豔羨那些善於獨處的人，他們在另個世界找到了生命的中心，自信又從容的走自己的路。在我們的時代，世界有好的一面，也有很壞的一面，不能一概而論，很多事眞如尼克父親說的：「要看狀況而定。」天氣時陰時晴，乍暖還涼，路是有的，但很崎嶇，目標也很遙遠，還是值得走下去。「天寒翠袖薄，日暮倚修竹」，讓我們三復斯言。

跋

歲月沉沙
——讀周志文的《記憶之塔》

張瑞芬

台大中文系退休一年多了的周志文教授，這次「寫很大」。

二○○九年溽暑七月，在永康街的「長春藤」餐廳，我有機會第二次見到周志文教授，與座的還有周昭翡、楊佳嫻兩人。法式餐廳清涼黝暗如古墓，聽這個古典樂迷講他的老音響，什麼眞空管的聲音像拂過皮膚的感覺，和數位的就是不同，尤其在聽弦樂四重奏這類樂曲上，我不覺想笑，這人日子過得太好了哩！不知道外頭的世界戰火連天，虎穴蛇窩啊！我閃神去想著他新書《記憶之塔》裡的樁樁件件，突然記起我喜歡的另一個散文作家木心《素履之往》裡說的，學問可以使氣質轉好，也可以惡化氣質：「氣質本來不良，學問一步步惡化氣質，終於十分壞了，再要扳回到九分壞也不行，因爲彼已十分有學問。①」

眼前就有四個中文系的嫌疑犯。

周志文教授《記憶之塔》裡那些「沒有良心，兼沒有學問」的碩學鴻儒，凡中文人，誰不識得幾個（說不準自己也是一個）？然而，這本繼《同學少年》而下的「三十年目睹之怪現狀」並不只是寫給文學人看的。在這本書裡，學界、政界、報業名人，無不一一現形，簡單說來，是那個《同學少年》裡衣衫藍縷的孩童上了大學後遇見的驚奇世界，涵蓋了六〇至九〇年代，台灣社會變動最劇烈的三十年間，一個文化人的養成過程與親眼目睹的斯文掃地場景。在《記憶之塔》裡，周志文教授直言淡江已經人氣散盡，台大也不是樣樣都好，東吳（啊！也是我的母校）台上老教授江浙口音搖頭晃腦把杜甫〈北征〉唸成「剝金」，「下面的人一個個暈頭轉向呆坐在那兒。」

行至人生的中途，那時光倒影，卻不是昔往的輝光，而是腐朽的過去。外頭的世界，果眞戰火連天，虎穴蛇窩。九分壞的氣質加上學問的加持，成了十分。想少壞一點也不能了。向來講究溫柔敦厚的散文極少著墨這種題材，更不要說禁忌重重的學院傳統了（例如林文月的書裡，就從來沒有半個壞人）。我大學讀中興中文，碩博班分別是文化、東吳，從師大的小篆系統讀到敵營的台大甲骨文系統去，親見兩派文字學大師的交相攻訐，有如補習班拼場互槓。碩班時與師大併班上課，正好躬逢歷史現場，領教了高明老師忿氣勃然大罵龔鵬程欺師滅祖那一刻。要命的我坐在第一排，和平東路秋天的午後，全班鴉雀噤聲，一束陽光悄悄從窗帷縫隙偷渡進來，只有微塵，和我的不解在光影中懸浮飛揚著。

雲山蒼蒼，江水泱泱，先生之風，山高水長。在教書二十餘年後，這話聽來竟有點兒刺耳了。我是不相信世上沒有壞人的，然而在這濁世中要睜一隻眼分辨敵友，還要閉一隻眼惦念眞空管老音響的聲音如何美妙，才是眞難。相當於一邊清醒一邊裝癡吧！在歲月沉沙中，要打撈一點遺骸與眞理，是那麼容易的嗎？

於是我認眞體會起周志文教授說的，寫《記憶之塔》這本書並不是要揭人之短，也仔細尋思起他給我的印象來。我至今不知道他找我寫此文的緣由，稱他老師，他未必要我這種鴉鴉烏學生，稱學長更不像話，一九九〇年我到東吳唸博士班時他都畢業二十幾年了。第一次在電話中聽他的聲音很客氣，交代幫大陸一家出版社編顏元叔教授散文選集，我想此人老氣橫秋大概八、九十歲了吧。後來爲了拿《同學少年》手稿回去寫序在台大一見，才知是個瀟灑老頑童，不但不老，人可一點也不迂，是學界中人，但更像個藝術家。顏崑陽教授讀他的《時光倒影》，就說他那點孤寂沉鬱，「彷彿晚明漂流江湖的知識分子。②」同爲其好友的柯慶明教授知之亦深，在同書的序文中，也點出周志文教授宋明思想、古典詩詞、中西酒話，乃至於行旅、樂理，無不博通，是個生活情趣頗豐的人。

我讀書常於不疑處有疑（忘了問他早年「周東野」這筆名是不是「齊東野語」的意思），在他的作品裡，最難忘一篇他二十幾年前所寫，幾可媲美張愛玲〈封鎖〉，卻從沒被評論家注意的短篇小說〈空襲〉③。沒分到股份的貿易公司經理，打算找總經理攤牌辭職，內心掙扎於困境與不平中，路上被阻，在空襲警報凍結的半小時內，竟想通了一些處境，回頭接受事實，繼續窩囊的活下去。外頭太陽白花花，像什麼也沒有發生過，地下室被封鎖的人群中，那美麗的長髮女子與一時產生的寂寞與渴望被理解的心情，原也是幻覺。是這樣有點灰敗，卻又妥協了的人生。短篇小說集《日昇之城》裡的〈日昇之城〉、〈少年〉都是類似的情調，有點悲，冷涼了點，老實說，不合文學市場胃口，難怪被忘個精光。但他很擅長捕捉這種釅茶一般的，人生底蘊的悲涼，就像他的散文一樣，不與時人彈同調，卻非常耐人尋味。朱天文作爲一個優秀小說家，她是看出來了。在她爲《同學少年》大陸簡體字版寫的序裡，就以「幽人」稱周志文教授，論名氣雖不爲人廣知，其本色卻足以遺想千古。

幽人也罷，荒人也罷。都是零餘者，邊緣人。周志文教授認爲，「悲涼本身就是一種美感，但欣賞自己的悲涼，需要有超拔的生命態度。」正如《記憶之塔》中的〈溪山行旅圖〉所說，孤獨是自由的唯一條件，寂寞是自由的附贈品。這世界，充滿了徬徨少年、墮落中年與不良老年，但無論如何沒有笑鬧喧嘩中的超拔這回事。《記憶之塔》這本書，可供老一輩中文人在裡頭尋找學界軼聞，年輕一輩當作天寶遺事，更多的路人甲，用來回味自己一生求取知識的路徑與坎坷。想想在知識的堂皇門面下，曾有多少卑弱的人物，冷血的心靈，崇高與腐朽和諧的並存著。周志文不避諱點出世相虛妄，卻也坦然以對，指出：「我們對光明的盼望，豈不是在經歷了許久難堪又痛苦的黑暗之後才產生的嗎？」撇開小道八卦，浮生閒事，《記憶之塔》也著實是一個學界中人的自省。像流沙河層層堆累，也像風雨夜滾雷處處，在冷與熱，光與暗，正反相生的衝突矛盾中，尋思著諧美旋律與合理人生的可能，也為周志文冰炭滿懷抱的文人性格，下了絕佳的註腳。

《記憶之塔》全書，以貝多芬「第三號交響曲」開篇，揭示了一場繁複演奏的序曲。六〇年代初，剛考上東吳大學中文系的周志文，一個宜蘭鄉下少年，像寫「第三號交響曲」時的貝多芬一樣，他那時的心情，如他文中所說：「對未來充滿了意志與憧憬，前景將無止境的在眼前一幕幕的展開，英雄可能是別人，也可能是自己。」他充滿著對未來的雄心來到台北外雙溪，卻見識到不能想像的烏七八糟課程與莫名其妙教授。中文系昏天暗地，怪老子與老學究看到白話文就生氣，規定學生必稱其為「本師×先生」，「韓文」原來是「韓昌黎文」（這讓我想起本校理工教授見中文系「小學」課名傻眼），甚至有老師在自家開壇扶乩者（我自己只見識過老師可打坐騰空的）。

在《記憶之塔》裡，周志文大學時期與章孝慈同班且相鄰而坐，成就了一段與章氏兄弟在宿舍裡的酒肉交情。這段官場外史，可眞沒人聽過。章孝嚴英文名爲Benjamin，殷海光本名叫殷福生，周志文課餘在重慶南路所見，於台大旁聽葉嘉瑩、殷海光和聶華苓講課，都足可作爲六〇年代文學史料補遺，也著實讓人讀得津津有味。他形容唸台大碩班後見識到的師長，鄭騫（因百）老師博學多識，記憶驚人，一生的興趣都不厭煩的在說明一件事情上面；臺靜農老師的書法兼有石門頌與倪元璐之長，一半凝重一半媚態。包括屈翼鵬或齊邦媛的聲音笑貌，都傳神極了。然而我見他從章孝嚴、章孝慈、胡適、余紀忠，台大、淡江，一路寫到這幾年風波不斷的東吳中文系，越讀越覺得教界學界實在毫無理想，也不由得爲作者捏了一把冷汗。儘管其言坦率，其心光明，事涉人物臧否，還是敏感。在《記憶之塔》裡找八卦或談助，恐怕不是作者寫作的眞義，同爲學思歷程，這書和龔鵬程教授《四十自述》的露才揚己也著實不同。

《記憶之塔》經歷了作者大學到博士班的求學歷程，中間還加上服役與任教桃園振聲中學、淡江、台大，煞尾卻以〈溪山行旅圖〉話進入文壇（一九八八年任中時晚報主筆寫專欄）始末，〈報業〉、〈教育〉反省知識分子的處境，正當我覺得沉淪到底了的時候，〈在我們的時代〉將主題導入哲學理念的思索，完美作收，也適切回應了開篇的

〈第三號交響曲〉。曲終奏雅，周志文教授點出，這人間，荒謬和眞實往往並存，知識與人格是兩回事，眞相不是只有一個，人要學會適時跳開。在情操上，他同情處在幽微角落的弱者，表彰孤獨美學與邊緣邏輯，他並且認爲，置身在權利邊緣並不是壞事，其人生命情態因「自如」反而能呈現一種特殊的美態，比矯揉造作的人強多了。

我感覺有點驚悚。他倒是一以貫之啊！《三個貝多芬》裡全是城市邊緣人，《日昇之城》裡全是抑鬱的中年人。冷風熱血，像打擺子。我也很難忘記他另一散文集《冷熱》裡的〈地下道〉這篇文章。驚異於他天生的敏銳與感知能力，更驚異於他文字之淡，淡到了不要你察覺，也不在乎你察不察覺的地步。〈地下道〉描寫一個在校園外的地下道擺放廉價玉石扇面販售的中年人，作者因避雨偶然步入，很快察覺這些都是劣質贋品，爲了顧及小販的自尊，打算勉強買一只檀香扇。小販此時意識到作者教師的身分，賭氣說道：「這不是眞正好的東西，你還是不要買好些。」無聊的人生加無益的東西，作者訕訕然步出地下道，抬頭見天不知何時早已放晴了。

大學教授與贋品攤販的對比，眞夠諷刺的。販售贋品的，只有地下道裡的鴉鴉烏小販嗎？道貌岸然的學者，要看來不像無知也不能了，因爲彼已十分有學問，而且還有證書呢！

英國哲學家羅素在〈哲學的價值〉一文上說，我們研究哲學不是爲了要尋找問題的答案，而「只是爲了這個問題本身。因爲這個問題擴大了我們對解答的概念，豐富了我們智慧的想像力，並減少了我們獨斷的自信。」研究哲學不是爲了要尋找問題的答案，或許它根本就沒有答案。正如研究我們是如何被教育扭曲了不是爲了要找出禍首，世界如此多元，是非都是相對，而不是絕對的。

在我們的時代，幸與不幸都有。當記憶之塔，崩壞成歲月塵沙，滿街都是工讀生煮的「星巴克」和「丹提」，貝多芬都換成李宗盛，幾米取代了張大千，報紙一家家倒了，每個系主任和院長都忙得團團轉，再也沒有那種鳴琴垂拱而天下治的清簡日子。除了扎根文化，文學訓練不應只是象牙塔裡織夢，多幾個周志文教授這樣有趣的學者，別具隻眼的觀察家，手藝純熟的寫作人，台大豈不更像頂尖大學，中文系豈不更符合社會期待一點。

二〇〇九年十月二十三日　寫於逢甲大學中文系

①木心（孫璞），一九二七年生，浙江烏鎮人，畢業於上海美術專科學校，爲著名畫家，一九八二年旅居紐約至今。著有散文集《瓊美卡隨想錄》、《散文一束》、《溫莎墓園》等。《素履之往》由雄獅圖書公司出版於一九九三年，本文所引爲輯一，頁四七。

②顏崑陽〈博聞廣識間，別有情懷——評周志文的《時光倒影》〉，《文訊》二六三期，二〇〇七年九月。

③周志文〈空襲〉，收入短篇小說集《日昇之城》，以筆名周東野發表。台北：圓神，一九八七。

INK PUBLISHING 文學叢書 247

記憶之塔

作　　者　周志文
總 編 輯　初安民
特約編輯　簡敏麗
美術設計　陳文德
校　　對　簡敏麗　周志文

發 行 人　張書銘
出　　版　INK 印刻文學生活雜誌出版有限公司
台北縣中和市中正路 800 號 13 樓之 3
電話：02-22281626
傳真：02-22281598
e-mail:ink.book@msa.hinet.net
網　　址　舒讀網 http://www.sudu.cc

法律顧問　漢廷法律事務所
劉大正律師
總 代 理　成陽出版股份有限公司
電話：03-2717085（代表線）
傳真：03-3556521
郵政劃撥　19000691 成陽出版股份有限公司
印　　刷　海王印刷事業股份有限公司

出版日期　2010 年 2 月　初版
ISBN　978-986-6377-63-1

定價　280 元

國家圖書館出版品預行編目資料

記憶之塔／周志文作；--初版，
--臺北縣中和市：INK 印刻文學，
2010.2　面；　公分（文學叢書；247）
ISBN 978-986-6377-63-1（平裝）

855　　99000849